DIE TOCHTER DES SHERIFFS

* * * * * *

MANUELA SCHNEIDER

WOLFPACK
PUBLISHING
— EST 2013 —

WOLFPACK
PUBLISHING
— EST 2013 —

Veröffentlicht in den Vereinigten Staaten von Wolfpack Publishing Verlag, Las Vegas.

Wolfpack Publishing
6032 Wheat Penny Avenue
Las Vegas, NV 89122
wolfpackpublishing.com

Paperback ISBN 978-1-64734-855-7
eBook ISBN 978-1-64734-854-0

DIE TOCHTER DES SHERIFFS

* * * * * *

Ich widme dieses Buch all den Hütern des Gesetzes entlang der Südwest Grenze, während der wilden Pionierzeiten, in denen sie Viehdiebe, Mörder, Banditen und politische Machtspiele bekämpfen mussten. So mancher Träger eines Sheriffsterns wechselte die Seiten von Zeit zu Zeit, aber wer sind wir, dies zu verurteilen? Die Zeiten waren rau und hart und das Gesetz der geladenen Waffe stärker als das des geschriebenen Wortes. Nur der Stärkste überlebte. Aber am Ende gewann dennoch immer die Gerechtigkeit.

KAPITEL EINS

* * *

Es war ein sonniger Morgen in Yuma, Arizona und die Leute genossen die angenehme Luft nach dem brennend heißen Sommer im Territorium. Endlich hatte es abgekühlt.

Eleonora summte ein Lied, während sie einige Hemden ihres Vaters auf dem Waschbrett ihrer verstorbenen Mutter wusch. Jeder in der Stadt mochte die Tochter des Sheriffs, und man nannte sie liebevoll Elli. Sie war das Ebenbild ihrer hübschen Mutter, außer dass ihr Haar dunkel war, wie der Flügel eines Raben, genauso wie bei ihrem Vater. Obwohl sie freundlich und charmant auftrat, war sie dennoch eine starke junge Frau.

Oscar Townsend war sehr respektiert in der Stadt. Er repräsentierte das Gesetz, nicht nur in Yuma, sondern auch in der nahegelegenen Minenstadt von Castle Dome.

Die Leute in der Stadt hatten mit ihm um seine verstorbene Frau getrauert und taten ihr Bestes auf sein einziges Kind Eleonora Acht zu geben. Doch nun war Elli erwachsen und half ihrem Vater, wo immer sie konnte. Sie wusste, dass er sie sehr liebte, dennoch war sie sich bewusst, dass er sich auch noch einen Sohn gewünscht hätte. Elli versuchte ihr

Bestes diesen Sohn, den Oscar wohl nie haben würde, zu ersetzen. Bislang hatte ihr Vater nicht mehr geheiratet. Zu tief saß der Schmerz über den Verlust seiner geliebten Frau.

Obwohl Elli eine außergewöhnliche Schönheit war, brüstete sie sich nie damit, und es machte ihr nichts aus, sich die Hände schmutzig zu machen. Sie konnte besser reiten, als die meisten Männer und hatte außergewöhnliche Fähigkeiten beim Schießen.

Ihr Vater zog sie oft damit auf, dass er sie bald als Hilfssheriff engagieren müsste, wenn sie ihre Fähigkeiten mit dem Schießeisen weiter so steigern würde. Das brachte Elli immer zum Lächeln.

In der letzten Zeit hatte die junge Frau die steigende Gefahr in der Gegend wohl bemerkt. Die Gier nach Land, Gold und Silber nahmen oft das Herz eines Mannes gefangen. Elli hatte gelernt, immer auf der Hut zu sein, um sich selbst und ihren Vater zu schützen.

Eines Tages brachte Sheriff Townsend einen Gesetzeslosen, den er in der Nähe der Kalifornischen Grenze verhaftet hatte, in die Stadt. Das Aufgebot hatte den Mann gejagt, nachdem ein Marshal des Territoriums Kalifornien um Hilfe gebeten hatte. Elli war sehr erleichtert, als ihr Vater gesund zurückkam. Der Mann, der auf einem extra Pferd saß, stand unter Verdacht, seine Frau und deren Eltern umgebracht zu haben. *Was für ein Monster muss dieser Mensch sein*, dachte Elli.

Sie winkte ihrem Vater zu, der vom Pferd stieg, während sie näher an die Gruppe Männer herantrat. Ihr Vater sah erschöpft und staubig aus, und zum ersten Mal bemerkte Elli die grauen Strähnen an seinen Schläfen.

Sheriff Townsend führte den Gefangenen in das Gefängnis und Elli war überrascht einen sehr attraktiven Mann mit einem freundlichen Gesicht, welches spanische Herkunft verriet, zu sehen. Er sah nicht so aus, wie Elli von einem Mörder erwartet hätte. Tatsächlich war sie überrascht, als er sich leicht vor ihr verbeugte und sie freundlich grüßte. Er benahm sich wie ein echter Gentleman.

Seine Stimme klang rauchig und hatte ein weiches Timbre. Schnell drehte sich Elli von ihm weg und folgte ihrem Vater in das Büro des Sheriffs.

„Oh Vater, ich bin so froh, dass du sicher nach Hause gekommen bist." „Ich bin auch ganz froh, Prinzessin! Hab deine Kochkünste in der Wildnis vermisst." „Sag mal, hat der Verbrecher, den du verhaftet hast, wirklich seine Frau und ihre Eltern umgebracht, wie es die Männer draußen behaupten?"

Ihr Vater zögerte, dann sagte er „ich weiß es nicht, Elli. Ich weiß es wirklich nicht. Irgendwie scheint er ein echt netter Kerl zu sein. Hat keinerlei Schwierigkeiten gemacht, als wir ihn verhaftet haben. Er ist der Sohn einer spanischen Adelsfamilie. Nichtsdestotrotz, es sprechen alle Beweise gegen ihn, wenn man dem Richter von Orange Grove Glauben schenkt. Nun, ich denke, das ist etwas, was sie in ihrem Gerichtsverfahren entscheiden müssen, sobald sie ihn zurück nach Kalifornien bringen. Ich habe nur das Paket für sie geschnürt."

Am nächsten Tag brachte Elli eine frisch gekochte Mahlzeit in das Büro ihres Vaters, der nach seiner tagelangen Abwesenheit einiges an Arbeit aufzuholen hatte.

Sie hatte auch eine Portion für den Gefangenen in der Zelle dabei, denn sie glaubte nicht an die Bestrafung durch Brot und Wasser. Ihr Vater hatte ihr beigebracht, zwar immer vorsichtig zu sein, aber auch an die Unschuld der Menschen zu glauben, bis man ihnen eine Schuld nachweisen konnte.

Als Elli zur Zelle rüberging, sprang der Mann von seiner

einfachen Pritsche auf. Er war fast zwei Köpfe größer als sie, und seine Schultern waren breit.

Sein schwarzes Haar war schulterlang und wellig und seine Augen waren so dunkel, wie eine Tasse starker Cowboy Kaffee. Elli konnte die Tatsache nicht leugnen, dass er trotz seines unrasierten Aussehens, dennoch sehr attraktiv war.

„Ich danke Ihnen für das Essen, Ma´am. Das ist sehr nett von Ihnen. Möge Gott sie dafür segnen, Miss."

„Sie wagen es über Gottes Segen zu sprechen, nachdem Sie wegen Mordes verhaftet worden sind?" Es war nicht ihre Absicht gewesen, grob zu sein, aber zum ersten Mal fühlte sie sich unsicher in der Anwesenheit eines Mannes, und das verwirrte sie.

Elli sah, wie sehr ihre Worte ihn verletzt hatten. Seine Augen wurden noch eine Spur dunkler, und er drehte sich ohne ein weiteres Wort von ihr weg.

Während sie zur Tür ging, murmelte Elli betreten eine Entschuldigung. „Miss Townsend, Sie waren so nett, mir diese Mahlzeit zu bringen, also gebe ich Ihnen einen guten Ratschlag. Auf der Flucht vor den Leuten meiner Heimatstadt, habe ich unterwegs einige Wegelagerer getroffen. Bandidos nennen wir sie. Die Männer hatten sich über eine Stadt Namens Castle Dome unterhalten, und einen Sheriff Oscar Townsend erwähnt. Ich bin überzeugt, die planen etwas und ich bin sicher, dass Ihr Vater in großer Gefahr ist."

Elli wurde blass. Aber als sie nach Details fragte schüttelte er nur den Kopf. „Das ist alles, was ich gehört habe. Entgegen meinem Ruf verbringe ich nämlich nicht meine Tage in der Gesellschaft von rücksichtslosen Verbrechern. Passen Sie einfach auf und lassen Sie es ihn wissen, dass er sich drauf vorbereiten soll. Vielen Dank noch einmal für das Essen, Miss Townsend."

Sie nickte, dann schaute sie ihm direkt in die Augen. „Eleonora, mein Name ist Eleonora, und ich werde mich an Ihre Worte erinnern, Herr …" „Armando. Armando Phillipe Diaz."

Elli verließ das Gefängnis. Sie war tief in Gedanken versunken und beachtete nicht einmal die Leute der Stadt, die sie freundlich grüßten. Die Warnung hatte ernst und ehrlich geklungen. Sie wusste, dass ihr Vater einen gefährlichen Job hatte, aber diese Geschichte klang eher wie eine geplante Verschwörung gegen ihn. Vielleicht wollten diese Banditen die Minen-Gesellschaft überfallen.

Elli entschloss sich dazu, ihrem Vater Bescheid zu geben und ihn zu bitten, auf jeden Fremden, der in die Stadt kam, zu achten.

Zirka eine Woche später kam das Aufgebot aus Orange Grove in Yuma an. Nach einer warmen Mahlzeit und einer ausgeruhten Nacht, wurde der Gefangene zurück nach Kalifornien begleitet, um dort vor Gericht gestellt zu werden.

Die Männer behandelten ihn grob; es war offensichtlich, dass sie ihn des Mordes an den drei Menschen für schuldig hielten. Als er an Elli vorbeiging, nickte er ihr zu und flüsterte: „Vergessen Sie nicht, was ich Ihnen gesagt habe. Möge Gott sie schützen, Eleonora!"

Sie nickte, denn sie glaubte, dass seine Warnung ehrlich gemeint war. Während die Gruppe aus der Stadt ritt, blieb Elli auf den Stufen zum Büro des Sheriffs stehen, und schaute dem Aufgebot hinterher. Sie stand noch immer dort, als sich der Staub hinter den galoppierenden Pferden schon längst wieder gesetzt hatte. Sie liebte ihren Vater und hatte ihm von der Warnung erzählt. Auch ihm hatte diese Geschichte zu denken gegeben, aber es gab nichts, was er im Moment deshalb hätte unternehmen können.

Die Stadt hatte bereits zweimal das Gefängnis vergrößern müssen, und fast schien es, als ob rücksichtsloses Benehmen und das Brechen des Gesetzes im Gebiet rund um Yuma stark zunahm.

Einige Tage später war die Warnung schon fast vergessen, als die Siedlung der Minenarbeiter von Castle Dome Sheriff Townsend anheuerten, um den monatlichen Goldtransport von der Mine als Eskorte zu begleiten. Obwohl Castle Dome für seine Bleimine bekannt war, wurden auch Gold und Silber recht erfolgreich geschürft. Der Schutz des Transports war nötig, denn die Bank war in Yuma und abtrünnige Apachen waren ein Problem in der Gegend.

Auf dem Kutschwagen war nicht nur die wertvolle Ladung, sondern auch ein engagierter Wachmann, sowie der Kutscher. An ihrer Seite ritten der Sheriff und der Hilfssheriff als Eskorte.

Es waren etwa zwanzig Meilen nach Yuma und die Gegend war eben, mit Ausnahme von einer Ansammlung größerer Felsen. Gerade als sie diese Stelle passierten, peitschten plötzliche Gewehrschüsse um sie herum. Der Kutscher und der Wachmann fielen beide getroffen zu Boden.

Oscar griff nach seiner Pistole und riss sein Pferd herum, um hinter der Kutsche Schutz zu suchen. Sein Hilfssheriff wurde nur wenige Fuß entfernt erschossen. Sheriff Townsend fühlte einen stechenden Schmerz unter dem rechten Schulterblatt, als ihn eine Kugel traf. Der Aufprall des Geschosses war so heftig, dass er sein Gleichgewicht verlor und aus dem Sattel rutschte. Er hatte nicht bemerkt, dass sein Stiefel sich im Steigbügel verfangen hatte, bis sein verängstigtes Pferd vom Gewehrfeuer weg, in Richtung Yuma los galoppierte.

Townsend wusste, dass er tödlich getroffen war, und mit Tränen in den Augen dachte er an seine geliebte Tochter Elli. Er stellte sich ihr hübsches Gesicht vor, dass so sehr den Gesichtszügen ihrer verstorbenen Mutter ähnelte, während das galoppierende Pferd ihn über einzelne Steine und durch den Staub zog. Ihr engelhaftes Aussehen war das letzte in den Gedanken des Sheriffs, bevor sein Leben endete.

Als das Pferd die Hauptstraße von Yuma entlang donnerte, zog das verschreckte Tier noch immer den blutenden Körper des toten Gesetzeshüters hinter sich her. Einige Männer sprangen schnell vor das schweißgebadete Tier, um es zu beruhigen. Sie hielten den Wallach an den Zügeln fest, damit sie vorsichtig den Stiefel von Oscar Townsend aus dem Steigbügel befreien konnten. Dann führten sie das verängstigte Pferd weg.

Die Menschen der Stadt standen schockiert um ihren Sheriff herum, als Elli die Straße herunter gerannt kam. Ihre Freunde versuchten sie aufzuhalten, aber es war zu spät. Mit einem unmenschlichen Schrei sank sie auf die schmutzige Straße, nahm ihren geliebten Vater in die Arme und weinte bitterlich.

Die Beerdigung fand zwei Tage später statt. Elli stand am frischen Grab des Vaters, gleich neben dem ihrer Mutter. Ganz allein! Nun war sie eine Weise in einer Welt, in der die Influenza ihre Mutter aus ihrem Leben gerissen und teuflische, gierige Männer ihren Pa ermordet hatten.

Sie hatte keine Tränen mehr übrig. Stattdessen breitete sich ein unbekanntes Gefühl einer Flamme gleich, in ihrer Brust aus. Es war rasender, alles auffressender Hass und der sehnliche Wunsch, Rache zu nehmen an den Männern, die ihr ihren geliebten Vater genommen hatten, überdeckte jegliche andere Gefühlsregung. Sie hielt den Sheriffstern so fest umklammert in ihrer rechten Hand, dass die Nadel ihr ins Fleisch stach. Blut befleckte das Abzeichen und siegelte ihren Schwur, Rache zu nehmen und diese Gesetzeslosen dafür büßen zu lassen. Ja, ihnen sollte die Gerechtigkeit widerfahren, die sie verdienten. Sie würden für das bezahlen, was sie Ellis Vater angetan hatten.

KAPITEL ZWEI

***

Elli saß in ihrem Elternhaus, das Haus, dass ihr nun allein gehörte. Es war so voller Erinnerungen an ihre Eltern, dass sie es fast nicht aushielt hier zu bleiben. Aber wo sollte sie anfangen? Wie sollte sie jemals die Männer finden, die ihren Vater getötet hatten? Sie wusste ja nicht einmal, wie diese aussahen. Nein, sie nicht, aber ein Mann wusste es, der attraktive Spanier, der wahrscheinlich mittlerweile bereits aufgehängt worden war. Er hatte die Mörder gesehen.

Elli hatte keine Zeit zu verlieren. Sie musste herausfinden, ob der Mann immer noch auf sein Gerichtsverfahren wartete. Sollte er noch am Leben sein, wäre er vielleicht fähig die Bandidos, wie er sie genannt hatte, zu beschreiben.

Elli packte schnell zwei Satteltaschen mit etwas Essen und Ersatzkleidung und zog eine Reithose und das Hemd ihres geliebten Vaters an. Sie bedeckte ihr Gesicht mit dem weichen Stoff. In diesem Moment übermannte sie ihre Trauer. Als sie das Hemd anzog, nahm sie den männlichen Duft ihres Vaters wahr, und es fühlte sich fast an, als ob er sie umarmen würde. Doch Elli wusste, dass er sie nie wieder für den Rest ihres Lebens in seinen beschützenden Armen halten würde.

Sie schluckte ihre Tränen runter und lief hinüber zum Stall, um ihr eigenes Pferd zu satteln. Es war ein temperamentvoller Hengst namens Donner. Bevor sie in den Sattel stieg, band sie sich den Pistolengurt ihres Vaters um, und steckte ein Gewehr in das Futteral am Sattel.

Sie hatte den Sheriffstern als ständige Erinnerung an ihre Mission und mit wem sie es zu tun hatte, an der Innenseite der Weste befestigt. Eleonora Townsend ritt in den späten Morgen hinaus. Niemand hielt sie auf, und niemand fragte, wohin sie ging. Die Jagd nach den Mördern ihres Vaters hatte begonnen.

***

Elli war keine verwöhnte Frau und es machte ihr nichts aus an einem Lagerfeuer mit nichts mehr als ein wenig Trockenfleisch und Brot in ihrem Magen zu schlafen. Sie tat alles, um nicht in Melancholie und dem Gefühl der Einsamkeit zu verfallen. Sie betete oft und dachte viel an ihren Vater.

Sie war fest entschlossen nach Orange Grove zu reiten, um herauszufinden, ob Armando Phillipe Diaz bereits gehängt worden war, und sie hoffte, dass sie nicht zu spät kam. Während sie über Armando nachdachte, musste sie zugeben, dass er sie beeindruckt hatte.

Bisher war ihr Vater der einzige Mann gewesen, der das erreicht hatte. Elli vermisste ihn furchtbar und hoffte, dass sie in seinem Namen Rache nehmen konnte. Sie schlief nur wenig und ihre Pistole lag an ihrer Seite. Jedes Geräusch um sie herum verwirrte sie zusätzlich. Bereits vor der Dämmerung war die Tochter des Sheriffs wieder auf dem Weg auf ihrem Ritt gegen die Zeit.

Endlich, fünf Tage nach der Beerdigung ihres Vaters, kam sie in Orange Grove an, einem Ort, der von Orangen Plantagen umgeben war. Es war leicht nachzuvollziehen, woher die Stadt ihren Namen hatte und offensichtlich auch einiges an Reichtum, wenn man die stattlichen Häuser betrachtete.

Der Duft der Orangenbäume war so erfrischend im Vergleich zu der staubigen Luft in Yuma. Elli wusste, dass Adelsfamilien aus Spanien diese Stadt gegründet hatten. Ihr Vater hatte ihr erzählt, dass Armando ein Mitglied solch einer prominenten Familie war. Was wohl ausgelöst hatte, dass er seine ganze Familie umbrachte, wenn er doch so wohlhabend war?

Aber sie wusste ja nicht, ob er wirklich schuldig war, oder? Wenn man dem Telegramm, mit dem ihr Vater um Hilfe gebeten worden war, Glauben schenkte, hatte der Mann seine Frau und seine Schwiegereltern mit einem doppelläufigen Gewehr erschossen. Dass er dann davongerannt war, bewies ja seine Schuld, behauptete zumindest der Richter von Orange Grove.

Wie auch immer, irgendwie klang die Geschichte fragwürdig. Elli hatte, nachdem sie ihren Vater jahrelang beim Umgang mit Verbrechern beobachtet hatte, ein sicheres Bauchgefühl für Gesetzeslose entwickelt. Armando passte einfach nicht in das Bild eines kaltblütigen Mörders.

Als sie in die Stadt hineinritt, murmelte sie vor sich hin: „Nun, das sieht ja wirklich einmal üppig aus im Vergleich zu unserer Wüste im Arizona Territorium."

Ihr Pferd wieherte, als ob es ihr recht geben würde. Trotz der ernsten Situation musste sie leise lachen und tätschelte zärtlich den Hals des Hengstes. Er war ein guter Weggefährte.

Elli bemerkte sehr wohl, dass die Leute in der Stadt sie

beobachteten und hinter vorgehaltener Hand flüsterten. Sie alle trugen feine Bekleidung und Elli wirkte fehl am Platz in ihrer staubigen Männerkleidung und dem Pistolen Halfter, der an ihren schlanken Hüften lag.

Aber sie scherte sich nicht darum und fragte nach dem Weg zum Büro des Sheriffs. Als sie dort ankam stieg die müde Frau aus dem Sattel. Es war ein harter Ritt gewesen und sie spürte jeden Knochen in ihrem erschöpften Körper. Als Elli das Büro des Sheriffs betrat, stand ein Mann Anfang dreißig auf, und begrüßte sie mit dem Lächeln eines Haifisches.

„Hallo Miss, was kann ich für Sie tun?" Aus irgendeinem Grund verabscheute Elli ihn von der ersten Sekunde.

„Ich bin Sheriff Townsends Tochter. Ich muss mit Ihrem Gefangenen Armando Philippe Diaz sprechen. Das ist der Mann, den mein Vater für Sie verhaftet hat." Elli war die Veränderung im Gesichtsausdruck des Mannes nicht entgangen. Er schien sich plötzlich unwohl zu fühlen und nicht mehr ganz so selbstbewusst zu sein, wie noch vor einigen Minuten, als sie das Büro betreten hatte.

„Warum sollten Sie mit ihm sprechen wollen und warum ist Ihr Vater nicht selbst gekommen, wenn er noch etwas mit ihm zu klären hat?"

Ellis Bauchgefühl riet ihr, die Wahrheit für sich zu behalten. Anstatt dem Mann zu viel zu verraten, lächelte sie ihn einfach nur an und zuckte mit den Schultern.

„Er hat im Moment zu viel mit einigen Viehdieben zu tun und außerdem wollte ich mir Ihre schöne Stadt sowieso einmal anschauen."

Sein breites Lächeln machte es offensichtlich, dass sich der Mann geschmeichelt fühlte, und ihm die charmante junge Dame sehr gefiel.

„Mein Name ist Harris, Steven Harris. Es tut mir leid,

aber ich muss Sie enttäuschen, denn Sie können nicht mit Diaz sprechen."

„Sie haben ihn wahrscheinlich schon gehängt, oder?"

„Ich wünschte es wäre so, aber dieser Halunke ist entkommen. Keine Ahnung, wie er das geschafft hat, aber wir jagen ihn bereits. Er wird der Gerechtigkeit nicht entkommen, das ist etwas was sicher ist."

„Vielleicht bleib ich ein oder zwei Tage in der Stadt. Lassen Sie es mich bitte wissen, wenn Sie etwas herausfinden. Ich werde gegenüber auf der anderen Straßenseite im Hotel Casa Grande übernachten."

„Das werde ich sicher tun, Madam. Aber Sie haben mir immer noch nicht gesagt, was Sie denn von diesem Mörder wissen müssen. Vielleicht kann ich Ihnen auch helfen", fügte er mit einem gierigen Blick über ihren Körper hinzu. Elli schüttelte den Kopf.

„Wir haben uns nur gefragt, ob er ein paar Männer getroffen hat, die mein Vater und mein Ehemann gerade suchen." Sie hatte den vulgären Blick von Harris wohl bemerkt und schnell die Lüge über einen vorhandenen Ehemann hinzugefügt. Sie hatte keine Lust darauf, dass er ihr nachstellte.

Nachdem Elli ein Zimmer im Hotel bezogen hatte, saß sie auf ihrem Bett. Auf der einen Seite war sie am Boden zerstört, weil niemand wusste wo Armando war, auf der anderen Seite aber auch erleichtert, dass er wohl immer noch am Leben sein musste. Wo konnte sie nur anfangen ihn zu suchen?

Die verzweifelte Frau musste ihn finden, bevor die Männer des Aufgebots ihn erwischen würden, denn diese würden ihn wahrscheinlich ohne ein Gerichtsverfahren aufhängen und wenn nur um sicherzugehen, dass er ihnen diesmal nicht entwischte.

KAPITEL DREI

***

„Nun, es macht keinen Sinn mit einem leeren Magen zu überlegen", murmelte sie. Elli wusch ihr Gesicht in der Keramikschüssel, die auf der schlichten Kommode stand, verließ das Hotel und lief die Straße hinunter zu dem Restaurant, das sie gesehen hatte, als sie in die Stadt geritten kam.

Als sie das Lokal betrat, war sie überrascht, wie nett es war. Glaskaraffen mit frischem Wasser oder Limonade standen auf einigen Tischen. Das Restaurant war sauber und gut besucht.

Das Menü des Tages war Hackbraten mit Stampfkartoffeln und brauner Soße, eines ihrer absoluten Lieblingsgerichte.

Während sie auf ihr Essen wartete, ließen die wundervollen Aromen, die in der Luft lagen, ihren Magen knurren wie ein hungriger Wolf.

Die Lady, die offensichtlich die Besitzerin des „Lucky Pot" Lokals war, erschien sehr freundlich und es dauerte nicht lange, und sie brachte einen Teller voll schmackhaft duftendem Essen.

Die Frau lächelte Elli an. „Schmeckt es?"

„Oh ja, es schmeckt köstlich, genauso wie meine verstorbene Ma ihren Hackbraten immer gemacht hat."

„Dann sollten Sie auch ein Stück meines hausgemachten Apfelkuchens mit einer Tasse Kaffee als Dessert bestellen, meine Liebe. Übrigens, was bringt Sie in die Stadt? Gehören Sie zu den Leuten von dem Viehtrieb, der vor zwei Tagen hier ankam?", fragte die Restaurantbesitzerin mit einem Seitenblick auf Ellis staubige Klamotten. Diese antwortete mit einem herzhaften Lachen.

„Nein, tatsächlich musste ich ein paar Worte mit dem Sheriff wechseln, und wahrscheinlich sollte ich später auch noch mit dem Richter sprechen. Ich bin hier im Namen meines Vaters und muss Informationen über einen Verdächtigen herausfinden, den mein Vater vor einigen Wochen verhaftet hat. Sein Name ist Armando Philippe Diaz."

Die ältere Frau wurde blass. „Kann ich mich eine Minute zu Ihnen setzen?"

„Aber natürlich. Schließlich ist es Ihr Restaurant, nicht wahr?" Elli war neugierig zu erfahren, was ihr die Frau zu sagen hatte.

„Armando ist geflohen. Niemand weiß, wo er ist. Seine Frau und ihre Familie waren sehr bekannt und beliebt in der Stadt. Niemand weiß, was diese Tragödie ausgelöst hat. Um ehrlich zu sein, ich kenne Armando seit er ein Kind war und seine Eltern von der alten Welt hierherkamen, um ihre große Hazienda aufzubauen. Ich habe nie geglaubt, und werde nie glauben, dass er seine Familie ermordet hat. Er hat seine Frau Maria abgöttisch geliebt und ihre Eltern immer respektiert. Wenn Sie mich fragen, ist das Ganze eine verrückte Hexenjagd, aber leider ist es eine Tatsache, dass Maria und ihre Eltern tot aufgefunden wurden. Das letzte Mal als Armando gesehen wurde, war es in der Nähe der Berge, die an das Land seiner Ranch grenzen. Ich weiß, dass sich Männer an das Gesetz halten müssen, aber wenn das Aufgebot dieses korrupten Richters ihn in die Hände bekommt, garantiere ich Ihnen, dass er gelyncht wird. Der arme Kerl weiß das ebenfalls und ich vermute, er versucht mehr über die Morde auf eigene Faust herauszufinden.

Übrigens, vergeben Sie mir meine schlechten Manieren, ich bin Ruby Hershberger, die Besitzerin und die Köchin des Lucky Pot Restaurants."

„Elli, Elli Townsend. Ich brauche die Hilfe von Mister Diaz und muss ihn wirklich in einer ganz dringenden Angelegenheit finden. Ich wünschte, ich wüsste, wo er ist."

Ruby Hershberger hatte den verzweifelten Unterton in der Stimme der jüngeren Frau bemerkt, und sie schwieg einen Moment. Dann schaute sie Elli an.

„Ich habe diesen Jungen immer geliebt. Er ist zu einem feinen, jungen Gentleman herangewachsen. Ich kann es nicht über mich bringen, ihn als Mörder zu sehen. Ich weiß, dass Armando viel Zeit in jenen Bergen, die an sein Land grenzen verbringt. Er nennt sie sogar sein Refugium der Sorglosigkeit. Einmal hat er mir gesagt, dass er immer dort hin geht, wenn er nachdenken müsse. Ich könnte mir vorstellen, dass er sich genau dort versteckt."

„Vielen Dank für die Information. Eine Frage noch, warum bezeichnen Sie Ihren Richter als korrupt?"

Ruby schaute sich um, dann senkte sie den Kopf und flüsterte, „er mochte Armando nie und hatte immer ein Auge auf diese Ranch geworfen, aber die Diaz Familie hat sie ihm einfach nicht verkauft. Das hat ihm natürlich gar nicht geschmeckt, wenn Sie verstehen, was ich meine."

Ellie nickte aufmerksam.

„So, jetzt hol ich aber Ihren Kuchen und den Kaffee,

geht übrigens aufs Haus. Ich hoffe sehr, dass Sie den Jungen finden, bevor ihn die da erwischen!", sagte sie und deutete dabei durch das Fenster nach draußen.

Genau in dem Moment gingen der Sheriff und ein gut gekleideter Gentleman am Gebäude vorbei. „Richter Werdinger!" Ruby stand auf, um das Dessert zu holen.

Elli kehrte nach der Mahlzeit zum Hotel zurück, und entschied sich, etwas auszuruhen, bevor sie sich am nächsten Morgen auf die Suche machen würde. Je mehr sie über den ganzen Fall nachdachte, umso verwirrender schien alles. Irgendwie passte alles nicht so richtig zusammen und die junge Frau war fest entschlossen, die Wahrheit herauszufinden, denn Elli brauchte dringend Armandos Hilfe, wenn sie jemals die Mörder ihres Vaters finden wollte.

In der Morgendämmerung lief sie hinüber zum "Lucky Mule" Mietstall und schaute nach ihrem Pferd. Es war ein imposanter Hengst, schwarz wie eine mondlose Nacht, stark und muskulös. Sie hatte dem Stalljungen ein paar extra Münzen gezahlt, damit er sich gut um ihn kümmern würde. Sie wollte sicher gehen, dass Donner gut gefüttert, genügend Wasser hatte und gebürstet wurde.

Elli entschloss sich dazu, zum Restaurant rüber zu gehen und Ruby zu fragen, ob sie ihr etwas Proviant für die Suche zusammenpacken könne. Ruby freute sich sogar, dass sie helfen konnte, und während sie kalten Braten aufschnitt und frische Brötchen dazu packte, bereitete sie auch rasch einen Teller Rührei mit Speck und Bohen zu. Die Lady hatte Elli sofort in ihr Herz geschlossen und hoffte sehr, dass die fremde Frau aus Arizona Armando vielleicht helfen könnte.

Während sie aß, verfolgte Elli das Gespräch zweier Rancher am Nebentisch. „Was wird denn jetzt mit der Ranch passieren? Denkst du, dass der Richter sie nun endgültig in die Finger bekommt?"

„Nicht solange Armando am Leben ist. Er wäre nie damit einverstanden."

„Sei kein Narr! Sobald sie ihn finden, hängen sie ihn an den nächsten Baum. Die werden sich nicht mal die Mühe machen, ihn für die Gerichtsverhandlung in die Stadt zu bringen."

„Nun, das ist wahrscheinlich wahr. Ich bin sicher, dass Richter Werdinger keine Zeit vergeuden würde. Er ist, solange ich mich erinnern kann, hinter diesem Besitz her. Ich verstehe nicht, was um alles in der Welt in Armando gefahren ist, seine ganze Familie um die Ecke zu bringen."

„Ach zur Hölle, wir wissen ja noch nicht mal, ob er es getan hat. Er war immer ein ehrlicher Kerl gewesen, wenn man mit ihm Geschäfte machte und jeder weiß, dass er diese Frau von ganzem Herzen geliebt hat."

Der andere Mann nickte zustimmend und zog dann ein paar Dollarscheine aus der Tasche. Er schob seinen Stuhl zurück, und stand auf.

„Nun, zu Hause wartet eine Menge Arbeit auf mich. Ich sehe dich am Sonntag in der Kirche, Partner!" Ellis Blick folgte den beiden Männern und sie war mehr ins Grübeln geraten, denn je zuvor.

„Hat Ihnen das Frühstück geschmeckt, meine Liebe? Übrigens, hier ist Ihr Proviant Paket. Gott sei mit Ihnen, Mädchen!"

Elli dankte der freundlichen Frau und versprach ihr, ihr Bestes zu geben.

Sie hatte keine andere Wahl, denn Elli war davon über-zeugt, dass weder ihr Vater noch sie selbst Frieden finden würden, falls sie versagte.

„Ruby, eine Frage hätte ich noch. Warum um alles in der Welt ist der Richter so darauf versessen, sich Armandos

Hazienda unter den Nagel zu reißen?"

Ruby schaute sich vorsichtig um und beobachtete dabei die Gäste im Restaurant genau. „Nun, dem Richter liegt nichts an der Hazienda selbst. Er ist hinter dem großen Stück Land her, auf dem Armandos Zuhause steht. Niemand kennt sein wirkliches Motiv, aber wenn Werdinger sich etwas in den Kopf gesetzt hat, dann geht er über Leichen, um es zu erreichen."

Nachdem Elli ihr Pferd gesattelt hatte, packte sie ihren Pistolengurt und das Gewehr und ritt aus der Stadt. Sobald sie die Grenzen von Orange Grove hinter sich gelassen hatte, trieb sie ihr Pferd Donner zu einem schnelleren Trab an und lenkte den Hengst Richtung der Berge, in denen sich Armando Phillipe Diaz wahrscheinlich versteckte.

Zuerst konnte Elli nirgends brauchbare Spuren entdecken. Die Stadtleute und die Männer des Aufgebots mussten wie eine Büffelherde durch das Gelände gezogen sein.

Sie versuchte sich in Armandos Situation zu versetzen. Was würde sie tun, wenn sie auf der Flucht wäre? Er bräuchte auf alle Fälle einen Unterschlupf für die Nacht, also wäre ein einsames Blockhaus oder auch eine Höhle so ein Ort, wo er sich verstecken würde.

KAPITEL VIER

* * *

Sie ritt auf die Berge zu, die an Armandos Land grenzten und folgte Rubys Beschreibung, wo sie anfangen sollte zu suchen. Ein Zeichen würde ihr helfen, die endlosen Möglichkeiten eines Versteckes in dem zerklüfteten Massiv zu limitieren.

Armando hatte vor einigen Jahren anscheinend eine Höhle im sogenannten Puma Canyon gegenüber Ruby erwähnt. Laut ihr hatte der Canyon seinen Namen dem Schatten eines Pumas zu verdanken, der jeweils zur Mittagszeit an der östlichen Felsklippe erschien.

Es war bereits Mittag. Gerade als Elli dachte, sie würde den Ort nie finden und Donner um die Biegung einer Schlucht trottete, sah sie den Schatten in der Form eines springenden Berglöwen auf einer der Canyon Wänden.

„Verflucht, das wird aber auch Zeit! Dachte schon ich finde es nie!", murmelte sie vor sich hin. Sie wusste, dass sie ein Wettrennen gegen die Zeit lief und die Lynchbande saß ihr im Genick.

Als sie näher an die steilen Canyon Wände herankam, stieg sie aus dem Sattel und führte den Hengst an den

Zügeln, denn sie wollte nicht, dass sich das wertvolle Tier an den schroffen Felsen verletzte. Sie schaute nach oben und sah den Eingang zu einer kleinen Höhle, die vom Boden der Schlucht nicht sichtbar gewesen war.

„Nun, ich würde mal behaupten, das ist ein feines Versteck, um sich zu verbergen. Oder, was meinst du, Donner?" Das Pferd wieherte leise, als ob es ihre Meinung teilte und sie tätschelte ihm zärtlich den Hals. Der prächtige Hengst war die einzige Verbindung, die ihr von ihrem Vater geblieben war, abgesehen vom Haus in Yuma und dem Sheriffstern in ihrer Weste. Die Frau liebte dieses schöne Geschöpf über alles.

Ellis Instinkt sagte ihr, dass Armando dort oben war. Sie wusste auch, dass sie in dem offenen Gelände eine ideale Zielscheibe abgab und versuchte alles, nicht zu viel Lärm zu machen. Der Aufstieg zur Höhle war anstrengend und nach einigen Minuten war sie außer Atem, doch dann nahm sie plötzlich den schwachen Geruch von Rauch wahr.

Davon überzeugt, dass Armando mittlerweile bemerkt haben musste, dass jemand gefährlich nah an sein Versteck kam, falls er überhaupt da oben war, entschloss sich Elli sich lieber anzukündigen. Sie wollte nicht das Risiko eingehen, sich eine Kugel einzufangen.

Die junge Frau rief vorsichtig seinen Namen. „Armando Diaz, sind Sie in der Höhle? Ich bin es, Elli Townsend von Yuma. Bitte Armando, ich muss dringend mit Ihnen sprechen! Es geht um meinen Vater."

Zuerst erhielt sie keine Antwort und sie dachte, dass sie sich wohl irren müsse, und er sich doch nicht in der Höhle aufhielt. Aber dann, als sie sich schon zum Gehen wandte, flüsterte eine raue Stimme zurück.

„Ist Ihnen irgendwer gefolgt? Wo ist dieses verdammte Aufgebot?"

Sie wirbelte herum und verlor dabei fast die Balance, als sich ein Stein unter ihrem Stiefel löste. Da stand Armando im Eingang der Höhle und zielte mit einem Gewehr auf sie. Elli schluckte. Er sah schrecklich aus, erschöpft mit eingesunkenen Augen. Seine rechte Schläfe zeigte Spuren getrockneten Blutes von einer hässlichen Platzwunde. Sein Gesicht war geschwollen und wies mehrere Blutergüsse auf. Es war offensichtlich, dass er von den Leuten des Aufgebots verprügelt worden war, nachdem sie ihn in Yuma abgeholt hatten. Sie hatten ihn schlimm zugerichtet und er tat Elli leid. Er betrachtete sie genauer und sein Gesichtsausdruck änderte sich.

„Elli, was machen Sie hier in Kalifornien? Warum suchen Sie mich? Ist Ihrem Vater irgendwas zugestoßen?" Sie war unfähig zu antworten und bestätigte seine Vermutung mit einem Nicken und Tränen in den Augen.

„Kommen Sie in die Höhle und erzählen Sie mir, was passiert ist. Es tut mir leid, dass ich Ihnen keine komfortablere Unterkunft anbieten kann, aber wie Sie sicher wissen, musste ich von diesen Lynchbrüdern fliehen."

„Warum sind Sie davongelaufen? Das macht Sie doch verdächtiger denn je."

„Denken Sie wirklich, ich würde eine faire Verhandlung bekommen, Elli? Haben Sie die Leute in der Stadt schon getroffen? Sie müssen Ruby getroffen haben. Sie ist die einzige Person, der ich jemals über diese Höhle erzählt habe. Ich möchte beweisen, dass ich unschuldig bin und ich muss den wahren Mörder finden. Das kann ich aber nicht, wenn sie mich hängen, oder?"

Sie starrte ihn nur an. Er lachte, aber es klang bitter.

„Sie glauben Ihnen wahrscheinlich, dass ich meine Frau und ihre Eltern getötet habe. Aber ich sage Ihnen, ich habe es nicht getan!"

„Warum erzählen Sie mir dann nicht Ihre Seite der Geschichte?"

Er starrte in die Glut des kleinen Lagerfeuers und stocherte vorsichtig darin herum, um nicht zu viel Rauch zu provozieren. Elli stand auf, lief zu Donner und packte ihr Proviant Bündel aus. Als sie wieder neben das Feuer trat, reichte sie Armando etwas von dem Essen, dass Ruby für sie eingepackt hatte. Seine Augen wurden groß und es war offensichtlich, dass er die letzten Tage nicht viel gegessen hatte. Der attraktive Spanier nahm ihre Hand vorsichtig in seine und sie errötete, denn die vertraute Geste seiner rauen Hand traf sie völlig unvorbereitet.

„Dies ist das zweite Mal, dass Sie mir zu Essen geben. Ich hoffe, Gott gibt mir die Chance, Sie eines Tages mit einem Festessen zu verwöhnen, Elli Townsend."

Sie lächelte und biss an ihrem Brötchen ab, während sie schweigend darauf wartete, bis er bereit war seine Version der Ereignisse zu erzählen.

„Maria war die Liebe meines Lebens." Seine Stimme war kaum lauter als ein Flüstern. „Wir waren glücklich zusammen und im Gegensatz zu den meisten Ehen unter spanischen Adelsfamilien war die Unsere keine arrangierte Verbindung. Ich hätte ihr niemals etwas zu Leide tun können! Wir waren in das Zentrum eines schmutzigen, korrupten Spieles geraten. Ich wurde bedroht, weil ich nicht Willens war, meine Ranch an den gierigen Typen, der die Eisenbahnlinie hier in Kalifornien baut, zu verkaufen. Die geplante Schienenstrecke läuft mitten durch mein Land. Es würde diese Leute viel Zeit sparen, wenn ihnen mein Land gehören würde. Aber nicht nur das. Eines Tages wird das Gebiet direkt an der Strecke viel Geld wert sein.

An jenem Tag war ich auf der Suche nach ein paar Pferden, die die vorhergehende Nacht aus dem Pferch entwischt waren. Als ich zurückkam, konnte ich meine Frau zuerst nirgends finden. Ich dachte, sie würde in der Küche sein und für mich kochen. Oh Gott, sie war eine fantastische Köchin!"

Seine Stimme verlor sich, er schien gefangen in schmerzhaften Erinnerungen. Elli blieb still neben ihm sitzen. Als er wieder sprach bemerkte sie eine einzelne Träne, die ihm langsam über die Wange lief. Elli kannte den Schmerz, der durch seine Brust toben musste, nur zu gut. Armando tat nichts, um seine Tränen zu verstecken.

„Schließlich ging ich in unser Schlafzimmer, um mein Hemd zu wechseln und da fand ich sie. Sie lag auf unserem Bett und starrte an die Decke. Um sie herum war eine schreckliche Blutlache und der ganze Raum roch wie rostiges Eisen. Sie atmete noch, aber sehr flach, und ich habe alles versucht die Blutung von einem großen Einschussloch in ihrem Bauch zu stoppen. Sie war so schrecklich blass, Elli. Sie flüsterte etwas, aber es war so schwierig es zu hören. Ich wusste nicht, was ich tun sollte."

„Was hat sie denn gesagt?", wollte Elli wissen.

Er schüttelte den Kopf. „Man konnte sie so gut wie nicht mehr hören. Das Wort *Eisenbahn* war alles was ich noch von ihrem Flüstern verstehen konnte. Sie lächelte mich an, obwohl sie so große Schmerzen gehabt haben musste; dann hörte sie einfach auf zu atmen. Maria ist in meinem Armen gestorben und da gab es nichts, was ich hätte dagegen tun können!"

Sie konnte seinen Zorn und seine Trauer spüren. Seine Hand war zu einer Faust geballt und er zitterte.

„Wo waren Ihre Schwiegereltern?" Er starrte sie an, als ob er sich daran erinnern müsste, in die Realität in dieser Höhle zurück zu kehren. *Wie verloren und am Boden zerstört er doch scheint.* Elli musste gegen das Bedürfnis, ihn tröstend zu umarmen, ankämpfen.

„Ich habe nach ihnen gerufen, aber keine Antwort erhalten. Als ich rüber in die Scheune lief, habe ich die Beiden gefunden. Mein Schwiegervater lag erschossen direkt hinter dem Scheunentor. Meine Schwiegermutter lag neben den Sätteln; sie hatten ihr in den Kopf geschossen. Ich erinnere mich daran, dass sie immer noch eine Heugabel in den Händen hielt, um sich zu verteidigen. Eine verdammte Heugabel! Da war so viel Blut überall. Ich geriet in Panik und rannte davon. Ich wusste, dass ich als einziger Überlebender der Hauptverdächtige sein würde. Wenn ich die wirklichen Mörder finden wollte, musste ich dafür frei sein. Also bin ich geflohen und habe mich jenseits der Grenze in eurem Territorium versteckt, bis ich wieder nach Kalifornien schleichen konnte und diejenigen zur Strecke bringen, die das meiner Familie angetan hatten. Das war als Ihr Vater mich in Handschellen gelegt hat.

Es ist zu gefährlich für die Meute mich am Leben zu lassen, verstehen Sie? Sie versuchen mir die Morde in die Schuhe zu schieben. Auf diese Weise können sie sich nicht nur mein Land unter den Nagel reißen, sondern auch noch den einzigen Zeugen, der weiß, dass sie meine ganze Familie umgebracht haben, los werden."

„Aber wer sind ´die´, Armando?" Er schaute für einige Momente aus der Höhle. Als er Elli wieder sein Gesicht zuwandte, war sie über den hasserfüllten Ausdruck, der auf seinem Gesicht brannte, geschockt.

„Es muss der Richter gewesen sein, zusammen mit seinem Eisenbahn bauenden Bruder. Ich muss mich für Maria und ihre Eltern rächen. Es ist eine Frage der Ehre, verstehen Sie das, Elli?" Natürlich verstand sie es. Sie war schließlich in der gleichen Situation, oder nicht?

Zum ersten Mal studierte er ihr blasses Gesicht und die

dunklen Ringe unter ihren Augen.

„Was ist geschehen Elli, warum sind Sie hier?"

Die verzweifelte Frau schluckte und kämpfte gegen ihre
eigenen Tränen an. „Es ist genau das passiert, was Sie
vorausgesagt haben. Die Banditen haben den monatlichen
Goldtransport der Mine überfallen. Feige haben sie jeden
der Eskorte niedergeschossen, auch meinen Vater."

Sie war blind vor Tränen und Armando legte ihr
tröstend einen Arm um ihre Schultern. Sie schluchzte
und versuchte alles, um wieder Kontrolle über ihre
Emotionen zu gewinnen.

„Sie sind der Einzige, der weiß, wie diese Banditen
aussehen. Ich muss sie finden! Sie müssen für das, was
sie getan haben, bezahlen! Selbst, wenn ich sie dafür eigenhändig töten muss, um meines Vaters Willen und für
die Gerechtigkeit. Vielleicht komm ich dafür in die Hölle,
aber das spielt keine Rolle. Ich werde nicht aufgeben, bis
ich Rache genommen habe für mein Vater, denn er war
immer ein Mann des Gesetzes gewesen."

Armando starrte sie an. „Ist es nicht verblüffend, wie
außergewöhnlich Gottes Wege sind? Er schickt Sie in mein
Leben...Wie tragisch unsere Schicksale doch miteinander
verbunden sind. Es tut mir so schrecklich leid, was Ihrem
Vater widerfahren ist. Ich habe noch nie so sehr verabscheut
Recht behalten zu haben, mit dem, was ich vor einigen Wochen vorausgeahnt habe. Und ich bewundere Ihr Rückgrat,
hier heraus zu reiten und den eisernen Willen, mich zu
finden. Aber ich muss auch zugeben, dass ich keine Ahnung
habe, wie ich Ihnen helfen kann. Um Himmels Willen,
ich weiß ja noch nicht einmal, ob ich selbst den ganzen
Schlamassel, in den ich hineingeraten bin, überlebe."

KAPITEL FÜNF

* * *

Zum ersten Mal, seit Maria ermordet worden war, hatte Armando ein weiteres Ziel neben dem, die Mörder der Liebe seines Lebens zu finden. Nun war er auch verpflichtet, dieser gutherzigen jungen Frau, die neben ihm am Feuer saß, zu helfen. Er würde sein Bestes geben, sie auf ihrer Mission für Gerechtigkeit zu unterstützen. Dass hieß, falls er es überhaupt aus seiner persönlichen Hölle herausschaffen würde.

„Sie denken, dass der Richter irgendwie in Verbindung steht zu den Morden, nicht wahr?" Er war über ihr plötzlich so rationales Denken überrascht. Sie zuckte nur mit den Schultern.

„Wenn Sie mir helfen wollen, müssen wir zuerst dafür sorgen, dass Sie vom Haken des Gesetzes freikommen. Die einzige Möglichkeit, dass zu erreichen ist, die wahren Mörder zu finden."

„Also glauben Sie mir?", fragte er hoffnungsvoll.

Sie schaute ihm offen in die Augen. „Ja!", war alles was sie sagte. Und das war auch alles, was er hören musste.

„Also, Richter Werdinger ist nicht nur der Bruder des

Besitzers der Eisenbahngesellschaft, sondern er würde auch unendlich reich werden, wenn ihm die führenden Grundstücke direkt an der Schienentrasse gehören würden. Wir hatten nie Feinde in der Stadt, aber nachdem ich mehrmals sein Angebot, meine Hazienda zu kaufen abgelehnt hatte, fingen er und sein Bruder an, sich äußerst hässlich zu verhalten. Sie haben uns, wo es ging Steine in den Weg gelegt. Ich glaube sogar, dass sie diejenigen waren, die dafür gesorgt haben, dass die Pferde aus dem Pferch entkommen konnten. Es scheint, als wollte man sicher gehen, dass ich an diesem fatalen Tag nicht auf der Ranch sein würde."

„Also ist alles was wir tun müssen, zu beweisen, dass die beiden entweder für die Morde verantwortlich waren oder sogar daran beteiligt, richtig?"

Er lachte, aber es klang bitter. „Leichter gesagt, als getan, Lady. Aber ja, ich denke das trifft es auf den Kopf."

„Mein Vater hat mir beigebracht, dass jedes noch so kleine Detail eine Rolle spielt. Also werde ich zu Ihrer Ranch raus reiten und schauen, ob ich irgendwelche Spuren finden kann, die die anderen Leute übersehen haben."

Armando war beeindruckt von ihrem Mut, ein Haus betreten zu wollen, indem solch ein Verbrechen passiert war. Aber er musste zugeben, dass sie Recht hatte. Es wäre zu riskant gewesen, wenn er auf seinem Besitz aufgetaucht wäre.

„Vater hat mir von Kindesbeinen an Respekt vor dem Gesetz und den Männern, die es repräsentieren, beigebracht. Sollte dieser Richter wirklich an einem Dreifachmord beteiligt gewesen sein, dann werde ich ihn wahrscheinlich eigenhändig windelweich prügeln, weil er die Ideale meiner Kindheit zerstört hat."

Der Spanier starrte sie einen Moment nur an, dann lachte er so laut heraus, dass die Wunde an seiner Schläfe zu pochen begann. Es war das erste herzliche Lachen seit dem Tag, an dem er seine sterbende Frau gefunden hatte, und es fühlte sich an wie eine heilsame Medizin. Er nickte und half ihr in den Sattel.

Sie ließ den Rest des Proviants zurück und versprach ihm, in spätestens zwei Tagen zur Höhle zurückzukehren. Er vertraute ihr, dass sie allein kommen würde.

* * *

Elli ritt zu Armandos Ranch. Niemand war dort und der Gedanke das Haus, indem Menschen so grausam ums Leben gekommen waren zu betreten, machte sie nervös.

Das Haus war groß und stabil gebaut. Blumen und Citrus Bäume waren rings herum gepflanzt. Es wäre so ein schöner Anblick gewesen, hätte sie nicht von den grausamen Taten gewusst, die hier stattgefunden hatten.

Sie schlang Donners Zügel um den Geländerpfosten, und betrat zögernd die Veranda. Ihre Schritte klangen unnatürlich laut in der unheimlichen Stille. Es gab nicht einmal Geräusche der Ranch Tiere. Offensichtlich hatte jemand alle von dem Besitz weggebracht. Im Haus drinnen hatte sich Staub auf den Möbeln niedergelassen und einige Stühle lagen umgeworfen auf dem Boden, Zeichen eines Kampfes, der zum Tod der Opfer geführt hatte.

Elli ging in den hinteren Teil des Gebäudes zum Schlafzimmer und bereitet sich auf das Schlimmste vor. Das Bett war ein Chaos. Wie furchtbar musste es gewesen sein, die sterbende Frau in dieser Blutlache zu finden. In Anbetracht der enormen roten Flecken, musste die Schusswunde sehr groß gewesen sein. *Vermutlich ein doppelläufiges Gewehr*, mutmaßte Elli. Sie stand für einen Moment bewegungslos da, ihr Gesicht eine Maske blanken Entsetzens.

Die Sonne fiel durch das Fenster, und ein plötzliches Funkeln auf dem Boden weckte ihre Aufmerksamkeit. Sie bückte sich vorsichtig, denn auf keinen Fall wollte sie das Bett berühren. Unter dessen Rahmen sah Elli ein Stück Goldkette, an der eine Goldmünze hing. Als sie die Münze in ihrer kalten Hand drehte, schrie sie überrascht auf.

„Das kann doch nicht wahr sein!" Dann steckte die geschockte Frau das Fundstück rasch in die Tasche ihrer Weste, wo auch der Sheriffstern ruhte, der ihre Körperwärme angenommen hatte.

Elli Townsend lief hinüber zur Scheune, aber sie fand dort keine neuen Spuren, außer jeder Menge getrocknetes Blut auf dem Boden. Aber das spielte keine Rolle. Sie hatte gefunden, was sie gesucht hatte. Armando Phillipe Diaz war in der Tat unschuldig und Elli wusste auch, wer der Mörder war. Sie sprang in den Sattel und galoppierte schnurstracks zurück zur Höhle, wo sich Armando versteckt hielt.

Am späten Nachmittag des nächsten Tages, nachdem sie die Nacht ebenfalls in der Höhle geschlafen hatte, ritt Elli die Hauptstraße von Orange Grove entlang zum Büro des Sheriffs. Harris sprang von seinem Stuhl auf, als er sie eintreten sah.

„Ich weiß, wo sich Diaz versteckt!", verkündigte sie ohne Harris überhaupt zu grüßen.

„Oh, das sind ja mal gute Neuigkeiten, Madam. Wo ist er? Ich muss sofort ein paar Männer losschicken, um den Bastard zu verhaften."

Aber Elli schüttelte ihren Kopf. „So wie ich das sehe, hat der Richter ein starkes persönliches Interesse an dem Mörder. Also schlage ich vor ich gehe rüber zum Hotel, mache mich etwas frisch und Sie richten Herrn Werdinger aus, dass er mich dort in einer Stunde treffen soll. Immerhin habe ich mir doch zumindest die ausgeschriebene Belohnung verdient, denn ich habe ihn ja gefunden. Ich kann das Geld gut gebrauchen."

Es war offensichtlich, dass dies dem Sheriff nicht gefiel. Elli war sich sicher, dass er die Belohnung lieber gerne für sich behalten hätte, aber im Moment musste er sich wohl oder übel den Anweisungen der jungen Frau beugen. Er erklärte sich einverstanden und Elli lief zum Hotel, nachdem sie Donner abermals im Lucky Mule Mietstall untergebracht hatte.

Die Tochter von Sheriff Townsend wusch sich und zog ein frisches Hemd an. Dann bürstete sie ihr langes Haar und versuchte so weiblich wie möglich auszusehen, wie es eben unter den Umständen machbar war. Dann setzte sie sich auf das Bett und wartete darauf, dass Richter Werdinger auftauchen würde.

Endlich klopfte es an die Türe. Elli öffnete und deutete an, dass der Mann eintreten solle. Richter Werdinger betrat das einfache Zimmer. Der Mann besaß kleine Rattenaugen und Elli Townsend musste dem Impuls, ihm in das Gesicht zu spucken, widerstehen.

„Guten Abend, Miss Townsend. Ich bin sehr erfreut, Sie endlich persönlich kennenzulernen. Sheriff Harris hat mir erzählt, dass Sie vollbracht haben, was keinem meiner Männer gelungen ist. Sie haben also den Mörder der Diaz Familie ausfindig gemacht. Ich muss gestehen, Sie sind wohl ganz und gar ihres Vaters Tochter. Sie haben Mumm in den Knochen, junge Dame!"

„Vielen Dank, Mister Werdinger. Ich werde Ihnen verraten wo er sich versteckt hält, aber zuerst will ich meine Belohnung und natürlich ein Stück von dem Kuchen, den Sie wohl bald erwarten dürften."

Er schaute sie verwirrt an. „Was meinen Sie, Madam?"

„Nun, da Ihnen nun alle Türen offenstehen Hand an den Diaz Besitz zu legen, werden Sie ja wohl bald ein sehr reicher Mann sein, sobald die Eisenbahnlinie fertig gestellt ist. Ich schätze mal, dass dies doch demnächst der Fall sein wird, nicht wahr?"

Er schaute sie nur an und wartete darauf, dass sie weitersprechen würde. Elli konnte fast hören, wie sich die kleinen Rädchen in seinem Kopf bewegten und er sich wohl wunderte, woher sie alles über seine Halsabschneider Machenschaften wusste.

„War das nicht auch der Grund, warum Sie sie getötet haben, Richter?"

„Ich habe nicht den blassesten Schimmer wovon Sie sprechen, junge Frau."

„Oh, ist das so? Nun, dann lassen Sie mich Ihrem Gedächtnis auf die Sprünge helfen, Richter Werdinger.

Es war also nicht genug für Sie Armandos Land stehlen zu wollen, richtig? Nein, Sie mussten auch noch seine gesamte Familie auslöschen. Ich hätte eigentliche gedacht, dass Sie Ihren Sheriff die Drecksarbeit für sich machen lassen, oder einen der Hilfssheriffs. Genauso, wie Sie die dazu angestiftet hatten, Armando halb tot zu prügeln auf dem Weg zurück in Ihr Territorium. Aber nein, Sie haben sogar seine Frau selbst umgebracht."

* * *

Er konnte es nicht fassen. *Wie um alles in der Welt kann sie das alles wissen? Aber es spielt keine Rolle*, dachte er. Sie würde einfach spurlos verschwinden und nie wiedergesehen werden; dafür würde er schon sorgen.

„Wie kommen Sie auf die absurde Idee, dass ich das Weib dieses Bastards umgebracht habe? Sie haben keinerlei

Beweise, Sie kleine dumme Arizona Rotzgöre."

Sie starrte ihm ohne Furcht in die Augen und wich keinen Schritt zurück. Elli streckte ihre offene Hand aus, in der eine Goldmünze an einem Stück Kette lag und sie las langsam und deutlich die Inschrift auf dem Schmuckstück vor.

„Für meinen geliebten Bruder, Isaac Werdinger von Jacob Werdinger, dem Eisenbahn König", las sie.

„Sie haben diese Münze in jenem Bett verloren, in dem Sie diese arme Frau erschossen haben. Sie sind nichts weiter, als ein korrupter Mörder, der es verdient dafür aufgeknüpft zu werden. Sie werden nie mehr die ehrenhafte Position eines Richters missbrauchen oder das ehrwürdige Gesetz beschmutzen. Sie sollen in der Hölle brennen, Werdinger! Und dort werden Sie Ihrem eigenen Richter gegenüberstehen."

Werdinger wurde blass. Die Münze war der eindeutige Beweis, dass er dort gewesen war und würde ihn mit den Morden definitiv in Verbindung bringen. Die Frau musste sie ihm abgerissen haben, als sie sich zur Wehr setzte. Er musste sofort Townsends Tochter los werden. Sie könnte seine Karriere binnen Minuten zerstören und nicht nur das, sie könnte ihn tatsächlich an den Galgen bringen.

„Sie werden das Niemandem erzählen, denn Sie werden dieses Zimmer nicht mehr lebendig verlassen! Sie halten sich wohl für sehr schlau, aber das sind Sie nicht. Sie haben sich mit der falschen Person angelegt, Fräuleinchen!"

Er trat auf sie zu, die Hände ausgestreckt als ob er sie erwürgen wolle. In diesem Moment krachte die Verbindungstür ins Nebenzimmer auf und Armando stand mit einem Gewehr im Anschlag im Türrahmen. Sein Gesicht war eine Maske puren Hasses. Werdinger verlor fast sein Gleichgewicht, als er versuchte rückwärts zur Tür zu kommen. Sein Gesicht zeigte Schock und Entsetzen, als er den Spanier erkannte und realisierte, dass eine Gewehrmündung auf seinen Bauch gerichtet war. Werdinger wusste, dass er ein toter Mann war. Der Richter rief verzweifelt nach seinem Sheriff, der unten im Foyer des Hotels saß. Aber Ruby Hershberger hatte Harris mittels einer doppelläufigen Schrotflinte unter Kontrolle.

Sie knurrte ihn wütend an: „Denke nicht einmal daran, dich zu rühren! Diesmal hast du wohl den falschen Bullen bei den Hörnern gepackt und du und dieser gierige, missratene Richter da oben werdet der Gerechtigkeit nicht entgehen, hörst du?"

Harris winselte verzweifelt wie ein kleiner Welpe und starrte in die Mündung des Schießeisens. Er zweifelte keine Sekunde daran, dass Ruby den Abzug betätigen würde falls nötig.

Inzwischen stand Armando vor Zorn zitternd in der Türe und war kaum in der Lage seine Rachegelüste zu kontrollieren. Werdinger starrte ihn an. Elli rief Armandos Namen, aber er schien sie nicht zu hören.

„Du hast meine Frau umgebracht!", schrie er den Richter an. „Ich habe sie in ihrem eigenen Blut auf unserem Bett gefunden! Ich werde dich dafür bezahlen lassen!" Sein Finger lag am Abzug und seine Hand zitterte.

Plötzlich fühlte er eine zarte Berührung auf seinem Arm und schaute zur Seite. Elli stand neben ihm.

„Nicht hier, Armando! Er wird hängen, dafür sorgen wir. Denk daran, Sie müssen frei sein! Er wird der Gerechtigkeit nicht entkommen und er soll durch die Hand des Gesetzes sterben!"

Armando zögerte, aber dann senkte er schließlich die Waffe und lief hinüber zu Werdinger, der erschrocken mit dem Rücken zur Wand zurückwich. Er schwitzte.

Armando zog seine Pistole aus dem Halfter und schlug sein Gegenüber mit einer raschen Bewegung nieder. Dann rief er den Namen eines befreundeten Ranchers. Es war einer der beiden Männer, deren Konversation Elli vor einigen Tagen in Rubys Restaurant belauscht hatte. Der Mann hatte auf Armandos Kommando im Zimmer nebenan gewartet.

„Lass ihn uns rüber in den Knast tragen, bevor ich meine Meinung ändere und ihn direkt zum Totengräber schicke, Hank!" Sein Freund klopfte ihm aufmunternd auf die Schulter, bückte sich dann und half Armando den Richter fortzutragen.

KAPITEL SECHS

***

Am nächsten Tag aßen Armando und Elli zu Mittag in Rubys Lucky Pot Restaurant. Der gutaussehende Adlige war sehr schweigsam. Elli tätschelte ihm tröstend die Hand.

„Ihr Ruf ist wiederhergestellt, mein lieber Freund. Sie können Ihre Ranch weiterführen und der Richter und der Sheriff werden beide ihre gerechte Strafe erhalten. Schließlich haben beide gestanden, für die Morde verantwortlich zu sein. Sie haben sich sogar gegenseitig beschuldigt!", fügte Elli mit einem Ausdruck von Abscheu auf ihrem Gesicht hinzu.

„Das wird meine Familie trotzdem nicht zurückbringen", erklärte Armando verbittert. „Ich habe mit Hank gesprochen; er wird für mich die Ranch eine Weile führen, bis ich entschlossen habe, was ich damit machen werde. Ich werde Ihnen helfen, genauso wie Sie mir geholfen haben, Elli. Wir werden gemeinsam nach den Ratten suchen, die Ihren Vater auf dem Gewissen haben. Schließlich habe ich es Ihnen zu verdanken, dass ich überhaupt noch am Leben bin, Elli."

Sie winkte den Einwand mit ihrer Hand weg. „Jeder

anständige Mensch hätte Ihnen geholfen!"

Aber er schüttelte den Kopf. „Nein, im Ernst, Elli. Ich schulde Ihnen mein Leben und werde Sie nicht im Stich lassen. Wir beiden haben eine Mission!"

Sie suchte nach einem Widerspruch in seinen Augen, aber fand keinen und ohne ein weiteres Wort zwischen den Beiden stand das Versprechen, sich gegenseitig zu schützen.

Elli betrachtete sein Gesicht genauer. Er sah müde und blass aus, selbst unter seiner gebräunten Haut.

Die Wunde an seiner Schläfe heilte bereits, aber der Schmerz, der sich in seinen Augen widerspiegelte, würde eine Ewigkeit brauchen zu verblassen, genau wie ihr eigener.

„Nun denn, Mister Diaz. Dann würde ich mal sagen, sobald diese beiden Verbrecher am Galgen baumeln werden wir unserer Mission folgen, richtig?" Er lächelte zurück. „Ja, Madam, genauso ist es!"

Ein paar Tage später wohnten beide der Exekution von Richter Werdinger und Sheriff Harris bei. Elli fragte sich, was Armando wohl dabei fühlte, als die beiden Männer um Gnade und Vergebung bettelten. Sie selbst konnte kaum glauben wie beschämend die beiden sich aufführten.

„Sie sollten wenigstens Manns genug sein die Konsequenzen für ihre Verbrechen wie echte Männer zu tragen. Aber ich vermute die Zwei wussten noch nie was Ehre und Würde bedeutet."

Armando Diaz antwortete nicht. Seine Kieferknochen waren angespannt und Elli vermutete, dass dies ein besonders emotionaler Moment für ihn war zuzusehen, wie die Mörder seiner Familie der Gerechtigkeit überführt wurden und für ihre Verbrechen bezahlen mussten.

Die Falltür unter ihnen öffnete sich mit einem lauten Knall und beide Männer zappelten und zitterten für einige Minuten. Keinem der Beiden war der schnellere Tod durch einen Genickbruch vergönnt, aber dann, endlich war es vorbei und ihre Körper schaukelten leicht an den beiden gespannten Seilen vor und zurück.

Armando schloss seine Augen für einen kurzen Moment. „Vielleicht gibt es wirklich Gerechtigkeit!", flüsterte er traurig. Er drehte sich zu Elli und sagte, „Meine Familie ist immer noch verloren, Elli, und es schmerzt immer noch genau gleich wie zuvor."

Er drehte sich weg von den Galgen, gab seinem Freund letzte Instruktionen, wie er sich um die Rinder seiner Ranch während seiner Abwesenheit kümmern sollte.

Am nächsten Morgen sattelte Elli Donner und Armando kam in den Stall und reichte ihr das Gewehr, welches sie aus Yuma mitgebracht hatte.

„Sind Sie noch immer sicher, dass Sie das tun wollen, Armando?" Sie war immer noch über sein Angebot, ihr bei der Jagd nach den Mördern ihres Vaters zu helfen, verunsichert.

Als er sprach klang seine Stimme bestimmt und zum ersten Mal sprach er sie im vertraulichen Ton an.

„Ich habe dir gesagt, dass ich es dir schuldig bin. Ich bin ein Mann der Ehre, Eleonora und war es immer. Es ist das Mindeste, dass ich tun kann dafür, dass du mich gerettet hast. Vielleicht ist es dir nicht bewusst, aber bevor ich dich getroffen habe, hatte ich nichts mehr zu Verlieren. Du hast mir einen Teil meines Lebens zurückgegeben. Obwohl Maria und ihre Eltern für immer verloren sind, habe ich dennoch eine Zukunft, dank dir. Ich muss nur lernen wieder zu leben, ohne sie, aber das ist etwas wobei mir niemand helfen kann. Im Moment jedenfalls kann ich mir nicht vorstellen, in dem Haus zu leben, in dem sie so grausam ihr Leben verloren haben. Vielleicht später, eines Tages."

Elli wusste, was er meinte. Das Leben war nie mehr dasselbe nach dem Verlust eines geliebten Menschen. Es würde immer schmerzen, bis man schließlich selbst seine Augen für immer schloss. Sie betete, dass sie beide Frieden finden würden... den Frieden, den man ihnen gestohlen hatte, als sie ihre sterbenden Familienmitglieder in den Armen gehalten hatten. Durch das Schicksal verbunden, hatte sich eine neue Vertrautheit zwischen Armando und Elli gebildet. Sie wussten, dass einer den anderen auf dieser Mission brauchen würde.

Sie waren gerade dabei in die Sättel zu steigen, als sie Ruby auf sie zustürmen sah, zwei Baumwollsäcke über ihre Schultern geworfen.

„Ich habe mir gedacht, dass etwas Proviant für unterwegs nicht schaden könne. Ihr habt nicht vorgehabt die Stadt zu verlassen, ohne mir die Chance zu geben zu verhindern, dass ihr unterwegs verhungert, oder?" Die beiden lachten und dankten ihr für die Wegzerrung. Ruby wurde ernst. „Möge Gott euch beide schützen und kommt bald wieder zurück, ihr Zwei!"

Elli umarmte die ältere Frau. „Vielen Dank, Ruby, für alles was du für uns getan hast. Wenn es Gottes Wille ist und wir Erfolg haben, werden wir bald gesund wiederkehren."

„Du bist auf einer gefährlichen Mission, junge Dame! Achte darauf, dass sie nicht dein Herz vergiftet!"

„Ich werde mein Bestes geben, Ruby."

„Es wird immer einen freien Tisch für dich in meinem Restaurant geben, Elli. Du hast einen meiner besten Freunde gerettet und dafür bin ich dir sehr dankbar." Elli wurde rot und Armando lächelte Ruby Hershberger herzlich an.

Dann stiegen die Beiden in die Sättel und ritten aus der Stadt. Einige der Leute nickten ihnen respektvoll zu, und grüßten freundlich.

Während sie in das Gebiet von Arizona ritten sprachen sie über ihre Pläne und wie sie die Bande finden wollten, die Sheriff Townsend niedergeschossen hatten. Unglücklicherweise hatte Armando nur ihre Vornamen gehört und er war sich nicht einmal sicher, ob sie ihre richtigen Namen benutzt hatten, als sie sich unterhielten. Elli hoffte, dass sie etwas in den Saloons oder Bordellen über die Bande rausfinden würden, wenn sie erst einmal Zuhause war oder in den Silberboom Städten wie Tombstone, Goldfield, oder Bisbee.

Sie war überzeugt, dass diese Verbrecher sich nicht für lange Zeit versteckt halten würden. Einen Batzen Gold in den Händen zu haben, wäre sicherlich zu verführerisch für diese Feiglinge, es nicht für Whiskey und Frauen von schlechter Moral auszugeben.

Armando war sich ebenfalls sicher, dass die Gang in einer dieser Minencamps auftauchen würde, denn dies waren beliebte Unterschlupfe für Spieler, Viehdiebe und Halsabschneider.

Elli war erleichtert den gutaussehenden Spanier an ihrer Seite zu haben, denn sie wusste, wie gefährlich es für eine hübsche junge Frau war allein unterwegs zu sein.

* * *

Die Sonne stand hoch am Himmel, es musste schon nach zwölf Uhr sein und die Beiden ritten schweigend eine Weile nebeneinander. Elli musterte Armando verstohlen. Er schien in Gedanken verloren zu sein. Nun, da seine Feinde tot waren, hatte er kein persönliches Ziel mehr und er fühlte sich einsamer und trauriger denn je zuvor.

Obwohl er es nicht zugab, war es dennoch ein Trost, Elli an seiner Seite zu haben. Wenn es eine Person auf dieser Welt gab, der oder die seinen Schmerz verstand, dann war es Elli Townsend.

Im Gegensatz zu anderen Frauen zwang sie ihm keine Konversation auf. Er betrachtete sie, die Art wie sie ritt, selbstsicher und ihre Bewegungen in Harmonie mit dem herrlichen Hengst. Es war offensichtlich wie sehr sie das Pferd liebte. Sie war definitiv eine spezielle Frau, in vielerlei Hinsicht. Aber dann senkte er seinen Kopf und heftete seine Augen wieder auf den Pfad vor ihnen.

Als die Sonne langsam Richtung Horizont sank, hielt er sein Pferd an. „Ich denke, wir sollten uns einen Lagerplatz für die Nacht suchen. Es wird noch ein paar Tage dauern, bis wir in Yuma sind, es sei denn du willst südlich oder nördlich deiner Heimatstadt suchen."

Sie schaute ihn verwundert an. Er zuckte mit den Schultern und meinte dann: „Wenn ich in den Stiefeln dieser Männer stecken würde, würde ich mich nicht zu lange in der Gegend aufhalten, in der ich einen Gesetzeshüter und andere erschossen habe. Ich würde mich auf den Weg zu einer Gegend machen, wo ich meine Art Leute finde und ich jenseits des Gesetzes leben könnte, ohne zu viel Aufmerksamkeit auf mich oder meine Verbrechen zu ziehen."

„Du hast wahrscheinlich Recht."

Sie stoppten ihre müden Pferde an einem kleinen Canyon und während sie das Feuer machte, kümmerte er sich um seine kastanienbraunen Stute und um ihren Hengst.

Sie genossen ein Stück von Rubys Hackbraten und das frische Brot. Beide waren hungrig und froh über die Mahlzeit. Armando stand auf, kramte in seiner Satteltasche herum und kam schließlich mit einem Kaffee Pot, Kaffeebohnen und Zucker zurück ans Feuer. Ellis Augen wurden groß. „Kaffee? Wirklich?"

Er lachte, nachdem er die Kanne mit Wasser aus dem Bach neben ihrem Lager gefüllt hatte. „Naja, ich kann natürlich nicht mit Rubys Küche konkurrieren, aber immerhin kann ich uns starken, heißen Kaffee machen."

Er war froh, dass er den Kaffee Pot eingepackt hatte. Es war schön, Elli lächeln zu sehen. Sie lächelte selten, aber wenn sie es tat, konnte sie damit einen ganzen Raum erhellen.

Elli griff tiefer in den Baumwollsack mit den Vorräten, die Ruby ihnen eingepackt hatte. „Ich wird verrückt!", rief sie aus.

„Was ist los?"

„Das sieht wie ein kleiner Apfelkuchen aus!" Nun war es an ihm zu lächeln. Wie gesegnet er doch mit seinen wundervollen Freunden war. Schweigend genossen sie beide den Kaffee und den Kuchen, während die Flammen knisterten und Funken in den Nachthimmel voller Sterne stoben.

„Ich versuche mich immer selbst damit zu trösten, dass einer dieser Sterne da oben mein Vater ist, der über mich wacht!", sagte Elli. Ein trauriges kleines Lächeln zeigte sich auf ihren sinnlichen Lippen.

„Der Gedanke gefällt mir!", sagte Armando. „Vielleicht sollte ich mir vorstellen, dass auch meine Maria und ihre Eltern da oben im Himmel zwischen diesen funkelnden Lichtern sind."

„Übrigens, warum hast du noch niemanden in Yuma geheiratet, Elli? Ich meine, du bist doch eine schöne Frau." Armando biss sich verlegen auf die Zunge. *Wie kann ich nur so taktlos sein*, dachte er.

Sie drehte sich zu ihm und antwortete ohne Zögern. „Meine Mom und Dad waren ein außergewöhnliches Paar. Sie liebten und respektierten sich über alle Maße. Ich möchte mich nicht mit weniger zufrieden geben, nur damit ich vermählt bin. Also warte ich auf den Richtigen, der sich mein Vertrauen verdient und mein Herz erobert, genauso wie es mein Vater bei meiner Mutter getan hatte."

„Das ist ein gutes Argument, außerdem gibt es keinen Grund sich zu beeilen, denn du bist ja noch jung genug."

Sie lachte. „Wir wissen ja nicht, wie lange das Ganze dauern kann. Vielleicht ende ich als alte Jungfer."

„Ha, das bezweifle ich aber stark!", sagte er mit einem breiten Lächeln auf dem Gesicht, welches seine markanten Züge in ein freches Jungengesicht wandelten. Dann legten sie sich neben das Lagerfeuer und schliefen schließlich ein. Ganz in der Nähe heulte ein Kojote.

KAPITEL SIEBEN

* * *

Nach dem Frühstück bestehend aus Resten des Vortags und frischem Kaffee, entschlossen sie sich, ihre Suche in einer Stadt Namens Florence zu beginnen. Elli wusste, dass der Ritt dorthin mindestens drei Tage dauern würde. Florence klang vielversprechend als Quelle für Informationen. Die Stadt wuchs schnell und es gab viele Leute dort. Vielleicht hatte jemand diese Ratten gesehen.

Anfangs war Armando besorgt, ob Elli den anstrengenden Ritt durchstehen könne, aber am zweiten Tag musste er zugeben, dass sie ganz schön hart im Nehmen war. Nicht einmal beschwerte sie sich über die Hitze oder dass ihr die Knochen schmerzen würden. Seine Bewunderung für ihre Kämpfernatur wuchs täglich.

Dennoch versuchte Armando sie etwas zu bremsen, denn ihm war wohl bewusst, dass ihre Energie von der gefährlichsten aller Emotionen angeheizt wurde, dem Hass. Ihm gefiel es nicht, dass ihr Zorn und ihre Abscheu gegen die Mörder Elli vielleicht in die Gefahr brachten unnötige Risiken einzugehen. Eines Abends äußerte er seine Bedenken.

Als sie in Florence ankamen, suchten sie zuerst den Mietstall auf und sorgten dafür, dass ihre Pferde gut gefüttert und getränkt wurden. Sie baten den Schmied darum, ihre Hufe zu überprüfen, und falls nötig, sie mit neuen Hufeisen zu beschlagen. Dann liefen sie hinüber zu einem kleinen Hotel.

Sie hatten sich darauf geeinigt, als Mr. und Mrs. Gonzalez ein Zimmer zu mieten, um keine Neugierde zu wecken. Armando brachte es nicht übers Herz Elli als Frau Diaz eintragen zu lassen. Keine Frau sollte diesen Namen tragen, auch nicht als Tarnung. Er entschuldigte sich dafür, aber Elli verstand ihn und war deshalb nicht verärgert.

Nach einer warmen Mahlzeit und einem Bad lief Armando ohne Elli rüber zum Tunnel Saloon. Eine anständige Frau hätte nie ein solches Lokal betreten. In der Hoffnung, dass er etwas über die Banditen, die sie verfolgten herausfinden würde, bestellte er sich einen Whiskey. Es dauerte nicht lange und ein gefallener Engel versuchte ihn charmant dazu zu bringen, ihr einen Drink zu bezahlen. Das tat er auch.

„Was bringt dich in die Stadt, hübscher Mann?"

Er wandte sich ihr zu, warf aber einen schnellen Blick auf die Männer am Pokertisch. „Ich suche nach ein paar Freunden von mir. Drei, um es etwas genauer zu sagen. Einer hat ne lange Narbe auf der Wange. Die anderen beiden sind Brüder mit lockigem, blondem Haar. Sie heißen Pete und Darell. Sie haben mir gesagt, sie würden hier ein bisschen Gold verpulvern, falls sie ein paar hübsche Ladies wie Sie finden würden. Haben Sie die drei in Florence gesehen in letzter Zeit? Blöderweise habe ich sie aus den Augen verloren, denn ich wurde im guten alten Kalifornien aufgehalten."

Armando hoffte, dass seine Geschichte überzeugend

genug klang. Sie schaute sich in dem Raum um, dann nahm sie eine Flasche Whiskey und zwei Gläser von der Theke und zog ihn zu einem kleinen Tisch in der Ecke. Armando wurde nervös. Hatte sie tatsächlich Informationen für ihn?

„Setz dich, Fremder und genieße noch einen Drink mit mir! Es kommt in letzter Zeit nicht oft vor, dass attraktive Männer wie Du in unseren Saloon kommen."

Sie goss ihm einen Drink ein, dann füllte sie ihr eigenes Glas und hob es an. „Auf diese Nacht, die immer noch jung genug ist, um dir das Paradies zu zeigen, Cowboy."

Er lächelte sie an, nippte aber nur am Glas. Sie war es wohl gewohnt, dass Elixier des Westens zu trinken, denn sie füllte ihr Glas bereits wieder nach.

„Sie waren hier", fing sie, ohne weiteres Süßholz zu raspeln, an. „Der Mann, den du erwähnt hast, nennt sich Texas Logan. Ich erinnere mich genau an ihn. Hat tatsächlich ne lange Narbe auf seiner rechten Wange, genau wie du gesagt hast. Muss wohl vor einiger Zeit eine hitzige Diskussion mit der Klinge eines Widersachers gehabt haben."

„Jawoll, das ist mit Sicherheit Logan. Waren die beiden Brüder bei ihm, Pete und Darrell, meine ich?"

„Du musst wohl die Lenny Brüder meinen. Tatsächlich waren die beiden auch hier. Es ist wahr, sie hatten genügend Gold dabei, um ein paar Tage ausgiebig zu feiern. Aber sie verließen die Stadt, nachdem einer der Brüder eines meiner besten Mädchen vertrimmt hat. Das arme Ding wird für Wochen nicht arbeiten können. Wir haben den Sheriff gerufen, aber zeig mir einen dieser Hunde mit Blechstern, der sich für eine von uns Weibern einsetzen würde. Nein, Sir, wenn es eine der Damen der feinen Gesellschaft gewesen wäre, dann hätten sie Himmel und Hölle in Bewegung gesetzt, aber für eine von uns? Du weißt ja, wie das ist."

Sie ließ den Satz im Raum stehen und er wusste, dass sie recht hatte. Es war eine der traurigen Tatsachen in den Rotlichtbezirken jeder Minenstadt.

„Sag mir, du hübscher Teufel, du würdest eine Lady nicht so behandeln, oder?"

Er schüttelte den Kopf. „Niemals, aber leider muss ich gestehen, dass meine Frau mit mir reist und ich mache mich besser auf den Weg zurück in unser Hotel, bevor sie mir die Hölle heiß macht. Wissen Sie, wohin die Männer geritten sind nachdem sie Florence verlassen hatten?"

Sie schaute ihn mit einem traurigen Gesichtsausdruck an. „Weißt du was, Fremder? Ich beneide deine Frau. Und nein, ich weiß nicht wohin sie als nächstes zogen, aber sie haben viel über Wickenburg und das nördliche Territorium gesprochen. Sie hatten Pläne dort nach mehr Gold zu suchen. Das ist alles, was ich mitbekommen habe. Übrigens, du musst du für den Korn Saft hier bezahlen!"

„Das mache ich und noch mehr. Hier ist etwas extra Geld für die nette Unterhaltung. Sie sollten sich einen anständigen Ehemann suchen, Madam."

Sie nahm das Geld und ging zurück zur Bar. Sie konnte sich nicht daran erinnern, wann sie das letzte Mal so respektvoll mit „Madam" angesprochen wurde. Er schien ganz anders als die Halsabschneider zu sein, die er suchte.

Sie hatte Zweifel an seiner Geschichte, aber das ging sie nichts an und mit einem bezirzenden Lächeln ging sie auf den nächsten möglichen Liebhaber für die Nacht zu.

* * *

Als Armando zum Hotel zurückkam ging er sofort nach oben. Er hängte seinen Hut an den Haken hinter der Türe und wollte Elli gerade erzählen, was er herausgefunden hatte, als sein Blick auf das Bett fiel. Sie schlief und er lief leise zu ihr und deckte sie vorsichtig mit der Decke zu. Sie murmelte in ihrem Schlaf und er lächelte.

Sie hatte ihre staubige Kleidung so gut es ging gesäubert und ihre langen Haare gebürstet. Es bedeckte fast das gesamte Kopfkissen. Zum ersten Mal, seit er sie vor dem Gefängnis in Yuma getroffen hatte, sah er sie mit den Augen eines Mannes und bewunderte ihre unschuldig wirkende Schönheit. Dann drehte er sich rasch um, zog seine Stiefel und Jacke aus und setzte sich in den Schaukelstuhl, der in der Ecke stand.

Am nächsten Morgen wachte er nach nur wenigen Stunden Schlaf auf und streckte seinen steifen Rücken durch. Er zuckte zusammen, denn sein Rückgrat schmerzte. *Verdammt, anscheinend fange ich an mein Alter zu spüren.*

Elli wachte auf und lief sofort rot an.

„Oh mein Gott, hast du die ganze Nacht in dem Schaukelstuhl geschlafen? Du hättest mich wecken sollen, und wir hätten uns abwechseln können mit dem Bett."

„Das macht mir nichts aus. Ich brauche nur einen starken Kaffee, Eier und Speck und ich bin fast ein neuer Mann!", sagte er und wusch sein Gesicht in der Keramikschüssel.

Während sie ein deftiges Frühstück verschlangen, erzählte ihr Armando was er über Texas Logan, den Anführer herausgefunden hatte. „Dann reiten wir also nach Wickenburg, richtig?"

Armando schüttelte seinen Kopf. „Da wir nicht weit weg von Tucson sind, würde ich gerne einen Freund dort besuchen. Er ist ein pensionierter Marshal und bekommt immer noch so einiges an Tratsch mit. Ich möchte sicherstellen, dass wir es erfahren, falls diese Bande sich dazu entschließt doch wieder Richtung Süden zu ziehen, denn die meisten Outlaws stehlen oder verkaufen gestohlenes Vieh auf beiden Seiten der Grenze. Ist das in Ordnung für dich?"

Sie war sofort einverstanden. „Bei was immer uns hilft diese Mörder zu fangen, kannst du auf mich zählen!"

Eine Stunde später waren sie auf dem Weg nach Tucson. Sie kamen am frühen Abend an.

Armandos Freund, ein ehemaliger Gesetzeshüter mit schwedischen Wurzeln, begrüßte die beiden erfreut.

„Larson, so schön dich zu sehen, Partner!"

„Armando, was bringt dich denn in diese trockene Wüste und weg von deinem üppigen Paradies?"

Mit einem neugierigen Blick musterte Larson Elli. „Wo ist Maria?"

Armando setzte sich und erzählte seinem Freund ohne Umschweife, was in Orange Grove passiert war. Larsons Gesicht war voller Mitgefühl.

„Das tut mir so leid, mein Freund! Was für ein grausames Schicksal. Aber nun, da dieser korrupte Richter und sein schmutziger Sheriff hingerichtet wurden, was führt dich dann nach Tucson?"

Armando schaute zu Elli. Er erklärte Larson, dass Elli ein ähnliches Schicksal teilte und das sie auf der Jagd nach den Mördern ihres Vaters seien.

„Oh, dann sprichst Du von Sheriff Oscar Townsend? Er war ihr Vater? Gott segne seine Seele. Ein feiner Mann des Gesetzes. Wir sind einmal zusammen in einem Aufgebot geritten. Es ist mir eine Ehre seine Tochter kennenlernen zu dürfen."

Elli Townsend lächelte den Mann mit Tränen in den Augen an. „Haben Sie diese Verbrecher vielleicht irgendwo hier in der Gegend gesehen?", fragte sie hoffnungsvoll.

„Ach zur Hölle, ich glaube, dass ein Drittel von ganz Arizona entweder in Überfällen oder Viehdiebstahl verwickelt ist. Die meisten hier an der Grenze zu neu besiedelten

Gebieten haben lieber die Straße des Gesetzeswidrigen eingeschlagen." Dann kratzte sich Larson am Kinn.

„Also, wenn ich es recht überlege fällt mir dazu was ein. Vor zwei Wochen kam ein Goldschürfer Namens Ronan McDowry in die Stadt. Er musste seine Vorräte aufstocken und erzählte mir, dass er unfreiwillige Bekanntschaft mit drei gefährlich aussehenden Burschen gemacht hatte. Sie hatten ihn mehr oder weniger dazu genötigt, sein Lagerfeuer und seine Vorräte mit ihnen zu teilen. Die Tatsache, dass er sogar seinen wertvollen irischen Whiskey mit ihnen geteilt hat, hat ihm seiner Meinung nach sogar das Leben gerettet. Wie auch immer, einer der Typen hat sich jedenfalls damit gebrüstet, dass er nicht mal den Teufel selbst fürchten würde. Er hat großspurig erklärt, dass er sogar einen Sheriff vor nicht allzu langer Zeit erschossen hätte. Der Goldsucher erzählte mir, dass dieses Großmaul eine lange Narbe auf seiner rechten Wange hatte und sicherlich der Anführer der Bande war. Für mich klingt das ganz so, als ob dass der Mann ist, den Sie suchen, junge Dame."

Dann wandte sich Larson an Armando. „Der Mann sagte auch, dass die beiden anderen sich als Brüder ausgaben. Das klingt alles nach der Bande, die ihr verfolgt."

„Texas Logan!", flüsterte Elli. Er war der Mann, den sie von ganzem Herzen hasste. Dieser eiskalte Mörder hatte ihr den wertvollsten Menschen in ihrem Leben genommen.

Armando berührte sie sanft an der Schulter. „Wir werden ihn erwischen, und die anderen Beiden auch. Ich verspreche dir, wir werden sie dafür büßen lassen!" Elli schluckte tapfer ihre Tränen herunter.

KAPITEL ACHT

** **

Die Dämonen, die sie vor Wochen anfing zu jagen, hatten nun Namen und mehr als ein Zeuge konnte sie identifizieren sobald sie gefunden waren. Und was noch viel wichtiger war, sie konnten vielleicht sogar rausfinden wohin die drei Outlaws geritten waren, nachdem sie Florence verlassen hatten. Ja, sie waren ihnen auf der Spur.

Armando beobachtete Elli, genau wie Marshal Larson. Beide Männer konnten den Ausdruck des Hungers nach Rache auf ihrem Gesicht nachvollziehen. Elli war sich nicht dessen bewusst, aber sie trug den Gesichtsausdruck eines Killers.

„Wo finden wir diesen Schürfer?", fragte sie Larson.

„Soweit ich weiß, hat er die Stadt wieder verlassen. Sein Claim ist nicht weit von hier Richtung der Mule Mountains. Ich kann euch eine ungefähre Wegbeschreibung aufzeichnen. Ich glaube, er hat noch einige Waren von unserem Händler hier bestellt. Ich bin sicher, dass der Händler die genaue Lage seines Camps kennt, denn er beliefert die Minen Arbeiter einmal im Monat. Bringt ihm ganz schön extra Geld ein, dass er mit seinem Gespann rausfährt und die Bestellungen ausliefert."

Am nächsten Tag überzeugten Armando und Elli den Ladenbesitzer, dass sie die bestellten Waren zu dem Schürfer bringen könnten. Sie müssten dafür nur den genauen Standort wissen, wo dieser sein Lager aufgebaut hatte. Elli schwindelte gekonnt, dass sie die jüngere Schwester des Schürfers wäre und dem Händler dennoch gerne die Liefergebühr erstatten würde. Der Händler hatte nichts dagegen, zumal ihm dies die mühsame Fahrt durch die Wildnis ersparen würde. Er übergab den beiden einen kleinen Sack Kaffeebohnen, Zucker und Mehl, das bestellte Schwarzpulver und das Trockenfleisch.

Armando und Elli stockten dazu noch einige Dosen Bohnen, eingemachte Pfirsiche und ein großes Stück Speck auf. Dann ritten sie aus der Stadt und folgten der Wegbeschreibung des Händlers zur Schürfstelle des Iren in den Mule Mountains.

Sie ritten entlang eines kleinen Flusses, der direkt zu seinem Lager führen sollte. Wieder einmal war Elli froh, Armando an ihrer Seite zu haben. Sie realisierte, dass es ihr niemals allein gelungen wäre, so schnell soweit mit ihrer Jagd nach der Logan Bande gekommen zu sein, hätte sie es ohne Hilfe versucht.

Nachdem sie eine halbe Stunde am Ufer des seichten Flusses entlang geritten waren, stießen sie auf eine einfache Hütte, die mit größter Wahrscheinlichkeit die von McDowry war. Armando rief seinen Namen. Der Ire war hinter der Hütte am Fluss und wusch seine Long John Unterwäsche in dem kalten, gurgelnden Wasser. Er war verwundert die beiden Reiter zu sehen.

„Howdy Leute, was bringt euch hier her?" Verunsichert schaute er zu seinem Gewehr, dass an den Türrahmen seiner schlichten Behausung gelehnt war. Armando folgte seinem Blick.

„Sie müssen sich keine Sorgen machen, Sir! Wir wollen Ihnen nur ein paar Fragen zu ein paar Männern, die Sie vielleicht kennen stellen. Und wir haben auch Ihre bestellten Vorräte vom Händler aus Tucson mitgebracht."

McDowrys Verwirrung stand ihm ins Gesicht geschrieben. „Es tut mir leid, ich habe keinen Besuch erwartet, aber ich kann Ihnen dann zumindest einen Kaffee anbieten."

Elli lächelte und übergab ihm den Sack mit Kaffeebohnen und den Zucker, während Armando die anderen Satteltaschen ausräumte.

„Mann, freue ich mich diese Vorräte zu sehen. Das meiste ist mir zwischenzeitlich ausgegangen, aber keinen Kaffee mehr zu haben, das ist wohl das Allerschlimmste kann ich Ihnen sagen! Also, was ist es, was Sie von mir wissen müssen?"

„Mister McDowry...", fing Elli an, wurde aber sofort von ihm unterbrochen. „Nennen Sie mich Ronan, bitte. Ich gebe nicht viel auf Formalitäten."

„In Ordnung, also dann, Ronan. Ich bin Elli Townsend und das hier ist Armando Phillipe Diaz. Hatten Sie bereits Glück und haben Sie Gold gefunden? Wenn ich mir so Ihre Hütte anschaue, scheint es, dass Sie sich auf eine längere Zeit hier eingerichtet haben."

Der Ire zuckte mit den Schultern. „Nur Gott allein weiß, wo er mich als nächstes hinführt." Armando hob seine Augenbrauen. Er zeigte auf die Bibel auf dem Tisch.

„Wie ich sehe, bist du ein Mann der die Heilige Schrift respektiert, Ronan?"

Der Mann hantierte geschäftig mit der Kaffeekanne und nickte eifrig. „Nun ja, um ehrlich zu sein, ich bin ein Priester."

Elli und Armando wechselten einen überraschten Blick.

„Ich weiß, dass klingt irgendwie fehl am Platz, ich meine ein goldschürfender Priester."

McDowry stellte ein paar verbeulte Blechbecher auf den Tisch und goss den frischen, dampfenden Kaffee ein. Mit dem Grinsen eines kleinen Jungen schaufelte er sich einen extra Löffel Zucker aus dem Leinensack in den Becher und gab ihn dann weiter.

„Ronan, ein Freund von Armando erzählte uns, dass du ein paar fragwürdige Typen getroffen hast, als du unterwegs nach Tucson warst, um Vorräte zu kaufen. Ich muss diese Männer finden." Armando verfolgte das Gespräch schweigend und rührte in seinem Kaffee.

„Also Lady, ich glaube nicht, dass ein hübsches, junges Ding wie du mit solchem Abschaum was zu tun haben sollte. Sie schienen gefährlich und haben nicht einmal versucht die Tatsache, dass sie Outlaws sind, zu verheimlichen. Wenn ihr mich fragt, hatte ich einfach nur Glück oder einen Schutzengel, dass ich jene Nacht überlebte."

Elli nickte. „Ich möchte ganz offen sein. Ich habe berechtigte Gründe zu glauben, dass diese Männer meinen Vater umgebracht haben."

Der Priester kratzte sich einen Moment am Kinn. „Ich verstehe, und obwohl, wir uns eben erst getroffen haben, schätze ich dich nicht ein wie eine Frau, die leicht zu stoppen wäre." Armando lächelte über diese Aussage. Da war er einer Meinung mit dem irischen Geistlichen.

„Einer der Männer nannte sich Texas Logan. Er hat dunkles, schulterlanges Haar und einen Schnauzbart. Durchschnittsgröße und ziemlich drahtig gebaut, würde ich sagen. Er hat stechende Augen, dunkel wie mein Kaffee, fast schwarz und wenn er einen mit diesen Augen ansieht, dann schwöre ich, läuft es einem eiskalt den Rücken runter. Ach ja, und er hat eine lange, feuerrote Narbe, die über seine rechte Wange verläuft. Muss sich wohl mal mit dem Messer eines Widersachers angelegt haben. Seine zwei Kumpels schienen Brüder zu sein. Wenn ich mich recht erinnere waren ihre Namen Pete und Darrell. Also zumindest sind das die Namen, die sie benutzten. Beide haben blonde, lockige Haare. Es wurde bereits dunkel, als sie bei meinem Camp ankamen, aber sie haben beide blaue Augen, wenn ich mich nicht irre. Sind ungefähr gleich groß wie ich. Es war augenscheinlich, dass Logan der Anführer der Bande ist. Wenn ihr mich fragt, scheint er ein kaltblütiger Killer zu sein."

* * *

Armandos Gesichtsausdruck war besorgt. *Diese verrückte Frau wollte diese drei Abtrünnigen verfolgen. Verdammt, sie weiß wahrscheinlich nicht einmal, auf was sie sich da einl*ässt, überlegte er mürrisch, während er in seinen Kaffeebecher starrte.

„Weißt du in welche Richtung sie weitergezogen sind?"

„Sie sprachen davon, nördlich zu reiten Richtung Wickenburg. Faselten irgendwas über Geschäfte, die sie auch in Jerome tätigen müssten. Sie waren vorsichtig nicht zu viel über Aufenthaltsorte zu verraten. Zumindest schien es so."

Elli schaute in Armandos besorgtes Gesicht. „Also ist Wickenburg bestätigt würde ich sagen." Er widersprach ihr nicht. McDowry deutete auf die beiden und bat sie noch einen Moment zu warten.

„Also Leute, da ihr beide ja aufrichtig mit mir gewesen seid, möchte ich euch auch die Wahrheit über mich selbst sagen. Ich bin nicht wirklich auf der Suche nach Gold. Naja, ich suche schon danach, aber nicht so, wie ihr denkt. Wie ich bereits erklärte bin ich ein Priester. Ich reise aufgrund eines Briefes von einem Verwandten den weiten Weg von Irland hierher in den Westen. Mein verstorbener Ur-Großonkel, dessen Name Buen Tio Don war, hatte eine herrliche Hazienda in diesem Territorium. Die Spanier hatten ihm diesen Spitznamen gegeben, der so viel wie ´Guter Onkel Don´ bedeutet. Ich bin auf der Suche nach dieser Hazienda und möchte sie wieder zu ihrem ursprünglichen Glanz aufbauen. Deshalb hatte ich die Hoffnung hier im Fluss etwas Gold zu finden, denn das Geld würde mir dabei helfen."

„Ich vermute mal, dass du weißt, wo der Besitz Deines Ur-Großonkels steht denn Du hast ja einen Brief, der das Anwesen beschreibt!", erklärte Armando.

„Nun, Armando, der Brief war lange verschollen, verstehst du? Wir haben ihn erst Jahre später im Nachlass meines Vaters gefunden. Es ist gut über zwanzig Jahre her, dass der ´Garten der Abgeschiedenheit´, wie er die Hazienda nannte, in voller Pracht dastand. Der genaue Standort ist niemandem mehr aus der Familie bekannt."

„Warum muss es denn diese bestimmte Ranch sein? Es gibt genügend andere, die zum Verkauf stehen, oder du baust eine ganz Neue auf. Wenn du Glück hast und Gold findest, kannst du dir jede kaufen, die du möchtest!", schlug Armando vor.

„Schau, Fakt ist, dass mein Verwandter wohl bei den lokalen Indianern sehr gut gestellt war. Sie haben mit ihm anscheinend gehandelt. Von Silber, Türkis und sogar Gold ist die Rede. Das ist alles in diesem Brief beschrieben. Der Reichtum seines Anwesens muss enorm gewesen sein. Er hatte eine kleine Kapelle und Mission auf seinem Land aufgebaut. Mein Ur-Großonkel hat die Missionskapelle ausführlich beschrieben. Er erwähnte auch den Altar, der angeblich mit Figuren der vier Evangelisten verziert gewesen war. Diese Figuren waren, laut ihm, aus purem

Gold gegossen. Ich reise nun schon ein ganzes Jahr durch Arizona, um mehr heraus zu finden aber niemand scheint das Anwesen zu kennen. Alles was ich weiß, ist die ungefähre Ecke in der sich die Hazienda befinden soll. Bitte missversteht mein Motiv nicht! Ich möchte die Mission wieder zum Leben erwecken. Und sollte das nicht gelingen werde ich zumindest die vier Evangelisten zurück in seine Heimat bringen und dort seine Missionsarbeit, die er hier zur Blütezeit seiner Hazienda begann, fortsetzen."

Ellis Gesicht verriet Skepsis; die Geschichte klang zu fantastisch. Gold und verlorene Schätze waren die Märchen, die man sich an jedem Lagerfeuer hier im Westen erzählte. Es war einfacher Armando zu überzeugen. Da er aus einer alten spanischen Adelsfamilie stammte wusste er, dass viel Gold und Schätze von den spanischen Eroberern angehäuft worden waren.

Wenn man der Geschichte Glauben schenken wollte, hatte der irische Vorfahre von McDowry eine Verbindung zu führenden spanischen Familien gehabt, denn sonst hätte er nicht den spanischen Titel getragen.

„Bist du sicher, dass du nicht einfach nur auf der Jagd nach dem Schatz bist, um ihn selbst zu behalten?", fragte Elli ohne Umschweife gerade raus. Wieder einmal wunderte sich Armando über Ellis Unerschrockenheit, aber auch er hinterfragte die wahren Motive des Priesters. McDowry stand auf und nahm die Bibel vom Tisch. Er schien nicht im Geringsten beleidigt zu sein.

„Ich verstehe eure Zweifel. Vor vielen Jahren wären die Bewohner unseres gesamten Dorfes beinahe verhungert, wenn nicht mein Vorfahre eine Schiffsladung voller Güter geschickt hätte. Er konnte das nur mit der Hilfe des indianischen Goldes bewerkstelligen. Ich würde niemals sein Vertrauen missbrauchen. Ich möchte fortführen was er begann, um ihn zu ehren und seine guten Taten in seiner alten Heimat weiter zu führen. Es ist leider eine traurige Tatsache, dass das Leben in Irland abermals so schwer ist. Ich sehe kleine Kinder, die in den Armen ihrer Mütter verhungern und es bricht mir mein Herz. Ich fühlte mich so hilflos aber ich glaube, dass Gott diesen Brief aus einem guten Grund in meine Hände gespielt hat."

Armando schaute ihn an. „Nehmen wir einmal an, du findest diesen Ort, und was noch unwahrscheinlicher ist, dass die Goldfiguren immer noch dort wären. Glaubst du wirklich, du könntest einfach mit einem Vermögen in den Satteltaschen durch den Wilden Westen hier spazieren? Du würdest nicht einmal eine Woche überleben. Dieses Territorium ist voller Mörder, Halsabschneider, Viehdieben und sogar korrupter Gesetzesmännern, um nur einige zu nennen. Von abtrünnigen Apachen einmal ganz zu schweigen!"

„Nun, wenn ich in so großer Gefahr bin, warum reiten wir dann nicht zusammen? Die Hazienda soll Nordwestlich von hier liegen. Die Jagd nach diesen Mördern führt euch sowieso auch Richtung Norden, oder? Auf diese Art könnten wir uns gegenseitig eine Weile den Rücken freihalten. Und wer weiß, vielleicht hört ihr unterwegs dann wo diese Logan Bande sich aufhält."

Armando dachte darüber nach. Auch wenn er nicht begeistert davon war, so musste er doch zugeben, dass es nicht schaden würde noch einen Mann an der Seite zu haben, um Elli zu beschützen.Elli überlegte laut. „Wenn irgendwas über einen versteckten Schatz an die Öffentlichkeit dringt würden uns sicherlich sehr schnell ein paar Outlaws über den Weg laufen. Vielleicht könnte das sogar die Logan Gang aus ihrem Versteck locken. Das wäre ein Vorteil für uns. Was denkst du, Armando?"

„Das ist ein riskantes Spiel, Elli. Die Logan Bande ist gefährlich und das sind bei Gott nicht die Einzigen in dieser Gegend. Es ist deine Mission die Mörder deines Vaters zu finden, also überlasse ich dir die Entscheidung. Was immer du bestimmst, ich stehe dahinter. Ich stehe immer zu meinem Wort, Elli."

„Also dann, lasst uns zusammen reiten! Wir ziehen im Morgengrauen los!"

Es war alles gesagt und sie halfen sich gegenseitig, einige Vorräte zu packen und McDowrys Pferd und Maultier einzufangen. Sie wollten das Schürfer Camp bei Sonnenaufgang verlassen. Ihr Weg führte sie zuerst zurück zu Armandos Freund Larson in Tucson. Noch bevor sie von dort Richtung Wickenburg losritten hatte Larson versprochen, sie mit einem Telegramm zu informieren, falls eines der Gang Mitglieder in seiner Umgebung auftauchen sollte. Während Armando und McDowry die Route nach Wickenburg besprachen, zog Larson Elli zur Seite.

„Ich verstehe sehr gut, dass du das tun musst. Sorge einfach dafür, dass ich dein hübsches Gesicht eines Tages wiedersehe. Hass und Rachegelüste sind nicht die besten Begleiter einer zielenden Hand. Wenn der Tag kommt, an dem dein Schießeisen deine Rache erfüllen soll, dann sorge dafür, dass dein Kopf dich leitet und nicht Dein Herz voller Schmerz und Zorn. Wenn du es nicht schaffst, deine Emotionen, und seien sie auch noch so schmerzvoll, zu kontrollieren, wirst du sterben. Verstehst du, was ich sage?"

„Ja, Sir, ich verstehe und ich bin dankbar für Ihren Rat." Elli umarmte den Mann herzlich. Armando beobachtete die beiden von der anderen Seite des Zimmers.

„Wir werden uns eines Tages wiedersehen, Mister Larson. Ich halte meine Versprechen immer!" Sie klopfte ihm freundschaftlich auf die Schulter und dankte ihm nochmals.

KAPITEL NEUN

***

Als die Drei aus der Stadt ritten, gab McDowry schließlich zu, dass er tatsächlich eine alte Karte hatte die beschrieb, wo ungefähr die Hazienda seines verstorbenen Vorfahrens zu finden sein müsste.

„Wo um alles in der Welt hast du nun plötzlich diese Karte her? Warum hast du den Platz dann nicht selbst schon gefunden?"

Armandos Frage klang misstrauisch und er entschuldigte sich auch nicht dafür. Er, genauso wie Elli, hegte auch Zweifel an der Geschichte über einen verlorenen Schatz.

„Es tut mir wirklich leid, Armando, aber du musst verstehen, dass ich erst auf Nummer sicher gehen wollte, ob ihr beide mir überhaupt glaubt. Ich muss vorsichtig sein wem ich von dieser Geschichte erzähle, denn wenn ich das den falschen Leuten anvertraue befördert es mich ganz schnell zum nächsten Totengräber. Außerdem weiß ich nicht einmal, wie genau diese Karte ist."

Elli und Armando studierten das vergilbte Papier. Laut dieser Karte war `Der Garten der Abgeschiedenheit´ irgendwo nördlich von Tucson. „Das sieht aus, wie in der Mitte vom Nirgendwo. Warum sollte irgendwer dort überhaupt eine Ranch aufbauen?"

„Mein Ur-Großonkel hat einige Zeit für die Spanier in Mexiko gearbeitet; so hat er auch seinen Spitznamen Buen Dio Don erhalten. Nachdem seine Hilfe nicht mehr gebraucht wurde, haben sie ihm dieses Stück Land geschenkt. Vielleicht wollten sie sicher gehen, dass er so weit wie möglich von den unverheirateten Töchtern weg war. Wie auch immer, deshalb hat er den Ort wohl auch `Garten der Abgeschiedenheit´ genannt."

Weit nach der Mittagszeit entschlossen sich die Drei eine Pause neben einer Felsformation einzulegen. Hier fanden sie zumindest etwas Schatten, was gleichermaßen von den Pferden, sowie ihren verschwitzten Reitern dankbar angenommen wurden. Wieder studierten sie die Karte.

„Diese Klippe neben der Hazienda, die er Picacho Rock nannte, sieht ungewöhnlich geformt aus", bemerkte Elli.

Nachdem sie eine einfache Mahlzeit aus Brot und Trockenfleisch zu sich genommen hatten, tränkte Armando die Pferde aus der extra Feldflasche, die er für die Tiere mitführte. Dann stiegen sie wieder in ihre Sättel. Wenn sie sich beeilten, könnten sie wohl den Picacho Felsen noch vor der Dunkelheit erreichen und dort ihr Lager für die Nacht aufschlagen. Als die Gruppe näher an die Felsklippe herankam, waren alle drei von ihrer außergewöhnlichen Form beeindruckt. Fast wirkte sie wie eine Pyramide oder der abgebrochene Zahn eines urzeitlichen Giganten. Aber es fehlte jede Spur einer Hazienda oder Kapelle. Im ganzen Gebiet östlich der Felswand stand nicht ein Gebäude. Rasch bemerkten die drei, dass diese Seite der geologischen Besonderheit an deren Fuß voll lockeren Sandes war. Armando ermahnte die beiden anderen sich vor Treibsand in Acht zu nehmen.

Sie entschlossen sich dazu ihr Nachtlager aufzuschlagen. Zum Glück fanden sie etwas trockenes Steppenkraut und einige dürre Gerippe gefallener Saguaro Kakteen für ein Feuer und die Felsformation gab ihnen genügend Schutz gegen den kalten Wind, der von Westen her auffrischte. Der Picacho Fels reflektierte noch immer die Hitze des Tages und das kleine Lagerfeuer hielt die Reisegefährten zusätzlich warm.

„Hier ist der Boden nicht so festgebacken wie sonst in diesem Gebiet üblich, nicht wahr?" Armando unterstrich seine Feststellung, indem er mit seinem Messer im losen Boden herumstocherte.

„Es scheint eher eine dickere Schicht losen Sandes zu sein", fügte McDowry gedankenverloren hinzu.

„Ich vermute mal, dass der Wind den Sand in diese Ecke bläst. Es gibt schließlich richtige Sandstürme hier." Armando nickte.

„Ich denke du hast recht. Der Felsen hält den Sand sicher auf und er rieselt dann hier zu Boden und baut so eine dicke Schicht auf. Das ist sicherlich ein bequemeres Polster zum Schlafen im Gegensatz zum gängigen Wüstenboden. Aber geh auf Nummer sicher und kontrolliere deine Stiefel Morgenfrüh. Für mich sieht das hier nach perfektem Skorpion Gebiet aus. Ich möchte nicht in den Fuß gestochen werden."

Ronan wurde blass. Er war wohl noch nicht an das Abenteuer Wildnis und deren Gefahren gewohnt. Elli lachte über seinen Gesichtsausdruck. Dann legte sie sich hin, den Kopf auf ihren Sattel gestützt.

Es war bereits nach Mitternacht und die Sterne beleuchteten die schweigsame Wüste unter ihnen mit ihrem ewigen Funkeln. Ein einsamer Kojote heulte den Mond an, der kaum noch hinter den Wolken die der Wind hergetrieben hatte, sichtbar war. Es war kalt und das Feuer war heruntergebrannt. Elli öffnete ihre Augen, konnte aber nicht sagen, was sie geweckt hatte. Es war ein Geräusch gewesen, welches nicht zu dieser Gegend passte. Sie konnte es nicht benennen, aber es erinnerte sie irgendwie an ihre Kindheit. Sie lauschte aufmerksam. Die beiden Männer auf der anderen Seite der Feuerstelle schienen tief zu schlafen. Da! Da war es wieder, ein sanfter, heller Klang, aber Elli kam einfach nicht darauf was es war. So schnell wie das Geräusch entstanden war verschwand es auch wieder.

Muss wohl der kalte Wind sein, dachte sie so bei sich. Elli konnte fast nicht mehr einschlafen doch schließlich viel sie in einen oberflächlichen Schlummer.

Als sie am Morgen aufwachte war Armando dabei das Feuer wieder anzufachen und Ronan betete einige Schritte entfernt schweigend auf seinen Knien.

„Guten Morgen, Elli, gut geschlafen?" Armando schaute sie an und wartete auf eine Antwort. Elli rieb sich den Schlaf aus den Augen.

„Nein, überhaupt nicht. Ich bin mitten in der Nacht wach geworden, habe irgendein komisches Geräusch gehört und konnte danach gar nicht mehr richtig einschlafen. Es macht mich verrückt, dass ich das Geräusch nicht einordnen kann."

„Wie hat es denn geklungen?" McDowry war ans Feuer getreten und brühte gerade einen starken Cowboy Kaffee auf dem Feuer auf.

„Ich kann es gar nicht richtig in Worte fassen; irgendwie dumpf, aber es erinnerte mich an etwas, was ich als Kind schon gehört hatte als mein Vater mich mal in eine größere Stadt mitgenommen hat. Irgendwie war es ein hoher Ton und ich spürte sogar ein leichtes Vibrieren, allerdings sehr schwach. Ich weiß es hat sehr stark gewindet heute Nacht, vielleicht war es der Wind.“

Sie warf ihre zerzausten, dunklen Haare über die Schulter. Die zwei Männer dachten angestrengt nach, aber Armando zuckte nur mit den Schultern. Auch er konnte sich keinen Reim darauf machen.

„Warte mal!“ Der Priester starrte Elli an, dann fuchtelte er aufgeregt herum. „War es wie ein läutender Klang?“

Sie nickte. „Irgendwie schon, ach ich bin mir nicht sicher. Ich war noch halber am Schlafen, als ich es gehört habe und es war weder klar noch laut.“

„Eine Glocke, könnte es eine Glocke gewesen sein?“

Elli starrte McDowry verwirrt an. „Da will ich doch verdammt sein, wenn das nicht sogar möglich ist. Jetzt weiß ich, an was es mich erinnert hat! Mein Vater hat mich als Kind einmal in eine Stadt in Texas mitgenommen. Da war eine Kirche mit einer kleinen Glocke. Der schwache Klang dieser Glocke folgte uns noch lange, als wir wieder mit der Kutsche aus der Stadt fuhren. Also, ja, es war möglicherweise eine Glocke, aber wo um alles in der Welt sollte denn das Geräusch herkommen? Wir sind hier in der Mitte von Nirgendwo!“

Armando griff nach einer Hand voll Sand und ließ ihn langsam durch seine Finger rieseln. McDowry zuckte hilflos mit seinen Schultern.

„Alles was ich weiß ist, dass mein Ur-Großonkel eine Missionskapelle aufgebaut hat und die irgendwo hier gewesen sein musste. Wahrscheinlich hatte die sogar eine Glocke, um die Leute zum Gebet zusammen zu rufen.“

Armando hatte ihr Gespräch wortlos verfolgt, während er immer noch mit dem losen Sand spielte. Plötzlich traf es ihn wie ein Blitz aus heiterem Himmel.

„Hey, wartet mal eine Minute ihr Zwei! Ronan, du sagtest dein Ur-Großonkel hatte eine blühende Hazienda mit Bäumen, Garten und allem was dazu gehört. Also hat er das Ganze sicherlich wie eine Art Farm betrieben. Der Standort musste demnach ein Platz gewesen sein, der genügend Grundwasser hatte und nicht das ganze Jahr über zu sehr der brütenden Sonne ausgesetzt war."

„Das würde ich mal vermuten", gab ihm der Priester zwar recht, wusste aber nicht worauf Armando herauswollte. Elli schaute ihren spanischen Weggefährten verwirrt an.

„Ich verstehe nicht, warum ist das denn so wichtig?"

„Naja, was wäre, wenn die Hazienda genau hier gewesen wäre?"

Elli lachte laut. „Ich sehe keine Mauern, du etwa?"

„Als ein Rancher würde ich genau diesen Platz ausgewählt haben. Diese Felswand schützt dich vor der heißen Nachmittagssonne, da die auf der anderen Seite der Klippe ist. Regenwolken könnten an der hohen Formation hängen bleiben, was die Chancen auf Regen und somit Wasser für die Hazienda erhöhen würde. Absolut wichtig in diesem trockenen Gebiet."

„Aber hier ist nichts, absolut nichts! Wir sollten doch zumindest noch ein paar Lehmziegelwände sehen oder etwa nicht?" Der Priester schwieg und schüttelte den Kopf. Auch er zweifelte an Armandos Theorie.

„Dieser Sand, der von unzähligen Staubstürmen hierhergetragen wurde, er ist lose. Seht ihr? Man kann ihn einfach mit der Hand so aufnehmen. Das ist nicht der hartgebackene Wüstenboden den man sonst in Arizona kennt. Was wäre, wenn Schicht für Schicht, Zentimeter um Zentimeter, dieser Sand hier aufgetürmt wurde und die Hazienda langsam unter dem Wüstensand begraben hat? Du sagtest doch selbst, dass das Anwesen vor Jahrzehnten gebaut worden war."

McDowry und Elli dachten beide angestrengt über diese

Möglichkeit nach. „Versuchst du etwa uns weiß zu machen, dass ich vielleicht eine Glocke gehört habe, weil die Kapelle immer noch intakt ist und unter unserem Lagerplatz versteckt liegt? Das ist doch absolut lächerlich, Armando!"

„Vielleicht, vielleicht auch nicht. Es würde immerhin erklären, warum bisher niemand die Hazienda oder das Gold gefunden hat. Oder etwa nicht?" McDowry nickte langsam.

„Es würde verdammt viel erklären, wenn du mich fragst. Oh, verzeih mir Herr, ich sollte besser auf meine Ausdrucksweise achten!" Er stand auf, lief zu seinem Pferd rüber und löste die Schaufel vom Packsattel seines Maultieres.

„Du hast wie eine Art Vibration gespürt, nicht wahr, Elli?"

„Ja, sehr schwach zwar, aber ich spürte das leichte Zittern."

„Warum versuchen wir nicht einfach unser Glück an der Stelle, wo du geschlafen hast? Es könnte doch sein, dass der Wind irgendwo hier eine Glocke zum Schwingen gebracht hat."

Er fing direkt neben Ellis Decke an zu graben. Der Sand war locker und es brauchte kaum Kraftaufwand ihn zur Seite zu schaufeln. Die anderen Beiden schlossen sich ihm mit bloßen Händen an. Nach einer halben Stunde waren sie nicht nur staubig und husteten, sondern trafen auch auf ein Stück massiven Felsen. Es war eine flache Steinplatte und definitiv von Menschenhand behauen.

„Ich werde verrückt, das ist doch absoluter Wahnsinn!", murmelte Elli geschockt.

KAPITEL ZEHN

* * *

Sie legten die gesamte Steinplatte frei und es schien, als ob der flache Fels die Größe eines größeren Raumes einnahm. McDowry rief aufgeregt, „Mein Gott, vielleicht ist das gar nicht der Boden eines Gebäudes, sondern dessen Dach. Hört mal genau hin!"

Er klopfte mit dem Griff der Schaufel auf den freigelegten Stein und ein hohles Echo erklang von unten.

„Jesus im Himmel, da muss eine Kammer darunter sein!", rief Armando aufgeregt.

„Ja genau!", bestätigte der Priester mit einem Lächeln. „Vielleicht sollten wir ihn da oben im Himmel um Hilfe bitten." Die beiden Männer versuchten ein Stück Stein anzuheben. Zuerst bewegte sich nichts und der Schweiß brannte in ihren Augen. Doch dann, mit Hilfe der Schaufel, die als Hebel eingesetzt wurde, hob sich endlich ein Stück der Steinplatte um ein paar Zentimeter. Ein großes dunkles Loch starrte ihnen entgegen und abgestandene, staubige Luft entkam der Dunkelheit mit einem Zischen.

Armando schaute Elli an, die sprachlos neben ihm stand. War das möglich? Hatten sie die versteckte Kapelle der

Hazienda gefunden?

McDowry war sehr aufgeregt. Er nahm einen brennen-den Zweig vom Feuer und versuchte mehr Licht in die dunkle Öffnung unter ihnen zu bringen.

„Das sieht wirklich so aus, als ob es die Kapelle sein könnte!", rief er aus.

„Ich denke, da ich die dünnste unter uns Dreien bin, werde ich wohl da runter klettern müssen und nachschauen", schlug Elli vor. „Armando, kannst du mich sichern, wenn ich mir ein Lasso um die Taille binde?"

„Aber klar doch!" Er wusste, dass er Elli sowieso nicht davon abhalten konnte in den dunklen Schlund zu klettern, also versuchte er es erst gar nicht. Der Spanier holte sein Lasso vom Sattel und Elli schlang sich das eine Ende um ihre schlanke Körpermitte und sicherte es mit einem doppelten Knoten. Dann ging sie auf die Knie, schob sich sachte über die Kante und Armando ließ sie vorsichtig das erste Stück in die Dunkelheit unter ihr gleiten. Er hielt das Seil in seinen starken Händen, während Elli Stück für Stück dem einzelnen Lichtstrahl folgte, der durch die Lucke nach unten drang.

Als Elli schließlich mit ihren Füssen auf dem Boden ankam und nach oben schaute sah sie, dass das kleine Gebäude nur in etwa doppelt so hoch wie sie selbst war. McDowry bastelte rasch eine kleine Fackel aus trocken-em Saguaro Gerippe und warf sie ihr zu. Mit der neuen Lichtquelle in der Hand, drehte sich Elli langsam um ihre eigene Achse. Sie sprang erschrocken zur Seite, als sie ein paar Skorpione von ihr weghuschen sah. Zum Glück trug sie ihre Stiefel. Sie bewegte sich vorsichtig. Es könnten schließlich auch Schlangen hier unten sein.

„Was siehst du, Elli?" Sie hörte die Ungeduld in der Stimme des Priesters.

„Geht es dir gut, Elli?" Sie lächelte über den sorgen-
vollen Klang in Armandos Stimme.

„Wollt ihr Skorpione zum Frühstück?", rief sie über die
Schulter zurück. Das Echo ihrer Stimme hallte von den
Wänden und ließ losen Sand nach unten rieseln. Sie lief
langsam nach vorne und vertrieb dabei Spinnen und weitere
Skorpione, die vor der ungewohnten Lichtquelle flüchteten.

Elli sah einen schwachen Schimmer am anderen Ende
des Raums. Es war tatsächlich eine Kapelle von ungefähr
zwanzig Fuß Länge. Sie sah eine Art Altar, der aus einem
grob behauenen Stein zu sein schien. Kerzenständer lagen
umgeworfen auf dem Boden und einige der Gemälde an den
Wänden waren verkohlt. Es gab schwarze rußige Flecken
wo das Feuer geschwelt hatte, aber das Gebäude sah dennoch intakt aus. Kein Wunder, denn augenscheinlich war
es aus massivem Stein erbaut.

Die Luft roch abgestanden und stickig. Langsam
brachten ihre zaghaften Schritte sie zum Altar. Sie war
nie eine ängstliche Person gewesen, dennoch erschrak sie
sehr, als sie fast auf die beiden Skelette vor ihr getreten
wäre. Elli fluchte leise und versuchte ihr schnell klop-
fendes Herz zu beruhigen.

„Was hast du gefunden?" McDowry rief ungeduldig
in die Öffnung.

„Hör auf zu brüllen! Ich möchte nicht, dass diese
Decke auf mich herabstürzt, du Narr! Verflixter
Schatzjäger!", murmelte sie verärgert vor sich hin. Dann
schaute sie sich die beiden Skelette näher an. Eines trug
immer noch Kleidung. Zwar fehlten Hut und Stiefel, aber
es war definitiv ein Mann gewesen, ein großer Mann.
Die andere Person hatte noch immer Fetzen eines indianischen Kleides um sich. Anhand der Position der
Knochen musste man davon ausgehen, dass der Mann

versucht hatte, die Frau mit seinem Körper zu schützen. Ein Pfeil steckte zwischen seinen Rippen.

„Du wurdest also von einem Indianer umgebracht, als du einen anderen beschützt hast, nicht wahr? Welche Ironie des Schicksals!"

Doch plötzlich lenkte sie ein sanfter Glanz ab und sie drehte die Fackel Richtung Altar. Sie hatte das Gefühl beobachtet zu werden und bekam eine Gänsehaut. Als Sheriff Townsends Tochter den Altarstein betrachtete, sah sie vier Augenpaare, die sie fast vorwurfsvoll anstarrten.

Sie kam näher heran. Ein eisernes Kreuz lag in der Mitte des Steines und auf jeder Seite standen jeweils zwei Evangelisten. Es waren liebevoll geformte Skulpturen. Sie waren so delikat gearbeitet, dass sie fast lebendig schienen. Alle vier Statuen waren gut einen Fuß groß und als sie die Flamme näher heranbrachte sah sie einen warmen gelben Glanz unter einer dicken Staubschicht. Sie berührte vorsichtig eine der vier Figuren und wischte sanft mit ihrer Hand darüber. Der warme Schein puren Goldes ließ sie erschrocken ihre Luft anhalten.

„Lieber Gott im Himmel, das glaube ich nicht! Der Grünschnabel da oben hat die Wahrheit gesagt."

„Armando!", rief sie nach oben. Sofort konnte sie seinen Kopf in der Öffnung über ihr sehen.

„Was ist los? Hast du etwas gefunden?"

„Ja, zwei tote Menschen und ein paar Statuen. Wirf mir eine Decke runter und ich wickle die Figuren ein. Du kannst sie mit dem Seil nach oben ziehen!"

Eine Minute später warf er eine Decke runter zu ihr. Die Evangelisten waren überraschend schwer. Sie ging sehr vorsichtig mit ihnen um, legte sie in die Mitte der Decke und band schließlich die vier Ecken mit einem satten Knoten des Seils zusammen. Nachdem die wertvolle Fracht nach oben gezogen war, war Elli an der Reihe.

Armando und McDowry zogen sie wieder in das strahlende Tageslicht, welches sie für ein paar Momente geblendet dastehen ließ. Gierig zog sie einige Atemzüge der frischen Luft ein. McDowry starrte sie nur verunsichert an. Er wagte es nicht, die Decke zu berühren.

„Nun, Ronan, es sieht ganz danach aus, als ob wir das Zuhause deines Vorfahren gefunden hätten." Sie beobachtete, wie er voller Rührung sich bekreuzigte.

„Ich denke die Hazienda wurde niedergebrannt; der einzige Grund, warum die Kapelle noch steht, ist weil sie aus solidem Felsen gebaut wurde. Gott allein weiß, wie sie das hier draußen bewerkstelligt haben." Sie deutete auf das Bündel vor ihnen. „Da drin ist der Beweis, dass die Hazienda und die Kapelle wirklich existiert haben."

Der Priester kniete nieder und öffnete den Knoten mit seinen zitternden Händen. „Heilige Dreifaltigkeit!", rief er ungläubig aus, während er auf die glänzenden Heiligenfiguren starrte. Sogar Armando war sprachlos.

„Buon Tio Dons Schatz", flüsterte McDowry. Elli beobachtete den Mann aufmerksam. Sie hatte oft gesehen wie die Gier nach Gold das Gesicht eines Mannes veränderte, aber dieser Mann kniete einfach nur am Boden mit Demut und Tränen in den Augen.

Armando schien immun für die Verführung des Goldes. Er war bereits reich und hatte dennoch den größten Schatz in seinem Leben verloren. Es schien so, als ob nichts das Begehren dieses Mannes wecken könne.

„Ronan, da unten ist noch etwas." Elli berührte sanft des Priesters Schulter. „Vor dem Altar liegen zwei Skelette, ein groß gewachsener Mann und eine Indianerin. Mir scheint sie wurden von Indianern überfallen. Es wirkt so, als ob er sie beschützen wollte als sie starben. Er wurde mit einem Pfeil erschossen."

„Armando, kannst du bitte auf die Evangelisten aufpassen, während ich mit Elli da runter gehe? Ich möchte schauen, ob ich die beiden identifizieren kann."

Armando nickte schweigend und deutete auf das dunkle Loch im Boden. Er verstand nur zu gut, dass man der Realität ins Auge blicken musste, wenn man mit einem Verlust abschließen musste. Er seilte beide sicher in die lange verlorene Kapelle ab, allerdings schwitzte er bedeutend stärker, als er den schwer gebauten Iren am Seil nach unten ließ. McDowry vertraute dem schweigsamen Spanier. Er würde nie mit dem Gold davonreiten. Der Ire wusste, dass Diaz niemals Elli Townsend zurücklassen würde.

Sie ging voraus und führte Ronan langsam zu den sterblichen Überresten der beiden Ermordeten vor dem Altar. Er kniete sich hin, während sie die Fackel für ihn hielt. Der Priester sprach ein kurzes Gebet der Fürbitte für deren Seelen. Dann berührte er zögerlich die Knochen der beiden. Er zog den Pfeil zwischen den Rippenbögen heraus und warf ihn zur Seite. Doch dann zögerte er. Etwas funkelte um den Hals des männlichen Skeletts. McDowry griff vorsichtig danach und hielt schließlich eine silberne Kette in seinen zitternden Fingern. Vorsichtig öffnete er den Verschluss und nahm die Kette an sich, um sie im Fackelschein genauer zu betrachten. Am Ende der Halskette befand sich ein massives Silberkreuz. Er drehte es um und sah eine Gravur auf der Rückseite. Es waren die Initialen P. McD.

„Patrick McDowry, sein Geburtsname", flüsterte Ronan. Er hielt das Kreuz fest mit seiner Faust umschlossen, während ihm die Tränen über die Wangen liefen. Er drehte sich verschämt von Elli weg, aber sie berührte ihn lediglich sanft an der Schulter und ging so weit in den dunklen Raum zurück wie es ihr nur möglich war um ihm etwas Freiraum zu lassen, damit er allein um seinen Ur-Großonkel und die indianische Frau trauern konnte. Offensichtlich war diese Ronans Vorfahre sehr nahegestanden.

Ronan McDowry schaute auf die beiden Skelette. Er segnete sie und sprach ein kurzes Beerdigungsgebet. Dann zog er sich die Silberkette selbst an und wandte sich um zum Lasso, dass von der Decke herunterhing. Einige Minuten später standen sie wieder im Tageslicht neben ihrem Lagerfeuer. Alle schwiegen für einige Minuten. Sie saßen um das Feuer und brühten sich eine weitere Kanne Kaffee auf. Das Bündel mit den Gold Statuen lag neben dem schweigsamen Diener Gottes.

„Was wirst du nun tun?", fragte Elli vorsichtig.

„Es macht keinen Sinn die Hazienda hier nochmal aufzubauen. Dies hier ist ein Ort der Trauer und des Verbrechens und ich möchte den Eingang wieder verschließen und den Sand wieder darauf schaufeln. Mögen die beiden für immer da unten in Frieden ruhen. Es ist zumindest eine anständige Ruhestätte und wahrscheinlich werden sie dort nie mehr gestört werden. Ich werde die Evangelisten zurück nach Hause nach Irland bringen und wir werden mit der Hilfe Gottes eine Kirche in seinem Namen aufbauen und Gutes tun, genau wie es uns die Bibel lehrt. Auf diese Weise können sich die Menschen immer an ihn und seine guten Taten erinnern und ich werde seine Mission in seinem Heimatland weiterführen."

Kein Anzeichen, dass er das Gold für sich behalten möchte, dachte Armando für sich. *Ja, dies ist wahrlich ein gottesfürchtiger Mann ohne die falsche Gier nach Gold.* Armandos Respekt für den irischen Priester wuchs von Stunde zu Stunde.

„Wie um alles in der Welt willst du sicher den ganzen

Weg zur Ostküste schaffen, um ein Schiff nach Irland zu erwischen? Du bist ein Greenhorn; die ganzen Banditen hier würden dich schneller als du Amen sagen kannst sechs Fuß unter die Erde bringen!"

McDowry runzelte seine Stirn. Der Spanier aus Kalifornien hatte recht. Er hatte fast keine Chance es zu schaffen, denn er war zu unerfahren.

„Ich kenne niemanden in diesem Land, also habe ich keinen anderen Ausweg als es zumindest zu versuchen."

Elli saß in Gedanken versunken über ihren Kaffeebecher gebeugt. „Wir könnten dich ein Stück begleiten, zumindest bis du auf ein größeres Fort stößt und dort vielleicht dich einer Gruppe von anderen anschließen könntest. Leute der Armee reiten immer wieder nach Osten."

Nachdem sie kurz darüber nachgedacht hatten war es beschlossene Sache, dass sie zumindest bis zum nächsten Armee Fort zusammen reiten würden. Schließlich hofften Armando und Elli auch, mehr über die flüchtige Logan Bande heraus zu finden.

Sie verschlossen die geheimnisvolle Kapelle wieder und McDowry sprach ein letztes Gebet. Dann ließen sie die beiden Toten zurück, begraben in ihren Armen für die Ewigkeit.

Die Weggefährten packten die Goldfiguren vorsichtig in verschiedene Satteltaschen und ritten mit einem letzten Blick auf den beeindruckenden Picacho Mountain davon.

Am frühen Abend kamen sie in einer kleinen Stadt Namens Swillings Mill, nördlich von Tucson an und nahmen ein Zimmer in einem einfachen Gasthof.

„Lass uns ein Zimmer teilen, Ronan!", schlug Armando vor. „Wir müssen das Gold abwechselnd bewachen und Elli braucht eine Runde richtigen Schlaf."

Bislang erschienen die Drei wie normale Reisegefährten,

aber wenn sie in die Nähe von Leuten kamen, wunderten sich diese etwas über die ungewöhnliche Gruppe, ein attraktiver Spanier, ein Mann der Bibel und eine hübsche Frau, die zusammen ritten war Grund genug, um hinter vorgehaltener Hand zu tuscheln.

„Wir sollten, wenn möglich, nie zu lange an einem Ort bleiben, um nicht die Neugierde der Menschen zu wecken. Je weniger sie sich für uns interessieren, umso sicherer", schlug Armando vor.Ronan nickte zustimmend.

KAPITEL ELF

* * *

Ihr nächstes Reiseziel war Fort Whipple, Nordöstlich von Arizona. Man sagte, dass es die größte Befestigungsanlage in diesem Gebiet war und sogar als Bezirkssitz fungierte.

Sie legten die Distanz zum Fort ohne Zwischenfälle zurück. Dennoch wurden sie ständig nervöser, denn sie wussten, dass sie ein Vermögen in den Satteltaschen bei sich trugen. Es gab Leute, die für viel weniger einen Menschen ohne zu zögern umbrachten.

Sie hatten nichts mehr von Texas Logan und seiner Bande gehört und wollten auch nicht schlafende Hunde wecken, indem sie zu viele Fragen stellten. Armando war überzeugt, dass diese Outlaws wohl bekannt waren in dieser Gegend.

Am Ende des dritten Tages, nachdem sie die geheime Kapelle verlassen hatten, kamen sie endlich in Fort Whipple an. Es war ein großer Armee Posten mit vielen Blockhäusern aus heimischen Ponderosa Pinien gebaut. Gefährlich aussehende Kanonen zeigten mit ihren dunklen Mündungen in jede mögliche Richtung, von der ein eventueller Angriff feindlicher Indianer stattfinden könnte.

Es gab Quartiere für die Soldaten und sogar einige Frauen lebten in dem Fort. Meist waren es die Ehefrauen der ranghöheren Offiziere. Außerhalb des Palisadenzauns standen Tipis und Unterstände aus Gestrüpp und einige Indianer, die sich dem Militär ergeben hatten, lebten offensichtlich darin.

Einer der Unteroffiziere hieß die drei Reiter willkommen und zeigte ihnen ihre Unterkunft für die Nacht. Armando konnte die hungrigen Blicke, die einige Soldaten Elli hinterherwarfen, nicht ignorieren. Schließlich war es selten, dass sich weiße Frauen hierher verirrten. Ihm gefiel die Situation nicht und er zog grübelnd seine Augenbrauen zusammen. Jetzt musste er auf Elli genauso sehr aufpassen wie auf den Priester mit seinen Goldfiguren.

Oh Gott, ich fühle mich, als ob ich eine Herde Kleinkinder hüten muss.

Nachdem sie eine schlichte Mahlzeit bestehend aus salzigem Speck und Bohnen zu sich genommen hatten, wurden sie zu einem kleinen einfachen Blockhaus geführt, indem drei Holzpritschen standen, die mit kratzigen Wolldecken zugedeckt waren. Einige der Offiziersfrauen boten Elli an, bei ihnen zu schlafen, aber die junge Frau lehnte dankend ab. Natürlich führte ihr Entschluss bei den beiden Männern zu bleiben rasch zu Klatsch innerhalb der Schutzmauern.

Elli lief ein wenig durch das Areal. Als sie zurück kam trug sie ein kleines Gefäß aus Zinn und zwei Pinsel gut versteckt unter ihrem Schal bei sich.

„Was um alles in der Welt hast du denn da?" Armando schaute sie fragend an.

„Ronan, das hier ist eine Dose voll Holzfarbe. Ich habe sie vom Händler hier. Vielleicht sollten wir die Figuren einfach damit streichen. So sieht niemand, dass sie aus Gold sind."

McDowry klatschte begeistert in die Hände. „Du bist eine schlaue Sheriffs Tochter, das kann ich dir sagen!"

„Also, während ihr beide hier fleißig am Streichen seid, werde ich mich mal etwas umhören und schauen, ob ich zufällig etwas über Texas Logan und sein Gesindel herausfinden kann." Armando nahm seinen Hut vom Haken und trat in das verbleibende Tageslicht.

„Howdy Partner, viel Arbeit?", fragte der gutaussehende Rancher aus Kalifornien als er an der Werkstatt des Hufschmiedes stehen blieb.

„Immer! Entweder brauchen die Pferde neue Eisen oder sie wollen Ketten für abtrünnige Indianer oder die Gefangenenkutsche braucht neue schwedische Gardinen."

Der Schmied war ein rauer Bursche mit enormen Oberarmen. Armando schaute ihm zu, wie er auf ein Stück glühendes Metall einschlug, dass die Funken nur so stoben.

„Muss ziemlich beruhigend sein in so einem Fort zu leben," dachte Armando laut.

„Ist es auch, aber manchmal kann man auch hier den falschen Leuten begegnen." Der Schmied schmiss das fertig gebogene Eisen in einen Eimer mit schmutzigem Wasser, wo es in einer großen zischenden Dampfwolke abkühlte.

„Habt ihr hier Probleme mit Outlaws? Ich mach mir etwas Sorgen um die Frau, die mit uns reitet", erklärte Armando rasch seine Frage.

„Nein, hier nicht in letzter Zeit, aber eine Bande von drei Männern hat vor einigen Tagen die Bank in Jerome überfallen."

„Drei Banditen sagen Sie?"

„Ja genau, zwei Brüder und ihr Boss wird gemunkelt. Sie haben den Bankangestellten kaltblütig erschossen und sind davongeritten. Man vermutet, dass sie immer noch in dieser Gegend sein sollen, aber weder die Jungs von der Armee hier noch der Sheriff mit seinem Aufgebot aus Jerome haben diese Strolche bisher gefunden. Sie scheinen schlauer als andere Banditen zu sein."

„Na dann, ich bringe mein Pferd Morgen vorbei! Vielleicht können Sie mal die Hufe überprüfen, Sir!", sagte Armando und tippte zum Gruß an seinen Hut. Dann schlenderte er zurück zur Blockhütte.

Wir scheinen auf der richtigen Spur zu sein. Aber irgendwie schafft es dieser Schurke uns immer einen Schritt voraus zu sein, dachte Armando.

Er machte sich große Sorgen, ob es der Ire schaffen würde die goldenen Evangelisten sicher an Bord eines Schoners zurück nach Irland zu bringen. Fast schien es, als ob Armandos Leben sich zu einer Vielzahl unlösbarer Aufgaben entwickelt hätte.

Während er zurück zu seinen Weggefährten lief, murmelte er gedankenverloren vor sich hin, „warum in Gottes Namen hat sich mein Leben so dramatisch verändert? Was habe ich getan, dass mir das alles widerfährt?"

Aber Armando war immer ein Mann gewesen, der sein Wort hielt und er hatte es auch diesmal vor. Als er das Blockhaus betrat, standen die Statuen zum Trocknen auf dem Tisch. Durch die braune Farbe wirkten sie wie normale Tonfiguren. Armando erzählte seinen Freunden, was er über Texas Logan und seine Männer herausgefunden hatte. Elli eilte zur Türe.

„Ich muss ihnen folgen; sonst entkommen sie wieder!"

Aber Armando hielt sie zurück und versuchte sie zu beruhigen. Er betonte wie gefährlich es wäre, diesem Mob ohne Vorbereitung entgegen zu treten.

***

Der Priester schwieg. Er wusste sehr wohl, dass er dieser Lady eigentlich helfen sollte die Mörder dingfest zu
machen, aber er konnte es einfach nicht. Die Chancen, dass
er sich bei der Jagd beteiligen konnte ohne, dass, über kurz
oder lang die Statuen entdeckt würden, lagen bei null. Nein,
es war zu riskant. Er war es seinem Vorfahren schuldig die
Kirche zu Hause aufzubauen, denn jener Mann hatte das
ganze Dorf gerettet. Ronan musste die Mission in seinem
Namen weiterführen. Bislang wusste er nicht einmal, wie
er überhaupt bis zur Ostküste kommen sollte.

* * *

Armando dachte über die Situation der anderen beiden am
Tisch nach. Er wusste genau, dass es unmöglich sein würde
Elli Townsend auf ihrem Rachefeldzug zu stoppen und
er verstand sie nur zu gut. Der spanische Edelmann hätte
dasselbe getan, wenn er in ihren Schuhen stecken würde.
Um es genau zu sagen, er hatte ja in ihren Schuhen gesteckt.

Trotz der Tatsache, dass sie eine Frau war, schätzte
Armando ihre Chancen nicht von irgendwelchen Banditen
um die Ecke gebracht zu werden bedeutend besser ein,
als die des Priesters. Elli war intelligent genug sich den
Verbrechern vorsichtig zu nähern und da sie die Tochter
eines Sheriffs war, unterschätzte sie mit Sicherheit nie den
Killerinstinkt eines Outlaws.

Wie auch immer, Armando war sich nicht sicher wie
lange das irische Greenhorn in der Wildnis überleben
würde und da er eine ehrliche Haut war, äußerte er diese
Bedenken auch laut.

Elli schaute die beiden Männer am Tisch an. „Wir sollten uns trennen!", sagte sie schließlich ruhig. McDowrys
fuhr herum und das Gesicht von Armando war eine Maske
von Fassungslosigkeit.

„Armando, ich finde, du solltest Ronan für eine Weile begleiten. Zumindest bis an die Grenze von Texas, wo er einen Zug besteigen kann der ihn sicher nach New York und zu einem Schiff zurück nach Irland bringt."

„Das kann doch nicht dein Ernst sein! Ich habe dir versprochen dabei zu helfen, diese Mörder zu finden und du weißt, dass es dein sicherer Tod wäre, diesen Halsabschneidern allein gegenüber zu treten."

Voller Wut sprang er von seinem Stuhl auf.Es war augenscheinlich, dass Armando vor Zorn bebte. Er hob die Hände, als ob er Vernunft in sie hinein schütteln wollte.

Der Mann der Bibel fuhr mit seinen Fingern durch seine Haare; es widerstrebte ihm sehr, dass er der Auslöser für diesen Streit zwischen den Beiden war. Sie waren immer freundlich und hilfsbereit zu ihm gewesen.

Elli jedoch blieb gefasst. „Hör mir zu! Ich werde nur ihre Spur weiterverfolgen und du könntest Ronan zumindest zur Grenze von Texas bringen. Dann kommst du zurück und hilfst mir Logan und die Lenny Brüder zu fangen. Wir werden sie alle hängen sehen!"

Armando schüttelte verzweifelt den Kopf. „Wie um alles in dieser Welt soll ich dich denn wiederfinden, wenn wir uns jetzt trennen?"

„Telegramm, das ist der leichteste Weg. Ich komme zu diesem Fort zurück und schau, ob von dir eine Nachricht da ist. Sagen wir mal in drei Wochen ab Morgen. Auf diese Weise kann ich auch dir eins zu einem Armee Fort oder Handelsposten schicken und dich wissen lassen, wo wir uns als nächstes treffen. Ich bin die Tochter eines Sheriffs und mein Vater hat die Männer des Gesetzes in dieser Gegend gekannt. Ich kann sie immer um Hilfe bitten, da bin ich mir ganz sicher."

Armando schüttelte den Kopf. Ihm gefiel das nicht,

nein, ihm gefiel das Ganze überhaupt nicht, aber tief in seinem Innern wusste er, dass Elli Recht hatte. Sie hatte die besseren Karten, im Gegensatz zu dem Grünschnabel neben ihm mit seinen Kirchenfiguren aus Gold in den Satteltaschen.

***

McDowry fühlte sich miserable. Einerseits war er erleichtert, dass er nicht ohne Begleitung durch dieses stellenweise feindselige Land reiten musste, andererseits schmerzte es ihn, dass er der Grund für den Streit seiner Freunde war. Er mochte sie beide sehr und fühlte sich schuldig und nutzlos.

***

Am folgenden Morgen war Armando immer noch übel gelaunt und sehr schweigsam. Er ging mit Elli zur Essensausgabeüber und aß wortlos sein Frühstück.

Ich darf und kann ihr nicht vorschreiben was sie zu tun oder zu lassen hat, dachte er, während er sein lauwarmes Rührei kaute. Schließlich räusperte er sich:

„Ich habe einfach nur Angst, dass du bei der ganzen Sache ums Leben kommst, und irgendwie komme ich auch nicht damit klar, dass ich mir solche Sorgen um Dich mache." Beschämt schaute er zu Boden. „Es fühlt sich wie ein Betrug an meiner verstorbenen Frau Maria an, aber ich kann dieses Gefühl, dass dir etwas zustoßen könnte einfach nicht abschütteln, Elli."

***

Sie schwieg. Es war ihr bewusst, dass es so aussehen musste, als ob sie Armando los werden wolle.

Aber das war nicht der Fall. Tatsächlich war es so, dass sie seine Gesellschaft genoss, aber das würde sie niemals zugeben, nicht einmal vor sich selbst.

Elli Townsend war mit dem Gesetz groß geworden und sie wusste genug über die Horden von Leuten, die dieses Gesetz ständig missachteten. Ronan würde niemals die Küste lebendig erreichen, wenn er es allein versuchen würde. Noch einmal versuchte die hübsche Frau Armando zu überzeugen. Er jedoch winkte nur ab.

„Es ist Deine Entscheidung, Elli. Ich werde nicht dagegen argumentieren. Es ist gestern alles gesagt worden. Wir werden uns also trennen."

Sein Ton erschien so kühl und es tat ihr sehr leid, dass ihre Unterhaltung diese Richtung eingeschlagen hatte.

„Ich werde warten, ich verspreche es dir. Ich brauche deine Hilfe um diese Dreckskerle der Gerechtigkeit zu überführen. Ich werde dir nicht die Möglichkeit nehmen, dein Versprechen einzulösen!"

* * *

Der großgewachsene Mann stand auf. „Je schneller ich mich auf den Weg mache, je früher ist dieser Schwarzrock und seine Goldheiligen in Sicherheit. Bitte entschuldige mich, ich muss mich darum kümmern, dass Ronan sich bereit macht und der Hufschmied die Eisen unserer Pferde überprüft." Er lief davon, ohne sich noch einmal nach ihr umzudrehen.

Als er ihre Unterkunft betrat, war der Tumult seiner Gefühle an seinem Gesicht abzulesen. Er informierte McDowry, dass sie in einer Stunde reiten würden. Als Elli durch die Türe kam, hatten die beiden Männer bereits ihre Habseligkeiten gepackt und waren bereit zum Mietstall zu gehen.

Sheriff Townsends Tochter sprach nicht mit Armando, aber sie begleitete die Beiden zum Schmied, der gerade die Hufe der Pferde überprüfte. Nachdem das ein oder andere

Eisen ersetzt worden war machten sich die beiden Männer bereit sich zu verabschieden.

„Ich werde nach Wickenburg reiten und von dort eventuell weiter nach Norden, Richtung Prescott. Vielleicht kann ich herausfinden, wo sich diese Feiglinge im Moment versteckt halten."Elli schaute Armando abwartend an aber er antwortete nicht. Er nickte nur knapp und überprüfte dann seinen Sattelgurt und führte sein Pferd zum Tor des Forts. Elli hatte das starke Bedürfnis ihn zurückzuhalten. Ihr irischer Freund spürte die Spannungen zwischen den beiden und führte sein Pferd weiter weg, um sie einen Moment allein zu lassen.

Armando stand da, die Zügel in der Hand, und schaute sie an. Seine Kiefer waren angespannt und zum ersten Mal, seit er sie in Yuma getroffen hatte, wusste er nicht was er sagen sollte. *Gott, warum muss sie nur so verdammt hübsch aussehen?* Er schluckte.

„Hör mir zu! Ich werde nichts unternehmen, bevor du nicht zurück bist, um mir zu helfen. Lass mich einfach per Telegramm wissen wann du zurückkommst."

Irgendwie klangen die Worte, als ob sie andeuten wolle, dass sie auf ihn als Mann warten würde. Er versuchte in ihrem Gesichtsausdruck zu lesen, aber er wagte nicht sie danach zu fragen. Als sie sich schließlich umdrehte, rief er ihr hinterher.

„Elli, ich kann dich nicht aufhalten, aber ich möchte das du weißt, dass ich dich nicht sterbend finden möchte, wie ich meine Maria fand. Du bedeutest mir viel, aber die Zeit ist falsch, ich trauere noch immer. Dennoch möchte ich, dass du weißt, dass ich Angst um dich habe. Sobald du mir telegrafierst, dass du bereit bist sie an den Galgen zu bringen, werde ich so schnell wie möglich zurück sein."

Sie nickte und war traurig und verwirrt, aber sie wusste,

dass sie ihm vertrauen konnte. Er würde an ihrer Seite sein. Armando schwang sich in seinen Sattel und ritt zu McDowry der neben den Kanonen auf ihn wartete. Als sie so auf dem Platz des Forts stand und den Beiden beim Wegreiten zusah, verspürte Elli ein ganz neues Gefühl. Sie würde den gutaussehenden Mann, den sie vom Galgen gerettet hatte, sehr vermissen. Obwohl diese Erkenntnis sie verwirrte, schlich sich dennoch ein warmes Lächeln auf ihr sonst so ernstes Gesicht.

„Möge Gott dich schützen, Armando Phillipe Diaz!", flüsterte sie, dann drehte sie sich um, um ihre Habseligkeiten in der Blockhütte zusammmen zu packen.

KAPITEL ZWÖLF

* * *

Der irische Priester ritt neben Armando aber er schwieg. Er wagte es nicht, den spanischen Adligen anzusprechen, denn dieser schien gedankenverloren und nahm nichts um sich herum wahr. Seine Kiefer mahlten und wenn er ein paar Worte sprach, vergewisserte er dabei sich und Ronan immer wieder, dass er Elli in ein paar Tagen wieder gesund antreffen würde.

Ja, ich werde ihr helfen, Gerechtigkeit über diese Mörder zu bringen, genauso wie sie mir geholfen hat. Selbst wenn ich dafür in die Hölle und zurückreiten müsste. Ich würde nicht eine Sekunde zögern.

* * *

Am selben Tag ritt Elli nach Jerome, einer weiteren Minen Stadt. Sie hatte kurzerhand ihre Pläne geändert und sich entschlossen nicht nach Wickenburg zu reiten, denn Elli hatte das Gespräch zweier Soldaten belauscht, die sich angeregt über den Überfall auf Jeromes Bank unterhalten hatten. Die Rede war von drei Räubern gewesen. Das klang zu sehr nach Texas Logan als das Elli es hätte ignorieren können. Sie hoffte, dass sie auf der richtigen Spur war. Sollte sich das Geschwätz als falsch herausstellen konnte sie immer noch nach Wickenburg oder gar nach Prescott reiten.

Jerome war eine blühende Stadt mit Hotels, Restaurants, einigen Saloons und Bordellen. Sogar ein Bezirksgefängnis war vorhanden. Elli hoffte hier auf neue Informationen zu stoßen. Als sie ankam und die Hauptstraße entlang ritt, war sie sehr über die Größe der Stadt überrascht.

Sie mietete einen Stall für Donner und bezahlte ein Zimmer in einem der beiden Hotels. Sehr zu ihrer Freude bot dieses sogar die Chance auf ein heißes Bad, und Elli könnte dann sogar ein paar ihrer Klamotten waschen.

Sie verwöhnte sich zusätzlich mit einem saftigen Steak und Ofenkartoffeln im Restaurant `Lindas Stove´ um die Ecke. Das Essen war vorzüglich und die Preise waren in Ordnung.

Elli fühlte sich wie neugeboren und war auf ihrem Weg in einen der Saloons der Stadt. Die Straßen waren voller Leute und einige gefallene Engel versuchten Männer in ihre Häuser von fragwürdigem Ruf zu locken. Es war laut und es roch nach Pferdemist.

Elli versuchte alles, um nicht als schöne Frau aufzufallen. Ihr Haar hatte sie unter dem staubigen Hut versteckt. Sie trug ihres Vaters Hemd und Reithosen.

Sie steuerte auf den größten Saloon zu, von wo laute Klaviermusik, Lachen und Geschrei nach außen auf die Gehwege drang. Elli wusste, dass es nicht ungefährlich für eine Frau war einen Saloon allein zu betreten, es sei denn sie wäre ein leichtes Mädchen von lockerer Moral gewesen.

Als sie eintrat, war sie überrascht wie voll das Lokal zu sein schien. Es war sehr laut und der junge Mann am Piano versuchte verzweifelt, sich gegen das Stimmengewirr Gehör zu verschaffen. Der Zigarrenqualm war zum Schneiden dick. Die junge Frau steuerte direkt auf den Typen hinter der Bar zu. Dabei beobachtete sie die Leute aus den Augenwinkeln. Auf der rechten Seite neben der Treppe war ein Faro Spiel in vollem Gang. Mindestens zwei der Teilnehmer sahen wie professionelle Spieler aus. Die meisten Tische waren mit Leuten aus der Stadt und Cowboys belegt, und nicht wenige davon hatten eine der Prostituierten auf dem Schoß sitzen.

Elli schaute die Treppe hinauf die zu mehreren Holztüren führte. Vermutlich der Ort, wo die zweifelhaften Ladies der Nacht dem ältesten Gewerbe der Welt nachgingen. Sie bemerkte wohl die gierigen Blicke, die ihr einige Männer zuwarfen und wusste, dass sie wie ein Vagabund wirken musste. Selbstbewusst bestellte sie sich ein Glas Whiskey, während ihre rechte Hand nahe der Pistole ihres Vaters ruhte. Es war sicherlich besser bewaffnet zu sein und Elli wusste genau wie sie den `Friedensstifter´ zu benutzen hatte. Ihr Pa war ein guter Lehrer in vielen Dingen gewesen, und sie war jederzeit vorbereitet. An einem Ort wie diesem wusste man nie, was sich im Kopf eines Viehtrieb Cowboys abspielte.

„Wo kommst du den her, du hübsches Ding?", fragte der hässliche Typ hinter dem Tresen. Er hatte einen großen Schmerbauch und verfaulte Zähne. Seine Augen erinnerten Elli an die einer Ratte und sie fand ihn auf Anhieb abstoßend.

„Südwestlich von hier, eigentlich weit östlich vom Cochise County." *Ich verrate besser nicht jedem, aus welcher Stadt genau ich herkomme*, dachte sich die hübsche Frau.

„Und was bringt dich so ganz allein den ganzen Weg hierher in die nördliche Ecke von Arizona?" Der Mann war neugierig.

„Ich suche ein paar Leute."

„Nun, ich könnte eine hübsche Frau wie dich hier sehr gut gebrauchen. Eins meiner Kätzchen ist leider schwanger geworden und kann im Moment nicht arbeiten, wenn du verstehst was ich meine", zwinkerte er ihr zweideutig zu und leckte sich dabei provokant über die Lippen. „Natürlich müsste man dich etwas netter anziehen, im Moment siehst du eher wie ein verlauster Viehtreiber aus!"

Elli hatte das dringende Bedürfnis dieses aufgeblasene Ekel mitten ins Gesicht zu schlagen aber sie blieb ruhig. Stattdessen versuchte sie das Gespräch in eine andere Richtung zu lenken. „Ich habe gehört, dass es hier vor einigen Tagen einen Banküberfall gab."

„Ja, drei Mitglieder einer Bande haben die Gold- und Silber Ausbeute vom letzten Monat gestohlen. Zum Glück war das Meiste bereits drei Tage zuvor zur größeren Bezirksbank gebracht worden. Das Gesindel hat den Angestellten kaltblütig erschossen, obwohl das arme Schwein den Safe für sie geöffnet hatte. Ich denke die waren richtig sauer als sie sahen, dass nicht so viel in dem Kasten war, wie erwartet."

Elli gab vor entsetzt zu sein. „Hat denn die Stadt ein Aufgebot diesen Outlaws hinterhergejagt?" Sie schien aufrichtig interessiert.

Der schmierige Zuhälter war nun offensichtlich ganz in seinem Element da er das Gefühl hatte, dass Elli von ihm und seinen Erzählungen fasziniert sein müsse. Er lehnte sich nach vorne und schlug einen vertrauensvollen Ton an.

„Klar haben sie das aber bisher konnten sie keinen der Drei erwischen. Texas Logan ist einfach zu schlau für diese Gesetzesköter."

„Wie wollen Sie wissen, dass es dieser, wie nannten Sie ihn, `Texas Logan´ war?", wollte Elli wissen.

„Ich sah sie in die Stadt reiten und er und die beiden Lenny Brüder standen genau hier, an dieser Bar, wo du jetzt stehst und haben ihren Whiskey getrunken, jawoll so war das!"

Elli schüttete ihren Rest `Korn Saft´ runter und tippte sich zum Abschied an den Hut.

„Hey, wo gehst du denn jetzt so allein hin, du hübscher Vogel? Das hier ist mein Saloon und du kannst solange bleiben, wie du willst. Ich werde schon dafür sorgen, dass uns niemand stört."

Sie nickte ihm zu und warf eine Münze auf die Bar. „Danke für das großzügige Angebot, aber ich bin gerade erst in der Stadt angekommen und hundemüde. Es war ein langer Ritt. Ich werde mir Ihr Angebot später durch den Kopf gehen lassen. Aber jetzt ist es für mich Zeit mich in die Federn zu legen."

Elli Townsend blieb freundlich, denn der Saloon Besitzer schien eine zuverlässige Quelle für Tratsch und Neuigkeiten zu sein. Als sie sich umdrehte und durch den Saloon ging pfiffen ihr einige der Männer hinterher. Einer ging so weit ihr Handgelenk zu packen und Elli zu sich an den Pokertisch zu ziehen.

„Bleib hier, kleine Lady, du kannst mein Glücksbringer für heute Nacht sein!"

Die Sheriffs Tochter schaute ihn nur an. Mit einer eiskalten Stimme und brennendem Blick drehte sie sich zu dem Rüpel um.

„Wenn Sie es wagen mich noch einmal anzufassen, dann werden Sie das Ende dieser Nacht schneller erleben, als Sie es für mögliche halten!"

Er wollte sie dennoch auf seinen Schoß reißen, aber irgendetwas in ihrer kühlen Haltung und ihrer Stimme ließ ihn innehalten. An der Frau war etwas dran, was ihn verunsicherte und nervös machte.

„Ich könnte genauso gut eine Klapperschlange anfassen!", brummte er unfreundlich zu seinen Freunden. Er ließ Elli los und wendete sich wieder seinem Pokerspiel zu. Elli verließ den Saloon. Einige der Gäste starrten ihr zwar hinterher, aber keiner hielt sie auf. Selbstbewusst verließ sie das Etablissement durch die Türe. Sie bemerkte nicht den ernst blickenden Cowboy mit dunklem Bart, der aufstand, und den kleinen Ecktisch in der Ecke des Saloons verließ. Er blieb draußen stehen und sah wie Elli rüber zum Hotel ging.

Ein paar Minuten nach ihr betrat der Fremde das Hotel. „Haben sie ein freies Zimmer für heute Nacht?", fragte er den Mann, der die Unterkunft mit seiner Frau betrieb.

„Nur noch eins, aber es muss ohne heißes Bad gehen. Eine junge Lady hat für den Heißwasser Service bereits bezahlt. Ich kann unsere Kupferwanne nur einem Gast pro Tag anbieten."

„Ach ja, ich sah sie vom Saloon rüber laufen. Nettes Ding, zumindest wenn sie sich mehr wie eine Frau kleiden würde."

Der Hotelbesitzer war auch nur ein Mann und zwinkerte seinem Gegenüber zu. Mit einem heißeren Flüstern sagte er: „Die Frau ist schön wie die Sünde selbst. Ich gebe zu, ich habe durch das Schlüsselloch geschaut, als sie sich umzog, und wissen sie was? Sie werden es nicht glauben! Sie scheint die Tochter eines Sheriffs zu sein und läuft sogar Mutterseelenalleine in den Saloon."

Der Fremde starrte ihn an. „Sie ist was?"

„Die Tochter eines Sheriffs. Ich habe den Stern auf dem Nachttisch gesehen und hab unseren Marshal hier gefragt. Der sagte mir, dass ihm der Name bekannt vorkommen würde und es die Tochter des Yuma County

Sheriffs sein könnte."

„Passen Sie auf, reservieren Sie das Zimmer für mich! Ich muss zuerst noch was Wichtiges erledigen. Ich komme in ein paar Stunden zurück." Er verließ das Hotel durch die Eingangstüre und hatte es offensichtlich sehr eilig.

KAPITEL DREIZEHN

* * *

Ein einsamer Reiter galoppierte durch die Nacht. Er kannte den Weg gut und fand die versteckt liegende Blockhütte auf Anhieb. Er stoppte sein Pferd und sprang aus dem Sattel. In diesem Moment schwang die Türe auf und ein Mann mit einer Winchester im Anschlag trat heraus. „Bleiben Sie stehen, die Hände nach oben!"

„Ich bin es, John! Ich habe eine Nachricht für Logan."

Der Mann an der Tür wartete bis er das Gesicht des späten Besuchers im Licht der Petroleumlampe erkennen konnte.

„John, was bringt dich zu so später Stunde zu uns? Ich hoffe es ist dir niemand gefolgt?"

Der Mann, der neben der bewaffneten Wache gesprochen hatte, drehte sich um und ging in die Hütte zurück. „Es ist in Ordnung Darrell, lass ihn rein!"

John ging in die primitive Hütte und tippte sich an den Hut, um den dritten Mann, der auf einer Holzbank saß, zu grüßen. „Guten Abend, Pete!"

Der Anführer drehte sich von der Tür weg und starrte John mit seinen stechenden Augen an. „Also, was bringt dich hierher?"

„Es ist eine neue Frau in der Stadt angekommen."

„Sag mal, du scherzt wohl. Du reitest in der Dunkelheit den ganzen Weg hierher, nur um mir zu sagen, dass so ein neuer Weiberrock in Jerome angekommen ist?"

„Sie hat jede Menge Fragen über den Banküberfall gestellt. Um es genauer zu sagen, über die Bande selbst." Die drei Männer runzelten die Stirn und schauten sich nervös an.

„Vielleicht die Witwe von diesem Bankangestellten? Warum sollte sie sich sonst dafür interessieren?"

John schaute die drei Banditen an. „Genau genommen ist sie die Tochter eines Sheriffs."

Alle drei Gang Mitglieder fingen an zu lachen. Darrell schüttelte sich und Tränen rannen ihm die Wangen runter.

„Was soll das? Ist sie so eine Art Hilfssheriff? Sieht so aus, als ob dem Territorium die Blechsternträger ausgehen, hm?"

„Glaub es oder nicht! Diese Frau ist allein in den Saloon gelaufen. Sie schien nicht zu einem Aufgebot zu gehören. Jedenfalls sucht sie nach euch Jungs."

Der dunkelhaarige Mann blieb schweigsam. Dann drehte er sich langsam Richtung Kamin. Die Narbe auf seiner rechten Wange betonte sein gefährliches Aussehen noch zusätzlich.

„So, so, die Tochter eines Gesetzeshüters sucht also unsere Gesellschaft. Das ist ja wirklich mal etwas Neues. Warum drehen wir den Spieß nicht herum und spielen ein kleines Spiel mit ihr?" Seine Augen waren durchdringend und er leckte sich langsam über seine Unterlippe.

KAPITEL VIERZEHN

* * *

Elli genoss das heiße Wasser auf ihrer Haut als sie in der Kupferwanne lag. Ihr Körper fühlte sich erschöpft an und zum ersten Mal, seit jenem Morgen im Fort, erlaubte sie sich selbst an Armando und Ronan McDowry zu denken. Sie hoffte und betete, dass es ihnen beiden gut ging.

Elli fühlte sich einsam. Sie hatte sich wohl mehr an die Gesellschaft des attraktiven Spaniers gewöhnt, als sie gedacht hatte. Sie hatte nicht gemerkt, dass er sich langsam in ihr Herz geschlichen hatte. Das Zweite, von dem Elli keine Ahnung hatte war die Tatsache, dass sie nicht mehr nur der Jäger war, sondern nun auch die Beute.

* * *

In einer einsamen Hütte in den Wäldern Nord Arizonas lag ein Mann wach, während seine Bandenmitglieder schliefen und dabei laut schnarchten. Ein Mann mit einem gefährlichen Glitzern in den Augen und einem leichten Lächeln auf den Lippen. „Ich sehe dich sicher bald, kleine Sheriffs Tochter", flüsterte er in die Dunkelheit. Seine Lippen teilten sich zu einem grausamen, lüsternen Grinsen.

$* * *$

Elli war allein in Jerome. Ihr Weggefährte Armando war
noch immer auf dem Weg nach Texas und versuchte sein
Bestes den irischen Priester Ronan McDowry und seine
Heiligenfiguren aus Gold zu schützen. Sie fühlte sich einsam auf der Jagd nach Texas Logan und den gefährlichen
Lenny Brüdern, aber sie war ihres Vaters Tochter und bereitete sich darauf vor, die Bande allein weiter zu verfolgen,
bis Armando wieder zu ihr stoßen würde. Schließlich war
sie diejenige gewesen, die vorgeschlagen hatte, dass sie sich
trennen sollten. Zumindest so lange, bis McDowry sicher
einen Zug Richtung Ostküste besteigen würde.

Elli hatte keine Zweifel, dass Armando zu ihr zurück-
kommen würde, um ihr zu helfen die Logan Bande an
den Galgen zu bringen. Er war ein Mann von Ehre und
respektierte, genau wie sie, das Gesetz.

*Ich werde nicht eher ruhen, bis ich diese drei Männer
hängen sehe. Sie verdienen es dafür zu sterben, dass sie
meinen Vater und andere so feige umgebracht haben. Ich
bin sicher ich finde bald eine Spur von ihnen,* dachte Elli.

Ihr Bauchgefühl sagte ihr, dass diese Verbrecher sich
immer noch irgendwo in der Gegend versteckt hielten.
Sie wären niemals dem Aufgebot auf ihren erschöpften
Pferden entkommen. Es wäre auch zu riskant gewesen das
Geld aus der Bank zu großzügig in den Saloons zu ver-
prassen, denn das hätte sicherlich ganz schnell schlafende
Hunde geweckt.

Elli hatte während ihres Gesprächs mit dem aufdring-
lichen Saloon Besitzer nicht bemerkt, dass sie von einem
Mann beobachtet worden war. Der suspekte Cowboy
hatte Kontakt zu Texas Logan und den Lenny Brüdern.
Elli konnte nicht ahnen, dass sie der Mörderbande näher
war als gedacht, und noch weniger wusste sie, dass diese

gewarnt war. Das war eine gefährliche Entwicklung und mit jeder vorbeiziehenden Stunde kam die unvermeidbare Konfrontation näher und näher, die Elli Townsend in tödliche Gefahr bringen würde.

Auf dem Rücken von Donner verließ sie Jerome beim ersten Tageslicht und trabte durch die umliegenden Hügel und Canyons. Die Landschaft war schön, aber die junge Frau hatte kein Auge dafür. Sie suchte nach Spuren von Texas Logan und seinen Kumpanen. Um die Mittagszeit stieg sie aus dem Sattel und führte Donner an einen kleinen Fluss, um zu trinken. Sie hatte bisher nichts Verdächtiges gefunden, aber sie hatte auch nicht erwartet gleich am ersten Tag Glück zu haben. Sie blieb positiv und füllte ihre Wasserflasche, während Donner mit dem Vorderhuf vergnügt in das fließende Wasser schlug.

Später am Nachmittag ritt sie in die kleine Siedlung von Sedona, ungefähr dreißig Meilen östlich von Jerome. Drei Häuser, eine Blockhütte, ein paar Ställe und ein paar Pferche waren in die atemberaubend schöne Landschaft eingebettet. Das Anwesen wurde von einem Farmer Namens Schnebly und seiner Familie geführt. Die Bäume waren üppig und ein sanfter Fluss hatte sich seinen Weg durch die roten Felsen gebahnt. An manchen Stellen waren so natürliche kleine Teiche entstanden. Selten hatte Elli so ein schönes Tal gesehen. *Das ist das wahre Paradies,* dachte sie.

Sie wurde herzlich von den Siedlern willkommen geheißen und die Frau des Farmers lud sie spontan dazu ein, dass Mittagessen mit ihnen zu verbringen. Elli erklärte sich mit einem warmen Lächeln einverstanden. Der Farmer wirkte zwar raubeinig, war aber durchaus so freundlich wie seine Frau.

„Ich bin William Schnebly. Was bringt Sie in die Eins-

amkeit unseres roten Felsen Canyons, Madam?" Er hatte
einen starken Akzent, den Elli nicht einordnen konnte.

„Ich bin die Tochter des Sheriffs von Yuma County,
weit südöstlich von hier. Ich bin auf der Jagd nach ein
paar Outlaws."

Schneblys Frau starrte sie ungläubig an. Eine Frau die
allein Männer jagte, die das Gesetz gebrochen hatten?
Das konnte sie fast nicht glauben. Aber dann erinnerte
sie sich an den Pistolengurt an den schmalen Hüften ihres
Gastes. Irgendetwas an dieser Frau sagte ihr, dass sie
zwar eine freundliche Person war, aber vermutlich nicht
zögern würde diese Waffe zu benutzen. Mrs Schnebly
war ihr ganzes Leben eine hart arbeitende Farmersfrau
gewesen, und alles was sie kannte, war die Rolle der Frau
sich um das Haus, die Farm und die Tiere zu kümmern
und natürlich Kinder großzuziehen. Das alles zu schützen
sollte doch die Aufgabe eines Mannes sein. Natürlich
sagte Mrs Schnebly das nicht zu ihrem außergewöhnlich
hübschen Gast in ihrer Küche.

Alle Familienmitglieder wurden an den großen Holztisch im Haus gerufen. Mr Schnebly fragte Elli erst mal
nicht weiter aus. Sein jüngerer Bruder und drei Kinder
stürmten in die Küche. Der Mann reicht Elli die Hand.
„Ich bin Hans Schnebly, Williams Bruder. Es freut mich,
Sie kennenzulernen, Madam!"

Mrs Schnebly trug einen großen Topf mit Kartoffeln
und ein warmes frisches Brot zum Tisch. Dann folgte,
sehr zu Ellis Überraschung, ein gebratener Schinken und
frisches Gartengemüse.

„Oh du meine Güte, das duftet ja wundervoll!", sagte
Elli, während sie in die Luft schnüffelte, wo die Aromen
aus den Schüsseln ihr das Wasser im Mund zusammen-
laufen ließen.

Mrs Schnebly lachte. „Naja, also ich habe natürlich keinen Gast erwartet, aber ich hoffe es schmeckt ihnen trotzdem."

Die beiden jüngeren Kinder, ungefähr sechs und neun Jahre alt, starrten die junge Frau an. „Lasst uns beten!", sagte William Schnebly und faltete seine großen Hände. Jeder am Tisch tat es ihm gleich.

„Möge Gott unseren Tag segnen, während wir die gegebenen Aufgaben erfüllen. Wir danken dir, oh Herr, dass du uns heute einen so netten Gast beschert hast und wir bitten dich darum, dass Essen vor uns auf dem Tisch zu segnen. Halte deine schützende Hand über uns. In Jesus Namen beten wir, Amen!"

„Amen!" antwortete jeder am Tisch.

Elli war gerührt, dass sie in dem Gebet eingeschlossen worden war; etwas, dass sie schon länger nicht mehr erfahren durfte. Gott allein wusste, dass sie jedes Gebet dringend brauchen konnte, denn es gab keine Garantie, ob sie die Mission auf der sie sich befand, überleben würde.

Das Essen war vorzüglich, und nach etwas peinlicher Stille, fingen alle an fröhlich drauflos zu plappern. Schmerzhaft war sich Elli der Tatsache, dass sie keine Familie mehr hatte, bewusst. Niemand mit dem sie ihre täglichen Sorgen oder Gedanken teilen konnte. Sie vermisste ihren Vater sehr. Und auch ihre Mutter, der diese Familie so sehr gefallen hätte. Für einen Moment dachte sie sogar an Armando und fragte sich wo er wohl im Augenblick war. Aber dann zwang sie sich dazu, nicht länger an sein attraktives Gesicht zu denken.

Einer der Jungen fragte sie, „hat Ihre Familie auch eine Farm, Lady?"

„Jeremy, belästige sie nicht mit deinen Fragen!", unterbrach ihn seine Mutter streng. Aber der dunkelhaarige

Gast schüttelte ihren Kopf.

„Ich arbeite für das Gesetz, Jeremy. Aber vielleicht werde ich eines Tages eine Ranch gründen und Pferde züchten. Übrigens, du darfst mich gerne einfach Elli nennen."

Der jüngere Bub schaute sie an. „Ich bin Tom! Sind Sie so eine Art Sheriff?"

„Nein Tom. Mein Vater war ein Sheriff. Er traf auf ein paar sehr schlechte Männer und ich versuche seine Arbeit zu beende, und jene der Gerechtigkeit zu übergeben."

Die junge Frau hatte so vorsichtig wie möglich geantwortet, denn sie wollte die Kinder nicht erschrecken.

„Sind diese Männer, die Sie verfolgen denn gefährlich? Haben Sie ein Schießeisen? Mussten Sie schon einmal jemanden erschießen?" Tom war ganz aus dem Häuschen.

„Tom, Schluss jetzt!" Der strikte Ton in Mister Schneblys Stimme brachte den Jungen sofort zum Schweigen.

„Es macht mir nichts aus, dass er Fragen stellt, aber es gibt Dinge, die Kinder zu sehr belasten. Da draußen ist es eine raue Welt und je länger sie die sonnige Seite des Lebens genießen, umso besser!", erklärte Elli.

Die Mutter der Kinder lächelte ihren Gast warm an. *Diese junge Lady scheint einen guten Sinn für Familie zu haben,* dachte sie bei sich.

Als sie ihre Mahlzeit beendet hatten bot Mrs Schnebly an, Kaffee aufzubrühen.

„Ich möchte Ihnen nicht noch mehr Umstände machen oder Ihren Tagesablauf noch mehr durcheinanderbringen, Mrs..."

„Oh, bitte nennen Sie mich doch Anne!", sagte die Farmersfrau. „Ich bin so glücklich, dass Sie hierhergekommen sind. Es passiert nicht oft, dass ich hier draußen weibliche Gesellschaft bekomme, Mrs...?"

„Oh, nennen Sie mich einfach Elli!"

„In Ordnung, Elli dann. Ist das die Kurzform für Eleonora?" Ihr gegenüber lächelte herzlich. „Ja genau, aber jeder nennt mich nur Elli."

Nachdem sie alle ihren Kaffee getrunken hatten, gingen die Jungs zusammen mit den beiden Männern wieder nach draußen, um an einigen Korrals zu arbeiten. Das dritte Kind, ein schüchternes Mädchen von vielleicht sieben Jahren, blieb in der Küche, um ihrer Mutter beim Geschirr waschen zu helfen. Ihr Name war Megan und sie war ein hübsches blondes Ding mit blauen Augen und lustigen Sommersprossen um ihre Nase. Sie schaute Elli groß an und lächelte zaghaft.

„Sie sehen so hübsch aus. Haben Sie auch eine Tochter?"

Die Frau aus Yuma lachte herzlich. „Nein Süße, noch nicht, aber vielleicht eines Tages. Aber ehrlich gesagt finde ich, dass Du viel hübscher bist."

Anne lächelte ihre Tochter liebevoll an. Es war offensichtlich, dass sie sehr stolz auf ihre kleine Tochter war. *Ob wohl meine Mutter auch stolz auf mich sein würde,* fragte sich Elli. *Schaut sie mir aus dem Himmel zu? Würde sie versuchen mich zu beschützen?*

Als die Küche aufgeräumt war, bot Anne Elli spontan an, die Nacht bei den Schneblys zu verbringen. Schließlich war es schon Nachmittag.

„Ich möchte Ihnen keine zusätzliche Arbeit machen, Anne", warf Elli ein.

„Aber das tun Sie doch gar nicht. Es ist einfach so schön sich endlich mal wieder mit einer Frau unterhalten zu können. Es ist landschaftlich herrlich hier in Sedona, aber manchmal auch sehr einsam. Ich vermisse die Gesellschaft anderer Frauen sehr." Anne schaute traurig zu Boden und wirkte dabei als ob sie ihre Gefühle verstecken müsste.

Elli konnte Annes Gefühle gut nachvollziehen. „Ich weiß

was Sie meinen. Ich habe keine Familie mehr. Meine Eltern sind nun beide tot und ich habe auch keine Geschwister."

„Oh, das muss ein sehr einsames Leben sein. Kein Ehemann?" Sofort biss sich Anne auf die Zunge. Sie schämte sich. Sie musste furchtbar neugierig erscheinen. Aber Elli lächelte.

„Noch nicht. Zuerst muss ich eine offene Rechnung für meinen Vater begleichen. Vorher kann ich mein eigenes Leben nicht in Angriff nehmen."

„Sie haben gesagt, dass Ihr Pa tot ist. Diese Männer die Sie suchen, haben die etwas mit seinem Tod zu tun?" Der Schmerz in Ellis Augen traf Anne mitten ins Herz und war Antwort genug.

„Sie haben ihn kaltblütig erschossen, Anne. Ich werde nicht eher ruhen, bis ich Gerechtigkeit über diese Mörder gebracht habe! Sie sind nichts weiter als elende Feiglinge und haben mehr als einen Mann auf dem Gewissen!"

„Ich werde beten, dass Sie eines Tages all das hinter sich lassen können und Ihr Herz frei sein wird von der Trauer, die dieser Mord ausgelöst hat. Ich werde darum beten und hoffen, dass die Traurigkeit und der Zorn irgendwann von der Liebe eines führsorglichen Mannes und einer wunderbaren Familie ersetzt werden."

„Vielen Dank, Anne! Ich weiß Ihre Worte zu schätzen. Ich werde diese Suche nicht aufgeben können, bis ich meinen Vater gerächt habe. Diese Banditen haben mir das Liebste genommen und ich werde sie dafür hängen sehen, selbst wenn es das Letzte ist, was ich machen werde."

Anne umarmte ihr Gegenüber einfach. Sie wusste, dass diese Frau gegen ihre Vergangenheit und gegen die Männer, die sie in diesen Alptraum geworfen hatten, kämpfen musste. Dann stand sie auf, schob den Stuhl zurück und zeigte Elli ihr Zimmer für die Nacht.

KAPITEL FÜNFZEHN

* * *

Elli trat auf die Veranda und bot ihre Hilfe beim Füttern der Tiere an. Die beiden Schnebly Brüder waren dankbar für zwei hilfsbereite zusätzliche Hände und nahmen das Angebot mit einem Lächeln an.

„Haben Sie Probleme mit Outlaws hier draußen?", fragte sie. Annes Schwager Hans zuckte mit den Schultern.

„Nein, nicht wirklich. Wir haben hier in der Nähe eine kleine Gruppe von Tonto Apachen, aber die waren bisher freundlich und friedlich. Wir meiden sie und sie meiden uns. Außer einem Krieger, der öfters zu uns kommt, um mit uns zu handeln. Wir tauschen dann Felle und geflochtene Körbe mit ihm. Wir bezahlen mit Farm Produkten, Mais oder auch mal ein Werkzeug und Baumwollstoff für ihre Frauen. Er wurde zu einem Freund für uns und vielleicht kommt er Morgen sogar zur Farm. Normalerweise taucht er so alle drei Wochen auf."

Das überraschte Elli sehr. Aber andererseits, warum eigentlich nicht? Sie hatte bislang ja nur einzelne Indianer getroffen, aber hatte schon längst herausgefunden, dass nicht alle der blutrünstigen Geschichten, die man sich über die Ureinwohner erzählte, wirklich stimmten. Es gab schließlich gute und schlechte Menschen auf beiden Seiten.

Das Abendessen war einfach, aber dennoch schmackhaft. Frisch gebackenes Brot wurde einfach mit Scheiben des kalten Schinkens belegt. Dazu gab es frische, noch warme Kuhmilch.

Elli genoss die Gesellschaft der Familie Schnebly sehr und sie konnte sich nicht daran erinnern, wann sie das letzte Mal so viel gelacht hatte. Schließlich zog sie sich in das ihr zugewiesene Zimmer zurück, um etwas Schlaf zu bekommen. Megan war sehr stolz darauf ihr eigenes Zimmer der hübschen Lady aus Yuma anbieten zu dürfen. Ihr Bruder Tom hatte ihr erzählt, dass sie die Tochter von einem echten Sheriff war.

Während Elli so im Bett lag, sprach sie ein Gebet vor dem Schlafen und bezog die gesamte Schnebly Familie, aber auch Armando und Ronan in ihre Fürbitte mit ein. Sie hoffte, dass die beiden Männer auf dem Weg nach Texas sicher waren und ihr Ziel bald erreichen würden.

* * *

Weit hinter der Grenze von Arizona, mitten in der Wildnis von New Mexico, blickte der kalifornische Rancher hoch zu den nächtlichen Sternen. McDowry, sein schnarchender Reisegefährte, hatte sich unter seiner Decke in der Nähe des Feuers zusammengerollt. Das attraktive Gesicht von Armando Phillipe Diaz sah traurig aus. Er dachte an Elli und hoffte, ja betete sogar, dass er sie lebend vorfinden würde, wenn er nach Arizona zurückkehrte. Er hatte Ronan gestanden, dass er nicht aufhören konnte sich Sorgen zu machen. Mit einem Seufzen stand Armando schließlich auf und weckte McDowry, der mit der Wache für die restliche Nacht an der Reihe war. Armando hoffte, dass er noch etwas Schlaf finden konnte unter den glitzernden Sternen in dieser kalten Nacht.

* * *

Elli hatte gut geschlafen und fühlte sich erholt. Sie ging zu dem kleinen Fluss draußen, wusch ihr Gesicht und winkte den Kindern zu, die bereits die Hühner fütterten. Anne hatte frische Milchbrötchen gebacken und der Kaffee war stark und heiß, genau wie Elli ihn liebte. Die beiden Männer saßen am Tisch und sprachen darüber, dass sie ein neues Rundpferch bauen wollten.

„Ich würde gerne helfen. Ich bin harte Arbeit gewohnt!", bot Elli an. *Es wartet niemand auf mich in Jerome und es schadet nicht, mich etwas erkenntlich zu zeigen für die Gastfreundschaft,* überlegte Elli.

Die Schnebly Brüder sahen sich an und nickten dann, denn sie konnten jede helfende Hand gebrauchen. Der Morgen ging schnell rum und die Arbeit war anstrengend. Es dauerte nicht lange und alle waren bedeck mit Staub und Schweiß, obwohl das Wetter hier um einiges kühler als in Yuma war. Nichtsdestotrotz genoss Elli das Zusammensein mit der Schnebly Familie sehr. Sie alle hatten eine rücksichtsvolle Art miteinander zu arbeiten, was ihren gegenseitigen Respekt und Dankbarkeit füreinander zum Ausdruck brachte.

Plötzlich drehte sich William Schnebly um und winkte zum Stall hinüber, begleitet von einem freundlich gerufenen „Hallo". Elli schaute auf, um zu sehen wen er so enthusiastisch begrüßte. Neben dem Stall stand ein Apachen Krieger. Er hielt die Zügel seines Pferdes in der einen, sein Gewehr in der anderen Hand. Er grüßte die beiden Männer, während er Elli unverhohlen anstarrte. Sein Gesicht schien freundlich mit den typischen bronzefarbenen

Gesichtszügen der Athabasken.

Sein langes, glattes Haar wurde von einem roten Stoff-
band zurückgehalten. Er zeigte auf Hans. „Du hast eine
Squaw gefunden?"

Hans lachte. „Nein, Naiche, das ist Elli Townsend. Sie
besucht uns und kommt aus dem Süden."

Naiche kam näher und schaute sie an. Elli grüßte ihn
freundlich mit einem Kopfnicken. Der Apache fasste vorsichtig nach einer Strähne ihres Haares.

„Apachen Haar. Dunkel wie die Nacht, aber deine Haut
ist so hell wie der Mond." Er wirkte erstaunt über die junge
Frau. Dann schaute er auf die beiden Männer. „Ich habe
heute Biberfelle gebracht und Yucca Seile, aber bevor wir
handeln werde ich euch mit dem runden Pferch helfen."

Naiches Englisch klang holprig, aber als Ellie sich erst
einmal an seinen Akzent gewöhnt hatte, konnte sie ihn
ohne Schwierigkeiten verstehen. Sie mochte den Apachen
sofort. Und es war offensichtlich, dass er von der Schnebly
Familie sehr respektiert wurde. Das bestätigte nur, was
Elli immer schon vermutet hatte: Es war also tatsächlich
möglich mit den Indianern gut auszukommen, wenn nur
jeder ein bisschen Respekt füreinander zeigte.

Als die Arbeit getan war, servierte Anne und ihre Tochter allen ein Glas hausgemachte Limonade. Dann zeigte
Naiche ihnen seine Felle und Seile und die Schneblys
tauschten dagegen etwas Zucker, Trockenfleisch, Mehl
und eine schön gewebte Satteldecke für seine extra Hilfe
ein. Die Kinder schienen Naiche zu lieben und er erklärte
ihnen alles geduldig und spielte sogar ein Lied für sie auf
einer kleinen Knochenflöte.

Es war früher Abend, als der Indianer zu seinem Stamm
der Tonto Apachen zurückkehrte. Die Familie schlug Elli
vor, noch eine Nacht in dem Farmhaus zu verbringen und

sie akzeptierte dankbar, weil sie tatsächlich von der harten Arbeit des Tages erschöpft war.

Am nächsten Morgen entschloss sie sich dazu nach Jeromezurück zu reiten und den neuesten Tratsch in der Stadt zu hören, denn sie hoffte noch immer etwas über das momentane Versteck von Texas Logan und den beiden Lenny Brüdern herauszufinden.

Hans und William entschlossen sich kurzerhand dazu mit ihr zu reiten, denn sie mussten einige Dinge für die Farm bei dem Händler in Jerome besorgen. Anne winkte ihr zum Abschied und die Kinder umarmten ihren Gast herzlich. William Schneblys Frau schien traurig, weil sie die Gesellschaft der jüngeren Frau sehr genossen hatte und hoffte, diese wunderbare Lady lebend wieder zu sehen, denn Elli Townsend war auf einer sehr gefährlichen Mission.

Als Elli und die Schnebly Brüder auf Jeromes Hauptstraße entlang ritten, sahen sie einen großen Tumult am Ende der Straße. Eine Ansammlung von wütenden Männern stand um einen einzelnen Reiter herum, schrien den Mann auf dem Pferd an und bedrohten ihn mit erhobenen Fäusten. Das Pferd des Bedrängten tänzelte nervös und verängstigt auf der Stelle.

„Du meine Güte! Das da vorne sieht wie ein richtiger Lynch Mob aus!", bemerkte Elli und deutete auf die Szene. Hans nickte. „Das gefällt mir gar nicht. Wegen was sind denn die Leute so aufgebracht?"

„Du solltest dich wohl eher fragen, wegen wem sind sie so zornig?", antwortete sein Bruder William.

Just in diesem Moment teilte sich die Gruppe ein wenig und, zu ihrem Erstaunen, sahen sie Naiche auf seinem Pferd in der Mitte des Tumultes. Die Menge versuchte ihn vom Rücken seines Reittieres zu ziehen und Naiche war offensichtlich kurz davor mit seinem Gewehr in die Menge zu schießen.

Elli trieb Donner mit ihren Fersen zu einem schnellen Trab an. „Mein Gott, sie werden Naiche lynchen!", flüsterte sie. Man hörte Rufe wie „elende Rothaut", „Pferdedieb" und „hängt ihn auf" aus der Menge.

„Was zur Hölle ist hier los?", schrie Elli gegen die Männer an, aber niemand schenkte ihr Beachtung. Mittlerweile hatten auch die beiden Schnebly Brüder den Tumult erreicht und versuchten ebenfalls die zornige Meute zu beruhigen. Naiche schaute direkt in Ellis Gesicht. Seine Miene verhieß nichts Gutes.

Ein Schuss beendete das Chaos und der Mob traten zögernd von seinem Pferd zurück. Elli saß auf ihrem Hengst mit einer qualmenden Pistole in ihrer Hand.

„Der Nächste, der meint Hand an diesen Apachen legen zu müssen, bekommt ein Loch ins Fell gebrannt."

„Das hier geht Sie nichts an, Lady! Er ist nur ein lausiger Apache, der Zeug gestohlen hat und so wie es aussieht sogar dieses Pferd!", brüllte ein brutal aussehender Stadtschläger.

„Ach ja, und wie kommen Sie darauf, dass er ein Dieb ist? Was hat er denn gestohlen?"

„Warum sollte ich das einem Weiberrock wie Ihnen erklären? Wie ich schon gesagt habe, halten Sie sich da gefälligst raus!" Wieder fing die Meute an, näher an Naiche heran zu treten.

„Ich bin hier als Vertretung von Sheriff Townsend in meiner Funktion als Hilfssheriff und habe das Recht Sie zu verhaften und diesen Indianer dort zu seiner eigenen Sicherheit in das Büro des Sheriffs zu geleiten, bis sich der Fall geklärt hat."

Manche Männer lachten laut auf, bis sie die Jacke zurückschlug und der Sheriffstern auf der Weste sichtbar wurde. Sie zielte mit ihrer Pistole ohne zu zögern auf den Mann, der gerade versuchte, an Naiches Gewehr zu kommen.

„Ob es Ihnen gefällt oder nicht, Sie werden von diesem Mann zurücktreten!", drohte sie mit eiskalter Stimme. Mittlerweile hatten auch die beiden Schnebly Brüder ihre Gewehre im Anschlag und zielten auf die Meute. Sie waren beide über Ellis Auftritt erstaunt, aber gaben ihr dennoch Feuerschutz.

Diese Frau hat Rückgrat und Mut, sich mit so einem Bluff gegen diese ganze Bande zu stellen, dachte William.

Er war beeindruckt. Da es hier um seinen Freund Naiche ging, würde auch er alles tun, den Mann zu schützen.

* * *

So wie es aussah war Elli der gleichen Meinung.

„Ich frage Sie nun noch einmal, was hat dieser Mann gestohlen?"

„Er hat dieses Pferd gestohlen und die Satteldecke sicher auch. Das Pferd hat das Brandzeichen einer Ranch. Das ist Beweis genug, um ihn am nächsten Baum aufzuhängen."

Da platzte Hans Schnebly endgültig der Kragen und er schrie den Rädelsführer erzürnt an: „Ihr werdet überhaupt niemanden hängen! Dieser Mann hat dieses Pferd auf der Schnebly Farm gegen Felle eingetauscht. Und die Satteldecke war ein Geschenk an ihn. Ich bin Hans Schnebly und das ist mein Bruder William. Dieser Apache ist ein Freund von uns! Sein Name ist Naiche. Er hat nie gegen das Gesetz bei uns verstoßen und unseren Besitz immer respektiert, ob ihr es glaubt oder nicht. Ihr habt unser Wort darauf und das des Hilfssheriffs aus Yuma. Diese Lady war unser Gast, als wir Naiche die Satteldecke geschenkt haben. Lasst diesen Mann in Ruhe, oder ich schwöre bei

Gott, ihr werdet es zutiefst bereuen!"

Die Leute um Naiche herum zögerten. Ihr Zorn drohte immer noch überzukochen. Sie hatten alle große Lust ein Lynchfest zu feiern. Aber sie waren sich auch bewusst, dass drei geladene Waffen aus naher Distanz auf sie gerichtet waren und keiner von den Stadtleuten war Willens für ein bisschen Spaß mit einer Rothaut das eigene Leben aufs Spiel zu setzen. Einer nach dem anderen drehte sich um und lief langsam davon.

„Bist du in Ordnung, Naiche?", fragte Elli. Der Apache nickte nur.

„Ich danke dir, weiße Frau mit Apachen Haar! Du bist eine mutige und starke Kriegerin. Du hast mich gerettet. Ich werde das nie vergessen!"

Hans und William begleiteten Naiche zum Handelsposten und entschlossen sich mit ihrem Freund zurückzureiten, sobald sie alles für die Farm gekauft hatten.

„Sei vorsichtig, Elli Townsend! Du hast dir vielleicht ein paar Feinde in der Stadt gemacht, weil du ihnen den Spaß verdorben hast. Pass gut auf dich auf!", sagte Hans.

Die beiden gaben sich die Hand. „Du bist uns immer willkommen auf unserer Farm. Sollten wir irgendwas über diese Logan Bande hören, werden wir es dich irgendwie wissen lassen. Wenn du Hilfe brauchst, egal was es ist, dann weißt du, wo du uns finden kannst."

Elli schüttelte dankbar die Hände der Männer zum Abschied, denn sie wusste, dass sie neue Freunde gefunden hatte, die sie vielleicht eines Tages wirklich bräuchte, wenn sie den drei Mördern gegenübertreten musste.

KAPITEL SECHZEHN

* * *

Niemand achtete auf den Mann, der an der Ecke zum Saloon stand und die Geschehnisse auf der Straße beobachtet hatte. Er hatte sich schon gefragt wo die Tochter des Sheriffs die letzten Tage wohl abgeblieben war.

So, so, du bist eine mutige kleine Lady, die sich, ohne mit der Wimper zu zucken, mit einem ganzen Lynch Mob anlegt nur um eine Rothaut zu retten, dachte er und zog an seiner Zigarre. Er hatte keinen Zweifel, dass Texas Logan seine kleinen Spiele mit dieser tollkühnen, schönen Frau genießen würde. John würde niemals in das Revier von Texas Logan eindringen, aber verdammt, diese Frau war schon außergewöhnlich reizvoll, auch für ihn.

* * *

Von all dem wusste Texas Logan noch nichts, als er die beiden Lenny Brüder wütend anschaute. Einer von ihnen erwiderte unsicher den Blick ihres Anführers.

„Warum gehen wir nicht einfach an einen anderen Ort, Boss?"

„Ich finde, Pete hat recht, Logan! Lass uns hier verschwinden und etwas von dem Bank Zaster auf den Kopf hauen. Wir könnten uns mit ein paar heißblütigen, mexikanischen Hexen vergnügen", lachte Darrell.

„Was zur Hölle ist denn los mit euch, Jungs? Macht ihr euch in die Hosen wegen einer Frau, die ein bisschen Gesetzeshüter gegen böse Jungs spielen will? Außerdem scheint ihr vergessen zu haben, dass wir gar nicht so viel Geld aus der Bank holen konnten, wie wir erhofft hatten. Wir bleiben hier, Ende der Diskussion!"

Logan schaute seine beiden Bandenmitglieder wütend an. An ihren Gesichtern war leicht abzulesen, dass ihnen das nicht behagte aber sie wagten auch nicht, weiter dagegen zu sprechen. Auf eine Art hatte Logan recht, ein Aufgebot mehr oder weniger, welches hinter ihnen her war, machte keinen Unterschied. Die Brüder waren sich einig, dass allein der Gedanke, dass eine Frau sie erfolgreich jagen könnte absolut lächerlich war.

Texas Logan setzte sich an den Tisch. „Also, passt mal auf! John hat mir interessante Neuigkeiten erzählt als er uns über diesen Möchtegernsheriff berichtete. Es könnte sein, dass wir sogar noch einen dickeren Fisch an Land ziehen, wogegen die schwachen Monatseinlagen der Jerome Bank eher lächerlich sind."

Jetzt waren Pete und Darrell ganz Ohr. Ihr Anführer winkte sie näher zum Tisch in ihrer einfachen Hütte und goss sich einen Becher des bitteren Kaffees ein.

„John weiß zufällig, dass diesen Monat die Soldkasse von Fort Whipple besser gefüllt sein wird denn je. Sie möchten neue Gebäude bauen, einige Reparaturen ausführen und zusätzliche Geschütze aufrüsten. Es geht um Gold, Banknoten und sogar Kisten mit brandneuen Schießeisen und Munition. Eine Eskorte soll den Wagen mit der Ladung ins Fort begleiten. Da niemand offiziell darüber Bescheid weiß, wird die Eskorte nicht zu groß sein, um nicht zu viel Aufmerksamkeit auf sich zu ziehen. Vermutlich also nur eine Handvoll Soldaten."

Pete kratzte sich am Kinn. „Ach ja, und wie kommt es, dass ausgerechnet John darüber Bescheid weiß? Ich meine, wie sehr können wir dem Großmaul denn vertrauen?"

Darrell nickte zustimmend, denn er teilte die Zweifel seines Bruders. Logan schaute auf seinen Kaffeebecher.

„Sagen wir mal so, er hat eine Offiziersgattin in sein Bett gelockt. Das kleine Vögelchen hat ihm eine süße Melodie über diesen Transport gezwitschert und ihm ein neues Gewehr für seine Prinz Charmeur Qualitäten versprochen."

Beide Brüder lachten laut auf. Sie wussten, dass John ein richtiger Schürzenjäger war. „Er wird mit uns reiten und wir geben ihm einen Viertel Anteil. Es gibt genug für uns alle und so können wir ihn auch besser im Auge behalten, damit er uns nicht in den Rücken fällt. Außerdem schadet es nicht, ein zusätzliches Feuereisen zur Verstärkung dabei zu haben."

Darrell stand auf und goss sich ebenfalls von dem bitteren Gebräu ein. „Wann soll denn dieser Transport hier in der Gegend ankommen?", fragte er.

„John sagte, dass der Kommandeur ein Telegramm erhalten hat. Der Wagen soll wohl schon auf dem Weg sein und wird in ungefähr fünf Tagen in Fort Whipple erwartet. Auf ihrer Route müssen sie durch einen schmalen Canyon. Dort wird der ideale Platz sein, einen Hinterhalt zu legen. Der Fluchtweg führt uns dann nach New Mexico und von dort direkt über die Grenze zu deinen heißblütigen mexikanischen Weibern, Darrell. Und in der Zwischenzeit werden wir das ein oder andere Spielchen mit dieser kleinen Möchtegern Gesetzeshüterin genießen."

Logan lächelte, aber das Lächeln erreichte nicht seine

eiskalten, zusammengekniffenen Augen; jene Augen, die jedem anständigen Mann, der das Gesetz respektierte, das Fürchten beibrachten.

* * *

Elli war wieder im Hotel in Jerome. Die Leute in der Stadt hatten sich nach der hässlichen Szene am Nachmittag ruhig verhalten. Die Schnebly Brüder und Naiche hatten Jerome so rasch wie möglich wieder verlassen. Sie wollten keine unnötigen Risiken eingehen. Man wusste nie, was den Männern in den Saloons noch einfallen würde, wenn sie erst einmal tief genug ins Glas geschaut hätten.

Am nächsten Morgen lief Elli zum Restaurant und bestellte sich ein herzhaftes Frühstück. Sie hatte einen Bärenhunger, denn sie war ohne Abendessen ins Bett gegangen. Auch sie wollte sich nicht unnötig der Gefahr aussetzen und im Dunklen durch die Straßen Jeromes gehen. Sie war noch immer geschockt darüber, dass Naiche nur einen Tag nach ihrem Kennenlernen fast sein Leben verloren hatte.

Während sie ihre Rühreier mit Speck aß, stand plötzlich ein Fremder vor ihr. Er zog seinen Hut und lächelte.

„Ma'am, darf ich mich Ihnen vorstellen? Mein Name ist John Harker. Ich habe gehört, dass Sie einen Mann namens Texas Logan suchen. Ist das wahr?"

Sie schaute ihn misstrauisch an. Ihr war nicht ganz wohl bei seiner Annäherung und sie nickte einfach nur. „Eleonora Townsend. Wer hat Ihnen das gesagt?"

„Ich war zufällig im Saloon und habe Ihr Gespräch mit dem Mann hinter der Bar gehört. Bitte verzeihen Sie mir, dass ich Sie so formlos einfach anspreche, aber ich habe vielleicht Informationen für Sie, die Ihnen bei Ihrer Suche helfen könnten."

„Ach ja, und warum wollen Sie mir helfen?" Elli wollte nicht so schnippisch erscheinen, aber an diesem Mann war etwas, dass sie von Anfang an als abstoßend empfand. Sie misstraute ihm von der ersten Minute an. Ihr verstorbener Vater hatte es immer das Bauchgefühl eines Gesetzeshüters genannt. Er hat immer betont, dass wenn sie wirklich eine Frau des Gesetzes war, sie fähig sein würde einen Outlaw fünf Meilen gegen den Wind zu riechen. Der Gedanken an ihren Pa brachte Elli zum Lächeln.

***

John Harker missverstand ihr Lächeln als Einladung sich neben ihr an den Tisch zu setzen. Er war immer selbst von sich überzeugt, wenn es um die Wirkung ging, die er auf Frauen hatte. Dies hier war eine außergewöhnlich hübsche Frau, das musste er zugeben. Ellie verweigerte ihm den Stuhl neben sich nicht, denn sie hatte sich dazu entschlossen, sich seine Geschichte anzuhören. Wer weiß? Vielleicht wusste er etwas Wichtiges.

„Also, welche Informationen haben Sie für mich?"

Verdammt, diese Frau ist wirklich verlockend, dachte John. Er schaute ihr ins Gesicht und sagte schließlich: „Nun, ich habe gehört, dass Texas Logan von Zeit zu Zeit durch das Gebiet von Payson reiten würde. Es gibt Gerüchte, dass er dort Vieh zu stehlen plant."

„Wer hat Ihnen das erzählt? Warum sollten ausgerechnet Sie darüber Bescheid wissen, was er plant und wo er als nächstes zuschlagen will?"

Nun verengten sich Ellis Augen zu schmalen Schlitzen. Ja dieser Mann roch nicht nur nach Outlaw, er stank regelrecht wie ein kleines Stinktier. Sie vertraut ihm nicht mal im Gegenwert für eine Nickelmünze.

„Wissen Sie denn zufällig von welcher Ranch er das

Vieh stehlen möchte?", fragte sie ihn zuckersüß.

„Ich habe mitbekommen, wie sich zwei Typen vor ein paar Tagen im Saloon unterhalten haben. Sie sind dafür bekannt, dass sie ab und zu mit Logen reiten und die haben die Nichols Ranch in Camp Verde genannt. Ich bin mir sicher, dass sie über Logans Pläne geredet haben."

Elli blickte einen Moment gedankenverloren in ihren Kaffeebecher und schwieg. John war verwirrt. Fast schien es so, als ob diese Lady ihm nicht so leicht glauben würde wie es Frauen sonst taten. Das war eine neue Erfahrung für ihn. Sie wirkte immer mehr wie die ideale Beute. Aber er würde nicht versuchen sie zu verführen. Logan hatte seine eigenen Pläne mit ihr und John würde ihm sicher nicht im Weg stehen. Würde er es versuchen, wäre er ein toter Mann.

„Es scheint fast so, als ob Sie immer ziemlich viel ˋzufälligˊ in diesem Saloon hören, Mister!" Ihm entging der sarkastische Ton in ihrer Stimme nicht.

„Nun, ich habe gedacht, es wäre meine Pflicht Ihnen Bescheid zu geben, da Sie ja offensichtlich die Tochter eines Gesetzeshüters sind. Zumindest haben mir die Leute hier das erzählt. Unser Sheriff scheint nicht die richtige Person zu sein, um ihn mit ins Boot zu holen gegen diese Verbrecher. Er war nicht einmal fähig unser Geld in der Bank zu beschützen. Ich war gestern wirklich beeindruckt, wie Sie das Leben dieses Apachen gerettet haben, und ich dachte mir, dass Sie sicherlich eher die richtige Person sind, dass Vieh dieses armen Rangers da draußen zu schützen. So wie ich die beiden verstanden habe, soll der Viehdiebstahl in zwei Tagen stattfinden. Ich bin überzeugt, dass diese beiden Brandzeichen Künstler Käufer dafür suchen sollen. Käufer, die sich nicht darum scheren, wessen Brandzeichen auf den Hinterteilen der Rindviecher drauf ist."

Ellie schaute den Mann, der sich John nannte, an.

Irgendwie klang das Ganze wie eine wahre Geschichte, dennoch konnte sie ihre Zweifel nicht ganz abschütteln.

„Nun ja, ich mach mich besser wieder auf den Weg. Das Geschäft ruft. Es war mir ein Vergnügen mich mit Ihnen zu unterhalten, Ma´am!" Er stand auf, drehte sich um und ging durch das Restaurant zur Türe.

Ich möchte gar nicht darüber nachdenken welche Art Geschäfte Sie verfolgen, Mister, dachte Elli. Sie beobachtete die Gäste an den anderen Tischen, als John Harker das Restaurant verließ. Keiner der anderen Leute grüßten oder beachteten ihn. Ein weiterer Hinweis dafür, dass Ellis Bauchgefühl über den Mann vermutlich richtig war. Entweder kannten ihn die Leute von Jerome gar nicht, oder er war unbeliebt. Leider wusste Elli nicht was von beiden der Fall war.

Sheriff Townsends Tochter versuchte mehr über die Nichols Ranch in Camp Verde rauszufinden, aber niemand in der Stadt kannte den Besitz. Schließlich ging sie zum Post Office und schickte ein Telegramm in jenes Fort, in das Armando den irischen Priester und seine wertvollen Goldstatuen bringen wollte. Von dort konnte McDowry dann den Zug Richtung Ostküste nehmen. Im Telegramm informierte sie Armando darüber, dass sie einer neuen Spur folgen würde und momentan ein Zimmer in Jerome gemietet hatte. Elli wollte sicher gehen, dass Armando wusste, wo er sie finden könne und nicht versehentlich zuerst nach Wickenburg ritt, wo er sie vermuten würde.

Sie vermisste den gutaussehenden Weggefährten, aber das würde sie natürlich niemals zugeben. So fügte sie nur ein schlichtes „*Ich hoffe es ist alles in Ordnung mit euch beiden*", hinzu und unterschrieb mit Eleonora Townsend. Im Anschluss ging Elli zum Handelsposten und kaufte etwas Proviant für einen Aufenthalt über Nacht in der

Wildnis ein. *Vielleicht finde ich die Nichols Ranch nicht sofort, also ist es besser, vorbereitet zu sein.*

Den restlichen Tag hielt sie Augen und Ohren offen. Laut diesem Harker sollte der Viehdiebstahl in zwei Tagen stattfinden. Als sie so in Gedanken versunken die Straße entlang ging, sah Elli eine kleine Kirche am Ende einer Seitengasse und ihrer Intuition folgend, ging sie auf das kleine weiße Gebäude zu. Als sie das Gotteshaus betrat, erschien ihr der Pistolengurt um ihre Hüften doppelt so schwer und eher fehl am Platz. *Es ist moralisch falsch eine Waffe im Hause Gottes zu tragen, überlegte sie.*

Elli ging langsam auf den Altar zu. Der Geruch von Kerzenwachs und Blumen hing in der Luft. Es war friedlich und still hier und die Sonne, die durch das Buntglasfenster schien, warf ein Muster von hunderten farbigen Klecksen auf die gegenüberliegende Wand.

Die junge Frau kniete sich hin und betete für ihres Vaters Seele und für die ihrer Mutter. Sie betete für die Sicherheit von Armando und Ronan und auch für die Schnebly Familie. Sie sprach Fürbitten für Naiches Sicherheit und seine Freiheit, denn ihr war die ständige Gefahr, die europäische Siedler für die Lebensweise der Indianer mit sich brachten, bewusst geworden.

Dann setzte sich Elli in eine der schlichten Holzbänke und ließ die Stille auf sich wirken. Die Kirche hatte eine eigene, friedliche Atmosphäre. Sie war nervös, aber sie wusste nicht warum. Irgendetwas beunruhigte sie stark. Sie spürte, dass sie wahrscheinlich näher an Texas Logan war, als es den Anschein hatte. Der Mörder schien wie ein Geist, immer einen Schritt voraus und dennoch ständig in ihrem Bewusstsein. Die verzweifelte Frau konnte sich nicht an einen einzigen Tag erinnern, an dem sie nicht an diese Halsabschneider gedacht hatte. Nicht seit jenem Tag, als sie ihren sterbenden Vater auf der staubigen Straße von Yuma in den Armen gehalten hatte.

Werde ich jemals wieder Frieden finden? Hat Armando Frieden gefunden, als er die Mörder seiner Frau hängen sah? Sie hatte ihre Zweifel, denn es war zu offensichtlich, dass Armandos Trauer noch immer genauso präsent war nachdem Werdinger und Harris am Galgen gebaumelt waren.

Und dann, was kommt hinterher, fragte sie sich selbst in der Stille der Kirche. *Was wird aus mir und meinem Leben werden, wenn ich Rache genommen habe?* Würde sie in Yuma bleiben? Würde Armando so schnell aus ihrem Leben verschwinden, wie er aufgetaucht war? Würde er ebenso fort sein, wie es ihre Eltern waren? Elli war sich bitterlich bewusst, dass sie niemanden mehr in ihrem Leben hatte, den sie `Familie´ nennen konnte. Der Gedanke war so unerträglich, dass ihr die Tränen über die Wangen liefen und zum ersten Mal in ihrem Leben hatte die junge Frau Angst vor der Zukunft. Sie war schon immer eine ernste Person gewesen aber heute empfand sie eine neue Form der Melancholie, die ihr gänzlich unbekannt war. Sie zwang sich aufzustehen und die Kirche zu verlassen um die unangenehmen Gedanken zu vertreiben. Sie konzentrierte sich darauf, dass sie früh am nächsten Morgen nach Camp Verde reiten wollte. Leider kannte sie den Standort der Nichols Ranch noch nicht.

KAPITEL SIEBZEHN

* * *

Elli sattelte ihren Hengst Donner beim ersten grauen Tageslicht und ritt aus der Stadt. Gegenüber des Mietstalls bewegte sich einer der vergilbten Spitzenvorhänge im Bordell und John Harker beobachtete, wie die schwarzhaarige Frau auf ihrem prachtvollen Pferd die Straße entlang ritt.

„Schau an, schau an, würde mich nicht wundern, wenn du nach Camp Verde reitest, kleine Lady!", flüsterte er.

„Was hast du gesagt, Darling?"

Er drehte sich vom Fenster weg und schaute das blonde Saloon Girl im Bett an. Er konnte sich nicht einmal an ihren Namen erinnern. Sie war nur eine temporäre Ablenkung gewesen und seine Gedanken waren letzte Nacht mehr als einmal zu der dunkelhaarigen Elli Townsend zurückgekehrt.

Diese Frau war definitiv eine wahre Herausforderung für *jeden Mann,* dachte er. Er zog sich an und warf ein paar Münzen auf das Bett des gefallenen Engels, ohne sie noch eines Blickes zu würdigen. Sie war ihm vollkommen egal.

* * *

Elli ritt nach Osten. Es würde mindestens vier oder fünf Stunden dauern, bis sie in Camp Verde ankommen würde. Das hatte jedenfalls der Händler in Jerome gesagt. Pinienbäume markierten ihren Weg und einige Rehe beobachteten sie neugierig. Sie genoss die klare, kühle Morgenluft. Hier waren die Temperaturen sehr viel angenehmer als in ihrer Heimatstadt. Zweimal hielt sie an einem klaren Fluss, um von dem kühlen Wasser zu trinken und einen Happen von ihrem Proviant zu verzehren.

Es war kurz nach Mittag als Elli in der kleinen Stadt Camp Verde ankam. Sie fragte die Leute auf der Straße nach der Nichols Ranch. Die meisten Befragten zuckten nur mit den Schultern und es schien so, als ob niemand überhaupt die Familie Nichols oder ihre Ranch kannte. Aber dann traf sie einen alten Mann, der auf einer Bank vor dem Balbier Laden saß.

„Entschuldigen Sie, Sir. Wie komme ich zur Nichols Ranch?" Er schaute sie an und zeigte nach Osten: „Die liegt ungefähr eine Stunde entfernt von hier, aber ich glaube da gibt es nicht mehr viel zu sehen."

„Was meinen Sie damit?", fragte Elli.

„Ich weiß nicht, ob sie die Ranch immer noch bewirtschaften. Der Alte ist vor einiger Zeit gestorben. Eine Schlange hat ihn erwischt; hat ein Bein verloren und das Fieber bekommen. Kurz danach habe ich niemanden mehr von der Familie in der Stadt gesehen."

„Vielen Dank für Ihre Hilfe, Sir. Eine Frage noch: Wo kann ich hier eine gute Mahlzeit bekommen?"

„Die Straße runter ist `Old Bettys´, unser Restaurant. Ist nicht besonders schick, aber die verschiedenen Kuchen sind wirklich gut."

Sie dankte dem Mann abermals und führte ihr Pferd Donner Richtung Restaurant die Straße hinunter. Der Alte hatte nicht übertrieben. Die Kuchen waren sehr lecker und sie aß sogar zwei Stück und spülte diese mit mehreren Gläsern hausgemachter Limonade runter.

Auch hier fragte sie nach dem Zuhause der Familie Nichols. Man kannte die Familie anscheinend aber niemand konnte Elli sagen, ob sie noch auf ihrer Ranch wohnten.

Das ist doch seltsam, dachte Elli. Wie auch immer, wenn man dem alten Barbier Glauben schenkte, gab es diese Ranch ja wirklich. *Zumindest das stimmt schon einmal von dieser Geschichte, die dieser windige John Harker erzählt hatte. So weit so gut.*

Es war mittlerweile schon später Nachmittag und Elli wollte nicht riskieren, sich in der Dunkelheit in unbekanntem Terrain zu verirren. Also bezahlte sie schlichtweg für zwei Pferdeboxen im Mietstall der kleinen Ortschaft und beschloss neben ihrem Pferd im Stroh zu schlafen. Es machte ihr nichts aus, denn sie liebte den Duft von Heu und die trostbringenden Geräusche der Pferde in der Nacht. Sie benutzte ihren Sattel als Kopfstütze und wickelte sich in ihre Wolldecke um sich warm zu halten. Donner knapperte zufrieden an einer Extra Ration Hafer.

* * *

Viele Meilen östlich von Camp Verde lag Armando wach auf seiner Holzpritsche. Er und der Priester aus Irland waren sicher in einem Fort an der texanischen Grenze angekommen. Der Prediger hatte Glück, denn er würde am nächsten Tag eine Gruppe hochrangiger Offiziere begleiten dürfen, die mit der Eisenbahn zurück an die Ostküste fuhren. McDowry hatte betont, dass er sich sicher genug fühlte mit den Blauröcken zu reisen und dass Armando versuchen sollte, so rasch wie möglich zurück zu Elli zu gelangen. Ronan war genauso in Sorge um ihre Sicherheit wie Armando.

„Ich werde nie vergessen, was du und Elli für mich getan habt und ich schließe sie jeden Tag in meine Gebete ein. Aber ich mache wirklich große Sorgen über das, was passieren könnte, wenn sie diese feigen Mörder findet, Armando!"

Nun hielt Armando Ellis Telegramm, welches er wenige Stunden nach seiner Ankunft im Fort erhalten hatte, in seiner Hand. Sie war also in Jerome und dem spanischen Rancher gefiel die Information über eine `neue Fährte`, die sie erwähnt hatte überhaupt nicht. Es schien so, als ob sie zu nahe an Texas Logan und die Lenny Brüder herankam. Diese verrückte, sture Sherifftochter, die ihn vor dem Galgen bewahrt hatte.

Der gutaussehende Mann runzelte seine Stirn. „Ich hoffe, dass ich es rechtzeitig zurückschaffe. Sie wird meine Hilfe dringend brauchen, wenn sie diese Ratten erst einmal aufgestöbert hat!", murmelte er in die Dunkelheit.

Armando lächelte immer, wenn er an sie dachte, ohne sich dessen überhaupt bewusst zu sein. Aber die letzten Stunden war ein eigenartiges, belastendes Gefühl in seiner Brust entstanden. Anstatt dass er sich über das Telegramm freute, machte es ihn nervöser denn je seit er sie im Fort zurückgelassen hatte. McDowry musste ihn davon abhalten sofort wieder auf sein Pferd zu springen und schnurstracks nach Arizona zurück zu reiten. Armando solle sich zuerst etwas ausruhen.

So versuchte der besorgte Mann etwas Schlaf zu finden, während der Priester ihn dabei beobachtete, wie er sich, Alptraum geplagt hin und her wälzte.

„Wer verfolgt dich in deinem Schlaf, mein Freund? Ist es deine Frau oder ist es Elli Townsend, die du noch immer retten kannst?", flüsterte Ronan. Dann senkte er sein Haupt und flüsterte ein weiteres Gebet.

Früh am nächsten Morgen zwang Ronan Armando dazu, zumindest ein vernünftiges Frühstück zu sich zu nehmen. Er nutzte die Gelegenheit seinem Begleiter, der zum loyalen Freund geworden war, zu danken. Als der Zug abfahrbereit auf den Gleisen stand gaben sich die beiden Männer die Hand.

„Bitte, sorge dafür, dass Elli nichts zustößt, Armando!", flüsterte McDowry. „Auch wenn du deine Trauer noch nicht überwunden hast, werden Elli und du vielleicht eines Tages mehr miteinander teilen als die Jagd nach diesen Mördern. Du sorgst besser dafür, dass sie dann noch am Leben ist."

„Ich danke dir, Ronan! Ich werde mein Bestes geben, das verspreche ich! Wer weiß? Vielleicht komme ich dich in Irland besuchen, falls ich eines Tages meine alte Heimat Spanien besuche."

Armando wusste, dass der sanfte Ire Elli in sein Herz geschlossen hatte. Immerhin hatte sie ihm geholfen den verlorenen Schatz und die Wahrheit über Ronans Vorfahren herauszufinden.

„Ich werde ihr einen Brief nach Yuma senden, sobald ich Fuß auf irischen Boden gesetzt habe. Möge Gott euch beide segnen und schützen! Ich werde immer tief in Deiner Schuld stehen."

Armando nickte. Dann sah er zu, wie McDowry den Wagon bestieg. Er winkte noch einmal durch das Fenster. Sehr zu Armandos Beruhigung, zählte er mehr als zwei Dutzend Soldaten in ihren Uniformen, die ebenfalls im gleichen Wagon reisen würden. Er tippte zum Abschied an seinen Hut, als Dampf von der Lokomotive in einer großen zischenden Wolke gen Himmel zog und der laute Pfiff aus dem Führerhaus die Abfahrt ankündigte.

„Möge Gott dich und die vier Evangelisten schützen, mein Freund", flüsterte Armando traurig.

Wenige Minuten später beobachteten die Leute im Fort einen dunkelhaarigen Mann, der auf seinem Pferd durch das Haupttor galoppierte. Er ritt, als ob der Teufel persönlich hinter ihm her wäre. Aber der Teufel war nicht hinter ihm her, sondern hinter der Frau in Arizona, die ihm so viel mehr bedeutete, als sein starrköpfiger Kopf je zugeben würde. Aber sein Herz, ja, sein Herz wusste es und Armando Phillipe Diaz war auf dem Weg zu dieser Frau.

„Santa Maria, lass mich nicht zu spät kommen!", betete er voller Inbrunst während er seinem Pferd die Sporen gab.

KAPITEL ACHTZEHN

***

Elli hatte den Mietstall mit dem ersten Tageslicht verlassen. Sie war auf ihrem Weg zur Nichols Familie. Heute sollte der Viehdiebstahl stattfinden. Es dauerte über zwei Stunden, aber schließlich entdeckte sie das Haupthaus versteckt zwischen den Bäumen auf einer Waldlichtung. Das Tor trug die Initialen der Familie. Ja, hier war sie richtig! Vorsichtig näherte sie sich. Seltsamerweise wirkte die Ranch verlassen, genau wie es der alte Mann in der Stadt vermutet hatte. Elli stieg vom Pferd und schaute sich um. Es gab keinerlei Anzeichen, dass sich hier Menschen oder Tiere aufhalten würden. Sie rief laut: „Hallo! Mister Nichols?"

Keine Antwort. *Irgendwas stimmt hier doch nicht,* stutzte Elli. Langsam zog sie ihre Pistole aus dem Halfter und lief um das Haupthaus herum. Die Pferche waren alle leer.

„Keine Spur von Rindern oder Pferden. Bin ich zu spät dran?", flüsterte sie verdutzt. Hatte Texas Logan bereits seine dreckigen Hände an den Besitz der Familie gelegt? *Wo zum Henker sind die Nichols Leute,* wunderte sie sich.

Elli drehte sich um, und sah wie nervös ihr Hengst

Donner war. Seine Ohren zuckten vor und zurück und er tänzelte nervös hin und her. Irgendetwas schien hier ganz und gar nicht zu stimmen, aber sie konnte nicht sagen was es war und das machte ihr Sorgen. Schließlich stieg sie die Stufen zur Veranda herauf und klopfte an die Türe, aber niemand antwortete. Die Tochter des Yuma Sheriffs öffnete zögernd die Türe und blickte in den Raum. Eine dicke Staubschicht lag auf dem Holzboden. Offensichtlich war seit langem niemand in dem Haus gewesen.

Wahrscheinlich hat dieses Großmaul in Jerome einen falschen Namen verstanden, als er diese Typen im Saloon belauscht hatte, vermutete sie und ging wieder Richtung Vorplatz. Plötzlich wusste sie, was sie die ganze Zeit gestört hatte und es traf sie wie ein Blitz.

Vögel, es gibt kein Vogelgezwitscher. So viele Bäume hier und nicht ein Vogel ist zu sehen oder zu hören. Elli spannte den Hahn ihrer Pistole, das Klicken klang übernatürlich laut. Elli wusste sofort, dass sie in großen Schwierigkeiten war.

***

Armando ritt wie der Teufel höchstpersönlich, aber er durfte nicht riskieren sein Pferd zu Grunde zu reiten. Er wusste, dass er mindestens fünf Tage und viele Stunden im Sattel mit wenig Schlaf brauchen würde, bis er nach Jerome gelangen würde. Fünf Tage, die ihm wie eine Ewigkeit erschienen. Er war von Ronan überzeugt worden, dass wenn er erst einmal unterwegs sein würde, die Nervosität nachlassen würde. Leider war das Gegenteil der Fall. Mit jeder Stunde, die verging, wurde es Armando schwerer ums Herz. Der gutaussehende Spross einer Adelsfamilie machte kaum Pausen. Lediglich um seinem Pferd ein wenig Erholung und frisches Wasser zu gönnen und sich selbst mit ein paar Bissen Proviant aus seiner gefüllten Satteltasche zu stärken, hielt er an.

Mittlerweile war es Abend geworden und die Sonne verabschiedete sich mit majestätischen Farben am Horizont. Armando musste sein Lager aufschlagen und seinem schweißnassen Pferd ein paar Stunden Ruhe gönnen.

Noch vier Tage, dachte er, als er am Lagerfeuer saß. Vier Tage, die über das Schicksal von Elli zum Guten oder Schlechten entscheiden konnten. Er war erschöpft und spürte, dass etwas nicht stimmte. Armando konnte nicht benennen, was ihn so sehr beunruhigte, aber das Bauchgefühl wurde von Stunde zu Stunde stärker und bislang hatte er sich immer darauf verlassen können.

* * *

Elli lauschte aufmerksam aber hörte nichts Außergewöhnliches. Die Schatten wurden in der späten Nachmittagssonne länger. Elli fühlte sich beobachtet, bevor sie das Klicken eines Abzuges einer Schusswaffe hörte. Der peitschende Knall eines Gewehrs erklang als mehrfaches Echo in den umliegenden Wäldern. Elli Townsend hatte nicht die geringste Chance rechtzeitig zu reagieren.

* * *

Armando Phillipe Diaz hatte einfach keine Ruhe finden können. Er hatte sich neben dem wärmenden Lagerfeuer von einer Seite zur anderen gewälzt und versuchte, nicht in Panik zu verfallen, während das Gefühl zu spät zu kommen sein Herz im eisigen Griff gefangen hielt. Er konnte sich nicht erklären warum ihm Schauer den Rücken herab jagten. Als er am Vorabend endlich in einen oberflächlichen Schlummer gefallen war, hatte Ellis Gesicht ihn in seinen Träumen verfolgt.

* * *

Sie hörte den Gewehrschuss deutlich, aber alles was sie fühlte, war ein schweres Gewicht, welches sie zurückwarf, als es auf ihrer Brust aufprallte. Sie verlor den Halt und stürzte. Das Letzte, was sie sah war ihr Pferd, das voller Panik den Kopf nach hinten riss, bis sich die Zügel um den Pfosten lösten und der Hengst verängstigt davon galoppierte. „Donner!", flüsterte sie. Dann wurde die Welt um Elli dunkel.

* * *

Armando nahm einen Schluck von seiner Wasserflasche bevor er wieder auf sein Pferd zuging. Müde zog er sich in den Sattel mit einem Stück Trockenfleisch zwischen seinen grimmig angespannten Kieferknochen. Die Nervosität war nicht verschwunden über Nacht. Als exzellenter Reiter versuchte er so viele Meilen wie nur möglich zurückzulegen. Armando hatte das Grenzgebiet von Texas hinter sich gelassen und durchquerte das Territorium, dass die Leute Neu Mexico nannten. In der nächstmöglichen Stadt beschloss er ein zweites Pferd zu kaufen. Die Kosten waren ihm egal. Er war wohlhabend und besaß noch immer seine erfolgreiche Ranch in Orange Grove. So würde Armando wenigstens die Pferde unterwegs wechseln können und schneller mehr Boden gutmachen, ohne seine Zuchtstute zu Tode zu reiten. Das drängende Gefühl, Elli so schnell wie möglich zu erreichen, war schier unerträglich geworden.

* * *

Elli erwachte. Sie spürte harten Boden unter ihren Hüften und einen brennenden Schmerz in ihrer Brust. Sie nahm den metallenen Geruch ihres eigenen Blutes wahr. Sie wusste, dass sie angeschossen und schwer verletzt war. Sie sah alles verschwommen und saß auf dem Boden im Haus der Nichols Ranch. Auf einem Stuhl ihr gegenüber saß ein

Mann und zielte mit einer Pistole auf sie.

„Hey Logan, ich glaube unser kleines Hilfssheriff Vögelchen ist aufgewacht!", lachte der Mann mit dem Schießeisen hämisch. Elli war zu geschwächt von dem stechenden Schmerz, als dass sie ihren Kopf der Stimme hätte zuwenden können. Sie hörte Stiefelschritte auf sie zukommen. Ein roh aussehender Kerl starrte auf sie herab, in seinen Augen ein gefährliches Glitzern und seine Lippen zu einem grausamen Lächeln verzerrt.

„Schau an, schau an, kleine Lady. Ich hoffe du hast gut geschlafen? Mein Gewehr hat dir für eine Weile das Licht ausgepustet und wir mussten warten, bis du wach geworden bist, damit du mit uns spielen kannst."

Elli schüttelt ihren Kopf und versuchte sich zu konzentrieren und ihren verschwommenen Blick zu fokussieren. Der Mann beugte sich näher heran und blickte ihr in das hübsche Gesicht. Es war ihm klar, dass sie schwer verwundet war. Er sah, wie sich kalter Schweiß auf ihrer Stirn bildete. Ihr Gesicht hatte die Farbe von Wachs. Dennoch erregte sie Logan. *John hatte recht gehabt, sie war ein außergewöhnlich hübsches Ding.*

„Hast du wirklich gedacht, du könntest Texas Logan und die Lenny Brüder mit der Pistole deines toten Vaters bezwingen? Du bist geradewegs in unsere Falle gelaufen, nicht wahr, mein kleines Mädchen?"

*So, das ist also Texas Logan. Das ist der M*örder meines geliebten Vaters. Aber sie war hilflos. Sie wusste, dass sie schwer getroffen war und fühlte, wie sie schwächer wurde. Ihr linker Arm fühlte sich taub an und sie fing an zu frieren. Das hier war übel, sehr übel. Sie war zornig über sich selbst. *Ich hätte es besser wissen sollen! Es hat von Anfang an seltsam geklungen,* aber es fiel ihr schwer ihre Gedanken zu ordnen. Elli Townsend wusste, dass sie sterben würde.

KAPITEL NEUNZEHN

* * *

Armando schwitzte und war erschöpfter denn je zuvor in seinem Leben. Ellis Freund war den ganzen Tag geritten und nun war es spät in der Nacht. Noch zwei Tage bis Jerome. Er wusste, er und seine beiden Pferde mussten sich ausruhen, wenn er dort ankommen wollte.

Armando hatte mehr Meilen als erwartet zurückgelegt. Die zweite Stute hatte sich bereits bezahlt gemacht. Der müde Rancher versuchte einen Teller der Bohnen zu essen, die er über dem Lagerfeuer gekocht hatte, aber er hatte seinen Appetit verloren. Armando konnte sich das stete Gefühl, dass etwas ganz und gar nicht in Ordnung war, nicht erklären. Er spürte es einfach. Er starrte hinauf zum Himmel und sah einen rot gefärbten Vollmond. „Ein Blutmond! Oh Gott, lass das kein Omen sein!", flüsterte er verzweifelt und fing an zu beten.

* * *

Elli starrte dem Mörder in sein hässliches Gesicht. Das war der Mann, den sie, seit sie Yuma verlassen hatte, jagte. Das schien eine Ewigkeit her zu sein. Texas Logan musterte sie und der Mann mit der Pistole tat es ihm gleich. Das dritte Bandenmitglied war nirgends zu sehen. Logan beugte sich nah an ihr Gesicht und nahm ihr Kinn in die Hand.

„Eine hübsche Tochter hatte dieser Gesetzeshüter. Ich werde viel Spaß mit dir haben, bevor ich dich töte!"

Sie schaute ihm ohne Furcht ins Gesicht, ihre Augen zu zornigen kleinen Schlitzen verengt. Dann spuckte sie ihm mitten ins Gesicht.

„Mein Name ist Eleonora, Miss Eleonora Townsend für dich, du verdammtes Stück Abschaum!", zischte sie ihn wütend an.

Der blanke Hass, der ihm entgegenschlug, überraschte ihn für einen kurzen Moment und der Mann neben ihm zog fassungslos die Luft ein. Texas Logan schlug Elli ins Gesicht. *Wie konnte sie es wagen? Sollte sie nicht vor Angst um ihr erbärmliches Leben wimmern.* Logan war außer sich vor Wut. Elli spürte wie ihre geplatzte Lippe anschwoll und sie schmeckte Blut, aber es war ihr egal. Blanker Hass sandte Wellen von Adrenalin durch ihren Körper. Sie kannte nur einen Wunsch: Diesen Mann umzubringen, hier und jetzt mit ihren eigenen Händen. Sie wusste es wäre das letzte im Leben was sie tun würde. *Ich schwöre bei Gott, ich bringe dich mit bloßen Händen um, wenn ich nur die geringste Chance dazu habe, du Monster!*

Logan stand auf. Er riss sie vom Boden hoch. Sie schrie auf vor Schmerz und verlor beinahe wieder das Bewusstsein. Logan zog sie quer durch den Raum und warf sie auf ein altes Bett im Raum.

„Ich werde dir eine Lektion erteilen, mich anzuspucken!", knurrte er sie wütend an. Er lief auf sie zu, während er den Gürtel seiner Hose löste.

In diesem Moment flog die Türe krachend auf. „Pete, Logan, sie kommen!" Darrell rannte voller Panik ins Haus, sein Gewehr in der Hand. Sein Gesicht war blass und er schien zu Tode erschrocken zu sein.

„Warte gefälligst draußen, bis ich mit ihr fertig bin, Darrell!", schrie ihn Texas Logan an.

„Nein, hör doch zu! Wir müssen sofort von hier verschwinden, sie kommen auf uns zu!"

„Von was redest du überhaupt?"

Darrell war mitten im Raum stehen geblieben und drehte sich zu seinem Bruder um. Dieser zielte immer noch mit seiner Pistole auf Elli, aber die verwundete Frau bekam es kaum noch mit. Sie hatte bereits zu viel Blut verloren; es durchtränkte ihr Hemd. Ihr war schwindlig und sie fühlte sich sehr schläfrig.

„Rothäute, eine ganze Bande davon und sie umstellen das Haus, ich glaube, die sind hinter uns her."

„Indianer? Du willst mir wohl einen Bären aufbinden. Was für Indianer?"

„So wie die aussehen, würde ich auf Apachen tippen, aber ich bin mir nicht sicher. Ich habe keine Ahnung, was die hier zu suchen haben. Auf alle Fälle beobachten sie das Haus", erklärte Darrell aufgeregt.

Pete ging hinüber zum Fenster und spähte vorsichtig hinaus. In dem Moment peitschte ein Schuss gegen den Rahmen und das Holz zersplitterte neben der trüben Scheibe. Logan fluchte und duckte sich schnell. Auch Pete suchte rasch Deckung hinter der Wand.

„Wie viele sind es ungefähr, Darrell?", schrie Texas Logan durch den Raum.

„Mindestens Fünfzehn. Mist, wir haben keine Chance!"

Logan schaute sich um. „Die Pferde sind hinter der Ranch angebunden, falls sie die Rothäute nicht entdeckt haben. Schnell, zur Hintertüre! Das ist die einzige Chance, die wir haben!", gab er das Kommando an. Er zog sich zusammen mit den Lenny Brüdern zur hinteren Türe zurück.

„Was machen wir mit ihr?", fragte Pete und zeigte auf Elli. Sie war sehr blass und lag zitternd auf dem Bett.

„Die ist völlig egal! Sie wird sowieso sterben. Schade nur, dass ich mich nicht mehr mit ihr vergnügen konnte."

Texas Logan schlich vorsichtig durch die schmale Holztüre auf der Rückseite des Hauses. Er schaute nicht einmal zurück zur verwundeten Elli Townsend. Die Apachen verfolgten die fliehenden Outlaws, als sie deren Flucht entdeckten. Darrell schrie vor Schmerz auf, als ihn ein Pfeil im rechten Schenkel traf. Die drei schlugen auf ihre Pferde ein und ritten um ihr Leben.

Elli lag leblos auf der Holzpritsche. Kampfgeräusche erklangen, Pferdehufe, Gewehrschüsse drangen an ihre Ohren. Ihr war schrecklich kalt. Dennoch war sie in Schweiß gebadet und ihre Stärke schwand rasch. Sie wusste, dass sie nicht überleben würde, aber es spielte auch keine Rolle mehr. Sie hörte die leichten Schritte, die vorsichtig auf sie zukamen. Ein letztes Mal zwang sie sich die Augen zu öffnen. *Ich werde dem Tod entgegenblicken, denn ich werde meinem Vater keine Schande machen*, dachte sie.

Das Gesicht, dass sie sah, war zuerst verschwommen. Der Mann kam näher und schließlich erkannte Elli ihn. Der Apache hob sie vorsichtig auf und trug sie auf seinen Armen aus dem Haus. „Naiche", flüsterte sie. Dann fiel die schwer verwundete Frau in tiefe Dunkelheit.

* * *

Armando erwachte kurz vor der Dämmerung als die Nacht ihren dunkelsten Zeitpunkt erreichte. Noch hatte die Sonne nicht die Kraft einen neuen Tag zu begrüßen. Sein Herz schlug schnell und er war hellwach. Angst beherrschte sein Denken und das Gefühl, dass er zu spät kam ließ sich nicht abschütteln. *Gibt es überhaupt etwas was ich tun kann, um Elli zu helfen, falls wir dieser Mörderbande entgegentreten müssen?*

Doch dann erinnerte sich Armando an die Stimme seines Vaters und wie er immer versucht hatte ihn für das Leben zu stärken.

„Sohn, Du bist nichts wert in Gottes Augen, wenn du zu früh aufgibst. Er allein hat das Recht zu entscheiden, wann etwas zu spät und sinnlos ist und wann nicht. Er allein entscheidet, ob du erfolgreich in deinem Tun sein wirst oder nicht!"

Mit einem schweren Seufzer schälte sich Armando aus seiner Decke und wusch sich rasch im kalten Wasser des Baches neben dem Lagerplatz. Er kämmte seine nassen Haare mit seinen Fingern zurück und schaute auf die aufgehende Sonne. Wassertropfen glitzerten auf seinen muskulösen Schultern. Der Himmel färbte sich rot. *Rot wie Blut,* dachte er. Rasch versuchte er das Bild seiner sterbenden Frau in der roten Blutlache zu verdrängen. Das Bild, dass sich für immer in seine Seele gebrannt hatte.

KAPITEL ZWANZIG

***

Dunkelheit! Tröstende, ewige Dunkelheit. Das Schlagen eines Herzens, schwach, oberflächlich. Bumm, bumm, bumm. Schatten von Canyons, die vorbeifliegen, der schrille Ruf eines Adlers, der weit oben in der Luft schwebt, immer näher zur Sonne hin. Sie schaut in die Sonne und das Licht macht sie schier blind. Schmerz, so viel Schmerz.

Und wieder der Klang der Trommel, bumm, bumm, bumm. Der Schmerz und das Fieber rasen durch sie hindurch wie ein wilder Fluss und zerreißen sie fast. Vergangene Zeiten und Gesichter flackern hinter ihren geschlossenen Augen auf. Dann wieder Hitze und der Schmerz in ihrer Brust noch gnadenloser. Ihr Körper zuckt unkontrollierbar.

„Wird sie es überleben?", flüsterte eine leise Stimme.

Eine andere antwortete. „Nur, wenn es vom großen Geist gewollt ist. Das Fieber ist ihr größter Feind im Moment. Es muss ihren Körper verlassen. Ich werde alles versuchen, sie zu heilen. Der große Geist hat mich viel gelehrt aber sie hat bereits sehr viel Blut verloren. Vielleicht kamst du zu spät, als du sie von den Weißaugen gerettet hast. Sie ist jung und stark, aber noch ist sie auf der dunklen Seite und ihr Geist ist fast dort, wo ihre Ahnen auf sie warten. Dennoch, es war ihr bestimmt dich zu treffen. Ich habe euch beide in meiner Vision zusammen reiten gesehen. Ussen, unser Schöpfer schickt nie eine Vision ohne Bedeutung. Reinige dich und deinen Geist in der Schwitzhütte, faste und bete für sie! Sende ihr dein Geisttier, damit es sie aus dem Tal der Dunkelheit herausführen kann."

Naiche nickte dem Medizinmann zu. Er kannte ihn seit seiner Kindheit und wusste, dass seine Medizin stark war. Der Krieger würde all seine Anweisungen befolgen. Sollte es Ussens Wille sein, dass die weiße Frau überlebte, dann würde er, Naiche, alles tun, um dem Medizinmann zu helfen sie zu retten. Er schuldete dieser Frau sein eigenes Leben.

Der geistliche Führer des Stammes, Kaywaykla, schaute ihn an. „Ich muss die Kugel entfernen oder das Fieber wird sie töten. Vielleicht stirbt sie trotzdem, wenn ich das Blei herausschneide. Du wirst sie festhalten müssen. Die Kugel sitzt nahe der Lunge, aber ich habe keine andere Wahl."

Naiche schaute ihm direkt in die Augen und nickte dann. Wie jeder andere in seinem Stamm vertraute er Kaywaykla bedingungslos. Er konnte mit den Geistern sprechen und kannte jede Pflanze und jede Gebetszeremonie. Er hatte schon viele geheilt. Er war gesegnet und auserwählt von Ussen, dem Schöpfer der Apachen, der nicht im Geringsten von den Weißaugen respektiert wurde.

Der geistige Führer von Naiches Tonto Apachen hatte das Hemd der weißen Frau ausgezogen. Sie war sehr schön, aber er fühlte sich nicht auf erotische Art zu ihr hingezogen. Er war zu viele Winter alt. Der Medizinmann hatte diese Frau vor Wochen in einer seinen Visionen gesehen und so war er nicht überrascht gewesen als Naiche ihm erzählte, wie Elli ihn in Jerome vor den weißen Männern beschützt hatte. Kaywaykla wusste, dass es den beiden bestimmt war, eines Tages zusammen gegen Feinde zu reiten. Er war auch derjenige gewesen, der in einem Traum sah, dass Elli in akuter Gefahr schwebte. Der Mann konnte mit der Welt der Ahnen kommunizieren. Er hatte sofort Naiche auf die Suche nach der tapferen Kriegerin geschickt. Er wusste, dass die Apachen mit ihrer Fähigkeit Spuren zu lesen sie finden würden.

Naiche fand die Frau, aber als er ankam war es bereits zu spät. Sie war angeschossen und die feigen Mörder auf der Flucht.

Kaywaykla fing an, die heiligen Lieder des Schöpfers zu singen, während er seinen und ihren Körper mit dem Rauch aus heiligem Salbei reinigte. Er hatte die Heilpflanzen an einem geheimen Ort gesammelt den nur er kannte. Ein Messer ruhte zwischen den glühenden Kohlen der Feuerstelle neben dem Unterstand aus Gestrüpp, wo sie Elli vorsichtig hingelegt hatten.

Die kleine Gruppe der Tonto Apachen versuchten alles, Naiche und Kaywaykla zu helfen die weiße Kriegerin mit Apachen Haar zu retten. Sie alle fürchteten um die Frau als der Medizinmann schließlich das Messer aus den Kohlen zog, es kurz abkühlen ließ und Naiche ein Zeichen gab, damit dieser Elli mit aller Kraft festhielt. Naiche hielt ihre schmalen Schultern in seinen warmen Händen und nickte. Ihre Haut fühlte sich feucht und heiß an.

„Bitte, Ussen, führe meine Hand weise und beschütze diese Frau!", bat der alte Apache. Dann schnitt er vorsichtig die Wunde auf und suchte mit der Messerspitze nach dem Geschoß. Elli stöhnte in ihren Fieberträumen. Endlich fand er die runde Form der Kugel in der stark blutenden Wunde. Als die Spitze des Messers unter den Fremdkörper tauchte, öffnete Elli ihre Augen und ein Schrei voller Schmerz erfüllte den Unterstand. Für einen Moment starrte sie in Naiches Augen die über ihrem blassen verschwitzten Gesicht schwebten. Dann wurde wieder alles dunkel um sie, nachdem sie unerträgliche Schmerzwellen, die über ihr zusammenschlugen. Ihr Körper zuckte unkontrolliert. Kaywaykla zog das Messer zusammen mit der Bleikugel aus ihrem Oberkörper und ein weiterer Schwall Blut folgte.

Noch mehr Blut, dass sie verliert, dachte Naiche voller Verzweiflung und schluckte. Er bezweifelte, dass sie überleben würde, aber er wusste auch, dass ihr geistlicher Führer keine andere Wahl hatte. Die Bleikugel hatte bereits angefangen das übrige Blut im Körper der jungen Frau zu vergiften.

* * *

Armando ritt so schnell er konnte und überquerte die Grenze zu Arizona. Er versuchte das Gefühl der Hoffnungslosigkeit abzuschütteln und positiv zu denken. *Was, wenn sie Texas Logan und diese beiden Lenny Schakale bereits gefunden hat? Was, wenn sie ihnen allein gegenübertrat?*

Er versuchte die Gedanken aus seinem Kopf zu verdrängen. Sie hatte versprochen auf ihn zu warten, aber er wusste auch, dass wenn er in ihren Schuhen stecken würde, er wahrscheinlich selbst nicht einen Tag gewartet hätte. *Nichts wird sie aufhalten, wenn sie die Chance bekommt Rache zu nehmen. Wer würde das nicht verstehen?*

* * *

Dunkle Nacht, komplette Schwärze. Ein schwebendes Gefühl. Dann eine Bewegung. Ein brauner Schatten, der sich langsam bewegte, vorsichtig und sie dabei anschaute. Die Augen wie glühende Kohlen. Scharfe Zähne und ein bedrohliches, tiefes Knurren. Die Zeit vergeht, aber der Puma schaut sie weiter an, dann dreht er sich um und läuft langsam weg. Das Tier dreht seinen Kopf und schaut zu ihr zurück. *Soll ich ihm folgen?* Wieder Dunkelheit und der Schlag ihres eigenen Herzens, ein stetes vibrierendes bumm, bumm, bumm.

Naiche schlug die Trommel in Harmonie mit seinem Herzschlag. Der kleine Lederbeutel mit dem Zahn des Berglöwen hob und senkte sich mit jedem tiefen Atemzug auf seiner nackten Brust. Der Puma war sein spirituelles Geisttier. Er versuchte, es zu Elli zu senden, um sie aus der Dunkelheit zu führen in der sie gefangen war. Sie kämpfte gegen das Fieber und die Flügel des Todes an, der versuchte sie für die Ewigkeit gefangen zu halten. Naiche vertraute darauf, dass seine Krieger das kleine Lager gut beschützten. Die jüngeren Hitzköpfe hatten ihn öfters dafür kritisiert, dass er Kontakt zu der Schnebly Familie unterhielt obwohl es Weissaugen waren. Aber Naiche wusste, dass für sie die einzige Chance zu überleben war, wenn sie die Art des weißen Mannes verstanden. Zu viele Apachen waren bereits deportiert worden. Weggeschickt in ein fernes Territorium. Keiner war je zurückgekehrt vom fernen, großen Wasser. Naiche versuchte friedlich mit den Weißen zu leben, denn alles was er wollte war seine Familie und Freunde in seinem Stamm zu schützen.

Niemand auf der Schnebly Farm ahnte, dass ihr indianischer Freund ein Häuptling und hoch geachteter Führer unter den Apachen war.

Bumm, bumm, bumm. Ihr Herz schlug schwach im Rhythmus zu Naiches Trommel.

Der Berglöwe schaute sie wieder an und wartete geduldig, während Elli noch tiefer abtauchte in die Schwärze. Es schien, als ob sie auf den Grund eines Meeres sank und sie spürte ihren Körper nicht mehr. Aber sie spürte auch keinen Schmerz mehr, nur Frieden. Bumm, bumm, bumm. Die Trommel schlug weiter Stunde um Stunde, die ganze Nacht und weit über die Stunden der Dämmerung hinweg.

KAPITEL EINUNDZWANZIG

* * *

Endlich, Arizona! Noch ein Tag bis Jerome. Armando konnte sich nicht daran erinnern, jemals so erledigt gewesen zu sein. Er hatte die Nacht in einem Kavallerie Lager verbracht und war dankbar für die Gesellschaft der Männer gewesen. Er musste furchtbar ausgesehen haben, ungewaschen, ungepflegt, seine Kleidung schmutzig. Mit Freuden hatte er das Rasierset und das frische Hemd von den Männern entgegengenommen. Als Armando sein Gesicht in dem kleinen Rasierspiegel gesehen hatte, war er erschrocken. Er erkannte sich selbst kaum wieder. Das Gesicht, dass ihm beim Rasieren entgegengeblickt hatte, war bedeutend schmaler und der dunkle Bart betonte seine finstere Miene. Sein schwarzes Haar war gewachsen und hing ihm in wilden Locken in die Stirn. Seine Kleidung sah schäbig aus und seine Augen erschienen ruhelos und von Sorgen um Elli Townsends Sicherheit umwölkt. Armando wusch sich an einem Bachlauf und fühlte sich zumindest etwas besser. Er erstand extra Rationen Hafer für seine beiden Pferde.

„Ihr seid mir loyale und starke Freunde und ohne euch

beide hätte ich es nicht bis hierhergeschafft!" Dankbar kraulte er die beiden Tiere hinter den Ohren und sie kauten dabei eifrig auf dem Hafer. Es war ein Höllenritt gewesen, kurze Nächte und lange Tage, aber die beiden Stuten hatten ihn nicht im Stich gelassen. Er hatte sich dazu entschlossen beide Pferde zu behalten.

„Donner wird das sicherlich gutheißen, wenn ich beide Mädchen bei mir behalte", erklärte er schmunzelnd. Mit einem Lächeln dachte er an Ellis prächtigen Hengst.

Während er sich mit den Soldaten unterhielt, versuchte Armando herauszubekommen, ob es Neuigkeiten aus Jerome gab. „Die Bank ist dort überfallen worden, haben einen, der dort arbeitete erschossen", erklärte einer der Blauröcke.

Ein Offizier warf ein: „Wird immer schlimmer mit den Banditen in der Gegend. Einer unserer Transporte wurde vor ein paar Tagen erst überfallen. Der Sold, die Gewehre, alles weg. Unsere Kameraden haben die Feiglinge aus dem Hinterhalt erschossen. Es ist nur einen halben Tagesritt von hier geschehen. Jetzt suchen wir nach diesen Höllenhunden."

Armando stutzte. Das klang nach dem gleichen Schema wie der Überfall auf den Goldtransport von Castle Dome nahe Yuma. *Könnte das die Texas Logan Bande gewesen sein,* wunderte er sich. Er schaute zum Nachthimmel und sah den immer noch vollen Mond, und genau wie die Nacht zuvor war dieser von einem unheimlichen Rot. Der Blutmond schien den Ritt gegen die Zeit wie ein böses Omen zu begleiten.

Die Soldaten brachen ihr Lager ab und auch Armando machte sich bereit weiterzureiten. Er war nervös und wurde das Gefühl nicht los, dass der Überfall auf den Armeetransport von Texas Logan und den Lenny Brüdern durchgeführt worden war. Das würde heißen, dass sie gefährlich nah an der Gegend um Jerome waren. Er verließ das Camp mit den Soldaten kurz nach Sonnenaufgang und während die uniformierten Männer nach Südosten ritten, nahm Armando die Route nach Nordwesten Richtung der Minenstadt.

* * *

Der Puma musterte sie, wartete und ein grollendes Knurren kam aus seiner Schnauze. Er drehte sich wieder um, ging ein paar Schritte auf seinen Tatzen, hielt an und wartete darauf, dass Ellis Geist ihm zu folgte.

Sie starrte ihn an und endlich, tat sie einen kleinen Schritt auf das majestätische Tier zu und noch einen und noch einen. Langsam führte der Berglöwe, zusammen mit dem Schlag der Trommel, Elli aus der ewigen Dunkelheit, die sie die letzten Tage umgeben hatte.

Naiche saß müde am Feuer, seine Augen waren geschlossen, während er in tiefer Trance mit seinem Geisttier kommunizierte. Er kämpfte gegen die totale Erschöpfung an, denn er hatte drei Tage nicht geschlafen. Ohne Kaywayklas Tee aus heiligen Kräutern wäre er schon längst zusammengebrochen. Seine Augen waren blutrot entzündet und ihm war schwindelig und dennoch schlug seine Hand stetig den langsamen Rhythmus auf der Trommel, der den Klang des Herzschlags ihres Schöpfers widerspiegelte. Der Klang der Trommel war ohne Unterbruch seit Entfernung der Kugel aus dem Körper der jungen Frau durch das Dorf der Apachen gehallt.

Der alte Medizinmann berührte sanft Häuptling Naiches Schulter und beobachtete, wie dieser seine müden Augen öffnete. Der jüngere Mann schaute Kaywaykla an und sah ihn lächeln. Er deutete auf die dunkelhaarige Frau auf dem Lager aus Decken. Naiche drehte seinen Kopf und sah, dass ihre Augen geöffnet waren. Er berührte ihre Wange.

„Das Fieber ist gesunken. Sie ist immer noch in Gefahr, aber ihre Chancen dem Tod zu entkommen steigen, mein Sohn!"

Zum ersten Mal, seit Naiche ihren Körper aus dem Ranch Haus getragen hatte, gab es einen Funken Hoffnung, dass sie den feigen Hinterhalt überleben würde. Erst jetzt erlaubte sich Naiche etwas Schlaf nachzuholen. Er gab die Trommel an Kaywaykla, der mit seiner Frau gemeinsam die Pflege der weißen Kriegerin übernahm. Naiche war erschöpft, aber er wusste, dass die Frau mit dem Apachen Haar in sicheren Händen war.

* * *

Armando kam endlich in Jerome an. Es war spät in der Nacht. Seine Beine waren schwach und seine beiden Pferde mit Schweiß bedeckt. Er ritt zum Mietstall der Stadt und sorgte dafür, dass seine beiden treuen Reittiere gut abgerieben, getränkt und mit einer extra Ration gefüttert wurden. Dann bezahlte er einfach ein paar Münzen zusätzlich und legte sich in das Stroh neben den Pferdeboxen. Der spanische Rancher wollte so gerne nach Elli suchen, aber schlussendlich gewann sein erschöpfter Körper und er schlief so tief, dass es beinahe einer Bewusstlosigkeit glich. *Zumindest bin ich endlich in Jerome und Morgen werde ich Elli sehen und alles wird in Ordnung sein,* war sein letzter Gedanke.

Am nächsten Morgen ging er zum Hotel und fragte nach Elli Townsend. Der Besitzer sah ihn misstrauisch an.

„Sie hatte ein Zimmer hier, hat für vier Tage vorausbezahlt und ist dann einfach am zweiten Tag verschwunden. Ich werde jedenfalls kein Geld zurückgeben, denn schließlich habe ich ihr das Zimmer die vollen vier Tage freigehalten!", erklärte der Mann bestimmt mit einem Schulterzucken, als ob dies seine Geldgier rechtfertigen könnte.

„Irgendeine Idee, wo sie stecken könnte?", fragte Armando. Er war sehr beunruhigt über ihr Verschwinden.

„Nein, aber so sind die Leute in letzter Zeit. Ich meine, zuerst verschwindet sie und dann auch noch dieser Typ, der ebenfalls ein Zimmer am selben Tag wollte und einfach nicht mehr auftauchte. Aber im Gegensatz zu ihrer Freundin Miss Townsend, hat der Halunke vergessen zu bezahlen. Ich hoffe der Sheriff hier findet den Zechpreller."

Armando dankte dem Mann und ging zum Restaurant am Ende der Straße. Vielleicht würde er dort mehr rausfinden und außerdem musste er dringend etwas essen. Das Restaurant war gut besucht und nachdem er sich an einen Tisch in der Ecke gesetzt hatte, bestellte er Eier mit Speck und Kaffee. Er schlang sein Frühstück regelrecht runter, denn es war die erste anständige Mahlzeit seit Tagen und erst jetzt merkte Armando wie hungrig er war. Während er seinen halbleeren Becher Kaffee in den Händen hielt, überlegte er. *Mein Gott. Wo fange ich nur an sie zu suchen?*

Die Frau, die augenscheinlich das Restaurant umtrieb, kam an seinen Tisch und schenkte ihm frischen, dampfenden Kaffee nach. Armando nutzte die Gelegenheit und sprach die Frau an.

„Bitte verzeihen Sie, ich suche eine Freundin von mir. Sehr hübsch, schwarze Haare, trägt Reitklamotten und einen Pistolengurt. Ihr Name ist Eleonora Townsend. War sie hier im Restaurant?"

„Oh ja, natürlich! Ich erinnere mich. Wer könnte sie vergessen. Sie macht optisch was her obwohl sie sich so burschikos kleidet. Sie war hier und bestellte meine Buttermilch Pfannkuchen", erinnerte sich die Frau mit einem breiten Lächeln.

„Wann war das?", fragte Armando.

„Lassen Sie mich überlegen. Vor vier Tagen würde ich sagen. Ich habe sie allerdings seitdem nicht mehr in der Stadt gesehen. Sie muss Jerome wohl kurz nachdem sie diesen windigen Typen getroffen hatte verlassen haben", schloss die Frau.

„Was für ein windiger Typ?" Armando klang alarmiert.

Die ältere Frau schaute ihn vorsichtig an und Armando spürte, dass sie misstrauisch wurde. Schließlich war er fremd hier in Jerome.

„Ich bin ein guter Freund von ihr und wir hätten uns hier treffen sollen."

Das schien die Restaurantbesitzerin zu überzeugen und sie setzte sich an seinen Tisch.

„Dieser Mann ist ab und zu in der Stadt. Er ist ein Halunke, niemand mag ihn. Er wurde schon öfters in Gesellschaft von fragwürdigen Männern gesehen, wenn Sie verstehen, was ich meine. Wie auch immer, dieser Schurke hat Ihre Freundin an dem Morgen, als sie hier frühstückte angesprochen. Ich weiß aber nicht, worüber die beiden gesprochen haben. Ich glaube sie fand ihn nicht sehr sympathisch, denn ihre Körpersprache war eher ablehnend. Dieser Schwätzer hat kurz nach Eleonora die Stadt verlassen. Man hat ihn die letzten zwei oder drei Tage nirgends mehr gesehen. Am Tag, nachdem er mit Ihrer Freundin gesprochen hatte, traf ich eines der Saloon Mädchen. Naja, ich spendiere ihnen ab und dann mal eine freie Mahlzeit. Gibt keinen Grund auf die armen Geschöpfe herabzuschauen, oder?"

Armando schaute sie erstaunt an. Eine Lady der Gesellschaft, die gefallenen Engeln kostenlos Essen zukommen ließ, war äußerst selten und sprach von einer großherzigen Person. Armando mochte sie sofort dafür. Im Gegensatz zu anderen Männern war er noch nie versucht gewesen, die Liebesdienste einer ʽbeschmutzten Taubeʼ, wie sie oft genannt wurden, in Anspruch zu nehmen. Er hatte aber auch keinen Grund diese Frauen zu verachten.

„Nun also, Margie kam zu mir, zornig und aufgebracht über den Mann, mit dem sie die Nacht verbracht hatte. Sie erzählte mir, dass er brutal und roh mit ihr umgegangen sei und am nächsten Tag am Fenster eine dunkelhaarige Frau auf einem schwarzen Hengst beobachtet hätte, die ihn offensichtlich bedeutend mehr interessierte als Margie, mit der er die Nacht verbracht hatte."

„Hat er irgendetwas zu Ihrer Bekannten gesagt?" Armando war äußerst beunruhigt, denn ihm war klar, dass die Frau Elli auf ihrem Hengst Donner gewesen sein musste. *Wo ist sie nur hin geritten?*

„Margie sagte, er hätte sich selbst laut gefragt, ob die Fremde wohl Richtung Camp Verde reiten würde. Es tut mir so leid, das ist alles was ich weiß!"

Armando dankte der Frau herzlich, zahlte und ließ ein gutes Trinkgeld zurück. Er stand auf und beschloss geradewegs nach Camp Verde zu reiten. Der Drang Elli so schnell wie möglich zu finden war erdrückend. Ihm gefiel die Geschichte von diesem Unbekannten, der Elli offensichtlich beobachtet hatte, überhaupt nicht. Und warum hatte dieser Halunke dann direkt nach ihr die Stadt verlassen?

KAPITEL ZWEIUNDZWANZIG

* * *

In dem Moment, als die verletzte Frau aus ihrer Bewusstlosigkeit aufwachte, war der stechende Schmerz mit ganzer
Kraft zurück. Ihre Brust fühlte sich an, als ob sie brennen
würde und ihr linker Arm war noch immer taub. Sie wusste
nicht wo sie war, aber sie sah, dass Apachen um sie herum-
liefen und sich um sie kümmerten. Langsam kamen die
Erinnerungen zurück. Das Gesicht von Texas Logan, die
Nichols Ranch, der Schuss, der sie von den Füssen gerissen
hatte. Ihr Erzfeind, wie er sie bedrohte und schließlich das
plötzliche Auftauchen von Naiche und seinen Kriegern.

*Wie um alles in der Welt ist er rechtzeitig dorthin gekom-
men? Woher wusste Naiche wo er mich finden würde?* Plötzlich durchzuckte sie ein anderer Gedanke. „Donner!", rief
sie laut und versuchte sich aufzurichten, aber sie schrie
auf vor Schmerz und vor ihren Augen verschwamm alles.
Kaywaykla hielt sie sanft zurück.

„Dein Pferd ist in Sicherheit. Naiches Bruder hat es
eingefangen. Dem Hengst geht es gut. Du musst dich
jetzt ausruhen!"

Elli schaute den alten Indianer dankbar an. „Ich danke

Ihnen!", flüsterte sie und sank zurück auf ihre Decken. Eine Apachin tauchte neben Elli auf, lächelte schüchtern und bot ihr etwas Eintopf an. Elli war zu schwach zu essen also fütterte sie die Frau langsam und vorsichtig mit einem geschnitzten Holzlöffel. Nach ein paar Bissen fiel Elli wieder in tiefen Schlaf.

***

Armando kam drei Stunden nachdem er Jerome verlassen hatte in Camp Verde an. Seine Stute hatte sich nach der Nacht im Stall und der extra Ration Futter gut erholt und Armando war schneller in Camp Verde angekommen, als er erwartet hatte. Er fing an sich umzuhören aber niemand konnte ihm etwas zu Ellis Aufenthaltsort sagen. Allerdings erinnerten sich einige in der Siedlung daran, dass sie nach der Nichols Ranch gefragt hatte. Er beschloss diese Ranch zu suchen. Dank der frischen Spuren fand Armando diese auch bald. Sie stand versteckt hinter einem kleinen Pinienhain. *Seltsam, die Gebäude scheinen verlassen,* wunderte er sich. *Was hat sie hier nur gewollt,* fragte er sich. *Und wenn niemand mehr hier lebte, warum zum Henker waren hier so viele frische Spuren?*

Er war verwirrt über das was er sah. Armando war zutiefst besorgt und wusste, dass hier etwas gewaltig faul war. Langsam zog er sein Gewehr aus dem Futteral am Sattel und ging langsam auf das Ranch Haus zu. Es war sehr ruhig hier draußen und ihm missfiel, dass dieser Ort so abgelegen lag.

Armando zählte dutzende von Fußabdrücken vor dem Haus. Stiefelabdrücke, aber auch die flachen Spuren von Mokassins. Er hielt seine Winchester, bereit jeden Moment zu feuern falls nötig. Es gab weder Geräusche von Menschen noch von irgendwelchem Vieh in den Pferchen. Er schlich auf die Türe zu und sah sofort das Einschussloch am Fensterrahmen. Der Farbe nach zu urteilen war das Holz ganz frisch abgesplittert.

Reit mich doch der Teufel, wenn hier nicht vor kurzem ein Überfall stattgefunden hat, mutmaßte er. Er öffnete langsam die Tür und trat vorsichtig in das Haus.

* * *

„Du hast mich gerettet, Naiche!", flüsterte die weiße Frau. Sie war noch immer sehr schwach, aber mittlerweile war sicher, dass sie die Schusswunde überleben würde.

„Ich habe nur dasselbe für dich getan, wie du für mich in Jerome, weiße Kriegerin mit Apache Haar."

Sie lächelte schwach, denn mittlerweile hatte sie sich an ihren Spitznamen gewöhnt.

„Ich sah dich in der Dunkelheit. Du warst der Puma, nicht wahr? Aber wie ist so etwas möglich?"

„Hinterfrage niemals die Wege unseres Schöpfers und die Macht deines Geisttieres. Deines ist der Adler, sehr starke Medizin."

„Warum hast du gewusst, dass ich auf der Nichols Ranch bin; wie hast du mich gefunden?"

„Kaywaykla, unser Medizin Mann hat dich in einer Vision gesehen. Er wusste, dass du die Frau bist, die mich in Jerome vor den Weissaugen gerettet hat. Wir zweifeln nie an seinen Visionen, denn er kann mit dem großen Geist sprechen und ist ein heiliger Mann."

Elli nickte. Plötzlich lenkte sie leises Hufgetrappel ab und sie schaute unter dem Unterstand hervor. Da sah sie einen Apachen Jungen, der ihren Hengst Donner zu ihr führte. Das Pferd wieherte laut, als es Elli erkannte und Tränen der Freude rannen ihr über die Wangen. „Donner!", rief sie erfreut. Der Hengst senkte seinen Kopf und blies

durch seine Nüstern in ihre zerzausten Haare. Sie lachte
glücklich, obwohl es noch in der Brust schmerzte. Wie
froh war sie ihren Gefährten nicht verloren zu haben. Sie
fühlte sich lebendig und schon viel besser.

* * *

Armando hingegen fühlte sich schlecht. Der schreckliche
Tag, an dem er seine sterbende Frau in Orange Grove
gefunden hatte, schien sich zu wiederholen. Das Haus
war leer, aber die wenigen schlichten Möbelstücke waren
umgeworfen. Der Raum ein einziges Chaos von Spuren auf
dem staubigen Boden, zerbrochenen Stühlen und einem
umgeworfenen Tisch. Es hatte hier definitiv vor kurzem
ein Kampf stattgefunden. Die Tür auf der Rückseite des
Hauses führte zu den Stallungen und stand weit offen.
Stiefelabdrücke führten nach draußen.

Armando rief Ellis Namen aber es kam keine Antwort.
Der Spanier drehte sich ratlos um und schaute auf den
Boden. Er stöhnte laut auf und starrte den dunklen Fleck
an. Das Bild warf ihn sofort zurück in seinen eigenen
persönlichen Alptraum. Er hatte das Gefühl sich übergeben
zu müssen. Eine große Blutlache war in dem Holzboden
eingetrocknet und auf der schmutzigen Holzpritsche in
der Ecke sah er noch mehr Blut. Armando versuchte seine
aufsteigende Panik unter Kontrolle zu halten.

„Beruhige dich, Amigo! Du weißt noch nicht einmal, ob
Elli jemals wirklich hier war. Du hast doch die Geschichten
gehört, dass Outlaws einsame Hütten und leerstehende
Ranches zum Verstecken nutzten. Das Blut könnte von
Jedermann sein. Also, Diaz, reiß Dich zusammen!"

Wieder und wieder wiederholte er, dass es das Blut
von irgendeiner Person sein könnte. Ihm war klar, dass
er versuchte sich selbst Mut zu machen. Er versuchte die

Spuren zu deuten. Anhand der Stiefelabdrücke mussten mindestens drei oder vier weiße Männer im Haus gewesen sein. Die Spuren auf dem staubigen Boden waren eindeutig.

„Ich würde mal sagen, dass Indianer die Männer angegriffen haben", überlegte er laut. Es kam ihm aber seltsam vor, denn Rothäute verwischten ihre Spuren meistens um sich vor Verfolgung zu schützen. Vielleicht waren sie in Eile gewesen die Weißen zu verfolgen, denn so wie es aussah waren diese entkommen. Die Spuren der Pferde zeigten, dass sowohl beschlagene, sowie auch Indianer Ponys ohne Hufeisen von der Ranch im schnellen Galopp weg geritten waren, denn der Boden hinter der Ranch war aufgewühlt. Eines war sicher, die Person, deren Blut er auf dem Boden und dem Bett sah, konnte solch einen Blutverlust auf keinen Fall überlebt haben. Jemand hatte eine tödliche Verletzung erlitten.

Armando war niedergeschmettert. Noch immer hatte er keine Ahnung, wo Elli Townsend war. Sie schien wie vom Erdboden verschluckt zu sein. Gerade als er anfing zu denken, dass sie vermutlich gar nie hier gewesen war, wurden all seine Hoffnungen in einem Augenblick zerschlagen. Er schaute zu Boden, aber er weigerte sich zu glauben was er sah. Langsam bückte er sich und hob einen kleinen Gegenstand, der mitten in der getrockneten Blutlache lag, auf.

Der Schrei eines Mannes hallte durch den Wald. Der Schrei hatte nichts Menschliches an sich. Er klang wie der eines tödlich verwundeten Tieres. Völlig am Boden zerstört starrte Armando auf den blutverschmierten Sheriffstern in seiner zitternden Hand. Die eingravierten Worte `Yuma Territory´ waren durch das eingetrocknete Blut kaum noch lesbar.

Er stolperte aus dem Haus die Stufen hinab zu seinem

Pferd. Er war blind vor Tränen. *Sie war hier gewesen, hier auf dieser verfluchten Ranch. Es muss ihr Blut sein. Zuviel Blut! Das kann niemand überleben*, dachte er verzweifelt.

Armando zog sich müde in den Sattel. Sein Herz wog schwer, wie ein Stein in seiner Brust. Alle Hoffnung sie wiederzusehen war verloren.

„Dios Mio, wie kannst Du mir das antun. Was habe ich im Leben verbrochen, dass Du mich so strafst, Gott? Habe ich nicht immer versucht ein guter, aufrichtiger Diener Deiner Worte und Gesetze zu sein?"

Er hatte ihre Leiche nicht gesehen, aber er musste sie finden. Er musste sie doch zumindest begraben. Vorsichtig schob er den Sheriffstern in die Tasche seiner Weste. Obwohl es nur ein kleines Stück Silber war, wog der Stern schwer an seinem Körper. Es war die Last der Schuld, dass er versagt hatte, Elli Townsend zu schützen. Er galoppierte davon, weg von den Blutflecken, weg von dem verdammten Haus, weg vom grausamen Schicksal, dass ihn zu verfolgen schien. Und immer wieder stellte er sich die gleiche Frage: Wo war Elli Townsends Leiche?

Armando kam spät in der Nacht in Jerome an. Ihm war kalt, er fühlte sich hoffnungslos einsam und niedergeschmettert. Er nahm sich ein Zimmer im Hotel.

„Glück gehabt bei der Suche nach der hübschen Lady?", fragte ihn der Besitzer. Aber Armando schüttelte nur den Kopf. Sein Gesichtsausdruck veranlasste den Hotelbesitzer nicht weiter in ihn zu dringen.

„Sir, meine Frau hat Eintopf und grüne Bohnen gekocht. Hat auch frisches Brot gebacken. Sie sehen so aus, als ob Sie einen Bissen zu essen und Ruhe gebrauchen könnten. Wenn Sie möchten, schicke ich Ihnen einen Teller mit Essen nach oben."

Armando nickte dankbar. Er hätte den Anblick und

Lärm anderer Menschen nicht ertragen. Er hatte eh kaum Hunger. Nur wenige Minuten später klopfte die Frau des Hauses schüchtern an die Türe und reichte ihm einen Teller mit warmen Essen. Er dankte ihr und sie nickte lächelnd. Dann schloss er die Türe. Nachdem er die ersten Bissen runtergeschluckt hatte wurde ihm bewusst, dass er seit dem Morgen nichts gegessen hatte und obwohl er sich schrecklich fühlte, aß er doch die ganze Mahlzeit. Während er kauend an dem einfachen Holztisch in seinem Zimmer saß, kehrten seine Gedanken zur Nichols Ranch in Camp Verde zurück. Armando hatte den Sheriffstern in seiner Westentasche nicht mehr angefasst. Er hatte nicht den Mut ihn anzuschauen oder in den Fingern zu halten.

Nachdem er gegessen hatte und sich notdürftig an der Waschschüssel mit dem Krug kalten Wassers gewaschen hatte, zog er seine Kleidung aus und legte sich auf das simple Bett. Trotz der lauten Musik die vom Saloon gegenüber durch sein Fenster hereindrang, fiel er in erschöpften Schlaf kaum hatte sein Kopf das Kissen berührt. Furchtbare Alpträume verfolgten ihn im Schlaf, Bilder von Elli die sterbend in ihrem Blut lag und verzweifelt seinen Namen rief.

KAPITEL DREIUNDZWANZIG

* * *

Armando fühlte sich furchtbar und stand früh auf. Er verließ das Hotel und seine schlechte Laune war an seinem Gesicht abzulesen. Er ging über die Straße zum Restaurant. Das Lokal war gut besucht aber Armando fand eine ruhige Ecke nahe der Küchentüre. Er bestellte Frühstück und extra starken Kaffee. Während er an der ersten Tasse des heißen Getränks nippte kam die Besitzerin mit seinem Teller Rührei und knusprig gebratenem Speck an seinen Tisch. Sie servierte das Essen mit einem warmen Lächeln, denn schließlich sah der Mann trotz seiner Bartstoppeln und den dunklen Ringen unter den Augen immer noch äußerst attraktiv aus.

„Was bringt dich in die Stadt, Cowboy? Warte mal, ich erinnere mich an dein hübsches Gesicht. Du warst doch schon einmal hier. Hast Du Glück gehabt und deine charmante Freundin gefunden?", fragte sie ihn fröhlich.

„Leider nein. Sie ist nicht zufällig wieder hier aufgetaucht, oder?", fragte er voller Hoffnung.

Sie schaute ihn verwirrt an. „Nein, sie kam nicht ins Restaurant zurück seit sie die Stadt verlassen hat und wenn sie zurück wäre, dann wüsste ich das sofort, glaub mir! Dieses Restaurant ist besser als jede Zeitung. Jede Information und alle Neuigkeiten der Stadt werden hier ausgetauscht." Um ihre Worte zusätzlich zu betonen deutete sie in die Runde der plaudernden Gäste. Es war recht laut im Gastraum.

Armandos Gesicht wandelte sich in eine versteinerte Maske der Trauer. Die Besitzerin des Lokals spürte den Kummer des Mannes und obwohl sie viele Gäste hatte, entschied sie sich kurzerhand dazu, sich zu ihm zu setzen. Sie winkte ihre Küchenhilfe heran und bat diese sich um die Gäste zu kümmern. Dann holte sie sich einen Becher Kaffee und füllte auch Armandos Tasse erneut auf. Er starrte auf das dampfende Gebräu.

„Okay, was ist passiert, Cowboy?"

„Bitte nenne Sie mich Armando, wenn es Ihnen nichts ausmacht. Ich habe Hinweise gefunden, dass Elli wahrscheinlich schwer verletzt oder noch schlimmer, tot ist. Ich hoffe und bete, dass ich mich irre. Ich muss sie finden. Sie hat mir geholfen, als mein Leben keinen Nickel mehr wert war. Sie hat mir mein Leben gerettet!"

Die Lady schaute ihn sanft an. „Du liebst sie, nicht wahr?" Armando schüttelte rasch den Kopf.

„Ich habe erst vor ein paar Monaten meine Frau verloren."

„Nun, um ehrlich zu sein, deine Augen zeigen im Moment denselben Schmerz, weil du fürchtest diese Frau ebenfalls verloren zu haben. Vielleicht kannst du dir selbst etwas vormachen. Aber du kannst Gefühle nicht vor einer alten Henne wie mir verstecken. Glaub mir, ich erkenne Liebe, wenn ich sie sehe und du liebst diese Frau! Ich will ehrlich sein, ich habe sie von der ersten Minute als sie hier reinkam gemocht. Sie ist eine außergewöhnliche Frau."

Die Lady nahm einen Schluck Kaffee. „Lass uns mal

die Fakten, die wir kennen, durchgehen. Und dann machen wir einen Plan, wo wir anfangen werden sie zu suchen."

Der spanische Rancher lächelte schwach. Er war froh hierhergekommen zu sein. Irgendwie hatte diese Frau so eine positive Ausstrahlung, dass sie ihm Hoffnung gab, dass Elli vielleicht sogar trotz der schrecklichen Fakten noch am Leben war.

„Also, als Erstes nennst du mich einfach Frieda. Und dann möchte ich, dass du zuerst Dein Frühstück fertig isst. Du kannst nicht richtig denken, wenn der Magen leer ist."

Sie beobachtete, wie er kaute und erst als er pflichtbewusst den ganzen Teller leergegessen hatte, fing sie an zu sprechen.

„Deine Freundin kam in die Stadt und hat sofort alle Aufmerksamkeit auf sich gezogen."

Armando schaute Frieda erstaunt an. „Warum denn das?"

„An jenem Tag hatte sich eine hässliche Meute zusammengetan. Ihnen war nach einem kleinen Lynchfest. Sie wollten einen Apachen Namens Naiche wegen Diebstahls aufknüpfen. Übrigens, er hatte gar nichts gestohlen. Wie auch immer, Elli Townsend war gerade zusammen mit den Schnebly Brüdern in der Stadt angekommen."

„Moment mal, wer sind die Schnebly Brüder?" Armando wollte nun alles wissen.

„Sie haben eine kleine Siedlung Namens Sedona gegründet. Elli muss die beiden zuvor getroffen haben und es wirkte, als ob sich die Drei angefreundet hätten. Ich glaube es fällt ihr leicht Freundschaften zu schließen, oder?" Frieda lächelte ihn an. Armando nickte zur Bestätigung.

„Also, als die ganzen Feiglinge da draußen den armen Naiche hängen wollten, ist Elli einfach mitten in den zornigen Mob geritten und hat ihn gerettet. Die beiden Schnebly Brüder haben ihr den Rücken gedeckt, aber es waren drei

Schießeisen gegen die halbe Stadt. Elli schien nicht im Geringsten verängstigt."

Armando murmelte, „Dio mio, du verrücktes Weib!", während er dennoch auch stolz auf sie war.

„Also wenn Du mich frägst, ich würde erst einmal versuchen mit den beiden Schnebly Brüder in Sedona zu sprechen. Und vielleicht sogar mit Naiche. Diese Apachen sind die besten Spurenleser. Wenn sie noch irgendwo da draußen ist dann finden sie Elli."

Armando dachte kurz darüber nach. „Ich glaube du hast Recht, Frieda. Das ist ein guter Rat. Ich danke dir von Herzen. Wieviel schulde ich dir für das Essen?"

Sie winkte seine Frage ab. „Du bist eingeladen. Es gibt hier nicht viele anständige Kerle in letzter Zeit. Das Silber verdirbt sie alle. Ich bin froh, wenn ich dir helfen konnte. Das Essen geht aufs Haus."

„Nun, dann mache ich mich besser auf den Weg, Ma´am!"

Frieda nickte und beschrieb ihm noch den Weg nach Sedona. Dann winkte sie ihm hinterher. „Gott im Himmel, ich bete, dass du sie noch lebend findest!", flüsterte sie und ging zurück in die Küche.

Nur wenige Minuten später saß Armando im Sattel und war auf dem Weg nach Sedona zu den Schnebly Brüdern. Er beachtete die schöne Landschaft um ihn herum kaum. Armando versuchte sich nicht zu viel Hoffnung zu machen. Aber er würde Elli nicht aufgeben, bis er ihren toten Körper mit eigenen Augen sehen würde. Bisher hatte der gutaussehende Mann allerdings keine Ahnung, wie er diesen Anblick dann ertragen sollte. Er fürchtete sich vor dem Schmerz.

Als Armando an den roten Felscanyons von Sedona ankam, war er überrascht, wie atemberaubend schön die

Landschaft war. Noch nie zuvor hatte er Felsen in solch satten Farben gesehen, die mit dem üppigen Grün der Bäume und dem strahlendblauen Himmel um die Wette eiferten. *Was für ein herrliches Plätzchen Erde um eine Ranch aufzubauen,* dachte er, während er seine Stute zu einer langsameren Gangart zügelte.

Endlich kam Armando bei der kleinen Siedlung an. Er ritt schnurstracks zum Haupthaus. Zwei Männer arbeiteten nebenan an einem neuen Stall und beobachten den Fremden, wie er vom Pferd stieg.

KAPITEL VIERUNDZWANZIG

***

Naiche half Elli beim Aufstehen. Sie fühlte sich schwach und ihr war schwindelig. Er musste sie stützen, damit sie nicht stürzte. Der Medizinmann hatte gesagt, dass sie nun wohl stark genug sein würde ein paar Meter zu gehen, denn ihr Kreislauf hatte die Bewegung bitter nötig. Elli hatte jegliches Zeitgefühl verloren und wusste nicht, wie lange sie bereits in Naiches Camp war. Ihr war klar, dass sie wohl Tagelang bewusstlos gewesen war und dass sie noch einen langen Weg vor sich hatte, bis sie wieder bei Kräften sein würde.

Kaywaykla hatte eine Art Wickel mit Stoffbahnen auf ihrer Wunde fixiert. Dieser war gefüllt mit einem Brei aus verschiedenen Kräutern und Heilpflanzen und sollte helfen, dass die Wunde schneller heilte. Die junge Frau vertraute dem Wissen des alten Apachen. Schließlich hatte er ihr das Leben gerettet.

Die ersten Schritte fielen ihr sehr schwer, aber trotz der stechenden Schmerzen atmete Elli tief ein. Naiche blieb an ihrer Seite und langsam ließ der Schwindel nach. Sie gingen langsam an den kleinen Fluss, der neben dem

Lager dahinplätscherte.

„Wenn dir danach ist dich zu waschen, schicke ich dir meine Frau. Sie kann dir helfen Körper und Haare zu reinigen. Aber sei vorsichtig, dass sich der Verband nicht löst. Die Wunde muss trocken und bedeckt bleiben."

„Ich würde mich so gerne ein wenig waschen. Ich fühle mich so schmutzig nach dem tagelangen Fieber. Auch mein Hemd ist furchtbar schmutzig."

Naiche schaute ihr Oberteil an. Deutlich sah man das Einschussloch und der Stoff war starr vor getrocknetem Blut. *Wie nah sie doch dem Tod gewesen war*, dachte er. Der Apachen Häuptling half ihr sich vorsichtig auf einen Flachen Stein neben dem Ufer zu sitzen. Elli versuchte ein wenig von der Sonne aufzunehmen, als Naiches hübsche Frau zu ihr gelaufen kam. Sie nickte ihr freundlich zu und legte ein Stoffbündel neben dem Felsen ab. Dann half sie ihr langsam ins kühle Wasser zu gehen, um Elli vorsichtig zu entkleiden. Zuerst war es der Verletzten peinlich, aber niemand schien auf sie zu achten und sie war froh, den Schmutz der letzten Tage abwaschen zu dürfen. Naiches Frau berührte sanft die Bandage. Sie wusste, dass Elli viele Tage näher am Tod gewesen war, als in der Welt der Lebenden. Ihr Mann hatte ihr erzählt, dass diese weiße Frau eine große Kriegerin war und Naiches Frau war sehr dankbar, dass Elli ihn in der Stadt der Weißaugen gerettet hatte.

Sie rieb Ellis Körper mit Salbei Bündeln ab und benutze einen Yucca Schwamm, um die Haut zu säubern. Dann schöpfte sie frisches Wasser mit einem ausgehöhlten Kürbis über Ellis schwarze Haare. Die Apachin achtete sehr darauf, dass sich der Kräuterumschlag auf ihrer Brust nicht verschob. Geduldig deutete sie auf den Felsen. Elli war froh, sich setzen zu können, denn ihre Beine zitterten vor Erschöpfung, aber sie fühlte sich auch sehr erfrischt.

Naiches Frau tippte sich auf die Brust und sagte, „Mein Name ist Dah Des Te. Ich danke Dir dafür, dass du meinen Mann beschützt hast. Du gehörst nun zu meiner Familie." Es waren einfache Worte aber sie bedeuteten Elli viel. Dann fing Dah Des Te an Ellis Haare mit einem Knochen Kamm zu entwirren.

„Ich muss mit deinem Mann sprechen." Dah Des Te nickte nur. Aber als Elli nach ihrem Hemd fasste schüttelte Dah Des Te erschrocken den Kopf und reichte ihr stattdessen ein hübsches Hemd aus dunkelblauem Baumwollstoff.

„Zuviel schlechte Medizin in deiner alten Kleidung!" Naiches Frau half Elli die blaue Baumwolltunika vorsichtig über den Kopf zu ziehen. Dann lächelte sie zufrieden.

„Mein Geschenk an dich weiße Frau mit Apache Haar. Sie zog ihr auch eine hübsche Halskette aus getrockneten Samen und getrockneten Mesquite Bohnen über den Kopf. Ellie berührte die Wange der Indianerin sanft. Ich danke dir, Dah Des Te."

„Wir werden dein Hemd jetzt verbrennen. Zu viel Geist von der dunklen Seite darin!", flüsterte die Apachin. Elli war einverstanden. Dann liefen sie langsam zurück ins Lager. Die Frau blieb an ihrer Seite bis Elli wieder sicher unter dem Unterstand saß. Dort warteten bereits ihr Freund Naiche und Kaywaykla. Sie wussten beide, dass die weiße Kriegerin etwas sehr Ernstes mit ihnen zu besprechen hatte.

* * *

Armando tippte sich an den Hut und grüßte die beiden Farmer freundlich. „Entschuldigen Sie, Gentlemen, aber ich suche die Schnebly Brüder!"

„Das sind wir. Was können wir für Sie tun, Sir?"

„Mein Name ist Armando Phillipe Diaz. Ich bin hierhergekommen, weil ich Ihre Hilfe brauche." Hans schaute den Fremden an. „Was für eine Art Hilfe?"

Armando band die Zügel seines Pferdes um einen Pfosten am Zaun und ging auf die beiden Männer zu. William Schnebly beobachtete ihn schweigend. Der Fremde nahm seinen Hut vom Kopf und schob einzelne Strähnen seines langen Haares zurück. Dann drehte er seine Kopfbedeckung nervös in den Händen.

„Ich suche eine Freundin von mir, Elli Townsend. Die Leute in Jerome haben mir gesagt, dass Sie Elli getroffen haben."

William musterte Armando misstrauisch. Schließlich wussten sie, dass Ellis Vater Schwierigkeiten mit einigen Outlaws gehabt hatte und die beiden Brüder hatten diesen dunkelhaarigen Fremden vor ihnen noch nie zuvor gesehen.

„Ja, wir kennen Elli Townsend. Was wollen Sie von ihr?", fragte Hans unfreundlich. Die beiden Brüder wussten nicht welche Absichten dieser spanisch aussehende Cowboy hatte.

„Ich glaube sie ist in großer Gefahr, wenn nicht noch schlimmer und ich muss sie wirklich finden!", erklärte Armando. Es gelang ihm nicht die Angst in seiner Stimme zu verheimlichen.

In diesem Moment kam Anne Schnebly auf die Veranda. Sie musterte den attraktiven Fremden. Armando grüßte sie mit einem freundlichen Lächeln. „Madam", dann nickte er ihr zu.

„Hans, was ist hier los?", wollte Anne wissen. Ihr Schwager zeigte auf den fremden Mann und sein Pferd. „Dieser Gentleman hier behauptet Elli Townsend zu kennen und dass sie in Gefahr wäre. Sein Name ist Diaz irgendwas!", fügte Hans unfreundlich hinzu. Es war offensichtlich, dass die beiden Männer ihre neue Freundin Elli schützen wollten. Anne aber war blass geworden.

„Oh mein Gott, Sie sind Armando, nicht wahr?" Armando nickte nur.

„Sie hat mir von Ihnen erzählt. Hans, William, das ist der Gentleman den Elli in Kalifornien gerettet hat, nachdem einige Leute seine ganze Familie ermordet hatten und es ihm in die Schuhe schieben wollten. Sie hat mir davon erzählt, als sie von der Jagd nach diesen Verbrechern berichtete. Vergeben Sie uns, Mister Diaz! Wir sind hier draußen nicht an viele fremde Besucher gewöhnt."

Sie ignorierte die überraschten Gesichter ihres Mannes und ihres Schwagers, nahm Armando am Arm und führte ihn ins Haus. Die beiden Brüder zuckten erstaunt mit ihren Schultern und folgten Anne schließlich. Sie schenkte dem Besucher schnell ein Glas kühles Wasser aus einem Krug ein und machte sich dann daran eine Kanne frischen Kaffees aufzubrühen. Alle setzten sich an den Tisch und hörten sich Armandos Geschichte an. Er erzählte wie Elli ihm geholfen hatte Gerechtigkeit für seine ermordete Familie zu bekommen. Dann erklärte er wie sie sich für ein paar Tage getrennt hatten, aber natürlich erwähnte er nichts von den Goldstatuen. Als er endlich zu dem Moment kam, an dem er die seltsamen Spuren auf der Nichols Ranch und all das Blut, dass er dort gesehen hatte beschrieb, schlug Anne verzweifelt ihre Hände vors Gesicht.

„Oh Nein! Lieber Gott, nein! Das kann doch nicht sein!", flüsterte sie verzweifelt.

Dem Fremden aus Kalifornien war sofort klar, dass Elli hier wahre Freunde gefunden hatte, und dass in so kurzer Zeit. Er bewunderte sie sehr dafür.

„Was ist nun Ihr Plan, Mister...?"

„Nennt mich doch Armando, bitte!" Er blickte zu William, der zuerst das Wort ergriffen hatte.

„Also gut, Armando! Nun, was willst du jetzt unternehmen?", wiederholte William seine Frage. Er und auch sein Bruder Hans wirkten sehr besorgt.

„Ich habe ihre Leiche nicht entdeckt. Ich muss sie finden und wenn es nur dafür wäre, sie zu begraben. Ich schulde ihr mein Leben und nicht nur das, sie sorgte dafür, dass meine Familie in Frieden ruhen kann, denn sie hat deren wahren Mörder gefunden. Aber vielleicht, nur vielleicht, ist sie auch nur schwer verwundet und immer noch am Leben. Solange ich nicht ihren toten Körper gesehen habe weigere ich mich zu akzeptieren, dass ich sie verloren habe. Leider aber spricht die Menge an Blut auf der Ranch eine deutliche Sprache."

Annes Augen waren mit Tränen gefüllt. Zwischenzeitlich waren ihre Kinder in das Haus gekommen aber sie blieben still in der Küche sitzen, denn sie spürten, dass etwas Schreckliches mit der netten Frau, die erst vor ein paar Tagen hier zu Besuch gewesen war, passiert sein musste.

„Wir verstehen dich und werden versuchen zu helfen. Einer muss auf der Ranch und bei der Familie bleiben, aber der andere wird Dich begleiten!", schlug Hans vor, während er seinem Gast eine Tasse heißen Kaffee einschenkte. William drehte sich zu Hans um.

„Ich vermute, du planst mit ihm zu reiten?"

Es gab keine Diskussion. Armando bewunderte sehr die respektvolle Art, wie die Familie miteinander kommunizierte. Es war so augenscheinlich wieviel Liebe sie alle füreinander empfanden. Es erinnerte ihn sehr an seine Eltern und die Art wie sie ihn großgezogen hatten.

„Ich möchte, dass du heute mit uns isst und die Nacht bei uns bleibst, Armando! Du kannst im Zimmer von den

Jungs schlafen", schlug Anne vor.

Armando war einverstanden, denn so konnten sie mit ihrer Suche nach Elli bereits mit dem ersten Morgenlicht beginnen. Als sie am Abend zusammen aßen, schlug William vor, dass Hans und Armando zuerst zu Naiches Stamm reiten sollten.

„Das sind exzellente Spurenleser und er wird uns sicher helfen, denn schließlich hat sie ihm das Leben gerettet in Jerome."

„Ich habe die Geschichte gehört. Sie hat die Tendenz hohe Risiken einzugehen, aber ich bin sehr froh, dass sie eurem Freund helfen konnte."

Und so beschlossen die Männer, dass Hans und Armando zuerst in das Camp der Apachen reiten würden, um sie um Hilfe bei ihrer Suche nach Elli zu bitten. Als Armando sich im Zimmer der beiden Jungs schlafen legte, dachte er über die Schnebly Familie nach.

Es war leicht nachzuvollziehen, warum Elli sie alle gleich in ihr Herz geschlossen hatte. Der Gedanke an sie und auch an seine tote Familie in Orange Grove schmerzte ihn. Wie so oft in den letzten Tagen und Wochen, fragte er sich selbst leise in den Raum hinein:

„Was für ein Verbrechen hab ich nur begangen, dass ich vom Schicksal so gestraft werde? Warum muss ich all diejenigen verlieren, die mir nahestehen?"

Wieder und wieder verfluchte er sich selbst dafür, dass er diese sture Frau aus Yuma allein gelassen hatte, um den irischen Priester und seine Goldstatuen zu schützen. Armando fühlte sich miserabel. Er war nicht fähig gewesen seine verstorbene Frau zu schützen oder ihre Eltern. Nun hatte er auch noch versagt Elli zu beschützen, die doch so viel für ihn getan hatte. Mit einem traurigen Seufzen drehte er sich um und versuchte etwas Schlaf zu finden.

Er verdrängte die Gedanken daran was sie eventuell sehen würden, wenn sie die Frau erst einmal fanden. Er konnte sich einfach nicht damit abfinden, dass er und Hans sehr wahrscheinlich Ellis verwesenden Körper irgendwo da draußen in der Wildnis finden würden, oder zumindest das was die Wildtiere davon übriggelassen hatten.

KAPITEL FÜNFUNDZWANZIG

***

Naiche und Kaywaykla schauten sie an. „Wir verstehen, dass du diese Männer die deinen Vater getötet haben und dich so feige überfielen, jagen willst. Aber tue es nicht unvorbereitet und nicht ohne gute Freunde die an deiner Seite reiten!", erklärte Naiche bestimmt, während der alte Medizinmann zustimmend nickte.

„Sobald du dich stärker fühlst, wird unser Häuptling dich begleiten. Es ist eine Frage der Ehre. Wie seine Frau dir sagte, bist du nun einer unserer Familie und wir helfen und schützen uns gegenseitig."

Kaywayklas Worte wärmten ihr Herz, dennoch konnte sie das Angebot nicht annehmen.

„Ich werde es nicht zulassen, dass sich Naiche wegen mir in Gefahr begibt!", widersprach Elli sofort. „Sein Stamm braucht ihn und ich würde es mir nie verzeihen, wenn ihm etwas passieren würde wegen mir."

Naiche lachte laut. „Ich bin ein Apache. Wir sind ständig in Gefahr, wie du selbst in Jerome gesehen hast."

***

Hans und Armando verließen die Ranch in Sedona mit den ersten Sonnenstrahlen, die die majestätischen roten Felsen zum Leuchten brachte. Sie wirkten beide sehr besorgt und versuchten sich moralisch auf das Schlimmste vorzubereiten. Trotz eines winzigen Hoffnungsschimmers wussten beide, dass die Chancen Elli lebendig zu finden fast bei null standen.

Während die beiden Männer zum Lager der Tonto Apachen ritten, erzählte Hans Armando über die ungewöhnliche Freundschaft zwischen seiner Familie und dem Stamm und wie sie zusammen regen Tauschhandel betrieben. Armando mochte den Mann noch mehr für den Respekt, den er den Indianern entgegenbrachte. Schließlich stammte auch er selbst als Spanier von einem anderen Kulturkreis und das hatte es anfangs nicht leicht für ihn gemacht, sich mit seinen Eltern hier, in der neuen Welt, niederzulassen.

„Stell dir vor, Elli ist damals allein zu meiner Ranch in Orange Grove hinausgeritten, nachdem sie mich gefunden hatte. Sie wollte nach Beweisen suchen und obwohl dort meine Familie ermordet worden war, ließ sie sich nicht abschrecken. Du hättest sie sehen sollen, wie sie dann den Richter gestellt und sich in Todesgefahr gebracht hat, um ihn aus der Reserve zu locken."

Hans war sehr beeindruckt, aber nicht wirklich überrascht. Er hatte selbst erlebt, wie mutig Elli Townsend war. Immerhin war sie, ohne zu zögern, in die Lynchmeute von Jerome geritten. Hans musterte den attraktiven, dunkelhaarigen Diaz neben sich. *Ich frage mich, ob da mehr ist zwischen den beiden*, wunderte er sich. Verband sie nicht nur Dankbarkeit? *Vielleicht empfindet Armando noch viel mehr für Elli. Wenn es so wäre, kann man es ihm nicht verdenken. Sie ist eine durch und durch beeindruckende Frau. Ich hoffe nur, dass sie überhaupt noch am Leben ist,* dachte Hans traurig.

* * *

Naiche und Kaywaykla unterbrachen ihre Unterhaltung mit der weißen Frau, denn ein Späher des Stammes kam zum Unterstand gerannt, wo die drei zusammensaßen.

„Zwei weiße Männer kommen auf Pferden. Einer hat Haare dunkel wie die Nacht, der andere ist dein Freund Schnebly."

Naiche nickte und sprang auf. Er wunderte sich was wohl sein Freund hier wollte. Er kam normalerweise nicht in das Lager der Apachen. *Vielleicht ist etwas passiert auf der Farm,* fragte sich Naiche. Als die beiden Männer in das Lager ritten waren sie sofort von Kriegern umringt. Armando war es nicht ganz wohl dabei, denn er wusste, dass die Apachen gefährliche, erbarmungslose Kämpfer sein konnten. Sie galten als tödlichste aller Krieger im Südwesten. Naiche und Hans begrüßten sich freundlich wie sie es immer taten. Armando stieg vom Pferd und beobachtete die beiden in respektvollem Abstand.

Plötzlich teilte sich der Kreis der Apachen und eine zerbrechlich aussehende Frau lief langsam auf die beiden Männer zu. Sie trug eine blaue Kaliko Bluse und ihr schwarzes Haar hing ihr locker über die Schultern. Sie war ungewöhnlich blass und ihre hohlen Wangen trugen zu ihrer fast geisterhaften Erscheinung bei. Armando musste gegen die Sonne, die ihn blendete, blinzeln. Plötzlich war ihm klar, wen er da sah. Dies war keine Apachin, sondern es war die vermisste Elli Townsend! Er schrie ungläubig auf, ließ die Zügel seines Pferdes in den Staub fallen und stolperte auf sie zu. Er riss sie ungestüm in seine Arme aber sie schrie auf vor Schmerz. Sofort ließ er sie los und trat einen Schritt zurück. Da sah er den Verband und wie schrecklich dünn und erschöpft sie aussah. *Mein Gott, sie muss schwer verwundet sein*, vermutete er. *Ich muss vorsichtig sein!*

„Verzeih mir, ich wollte dir nicht weh tun! Ich dachte du bist tot. Gott vergib mir, aber ich dachte ich sehe dich nie mehr!", flüsterte er in ihre Haare, während er sie vorsichtig in seinen starken Armen hielt. Es war ihm egal wer ihnen zuschaute.

„Wie um alles in der Welt kommst du hierher? Woher wusstest du, wo du mich finden würdest?", fragte Elli verwirrt. Sie war so glücklich ihn zu sehen, dass sie kaum sprechen konnte.

Naiche beobachtete die beiden und lächelte. Dann drehte er sich um. „Kommt und setzt euch zu uns, Hans! Dein Freund ist uns willkommen!"

Naiche zeigte zum schattigen Unterstand. Ein kleiner Junge nahm die beiden Pferde und führte sie zum Trinken zum Flussufer und Dah Des Te bot den beiden Männern frisches Wasser aus einer Kürbisflasche an.

* * *

Armando konnte seine Augen nicht von Elli nehmen. Er fasste es nicht, dass sie tatsächlich am Leben war. *Das ist ein Wunder. Dios Mio, ein echtes Wunder!* Niemals hätte er erwartet, dass der Tag so eine glückliche Wendung nehmen würde. Doch dann betrachtete er ihr Gesicht und die dunklen Ringe unter ihren Augen. Sie lief unsicher und geschwächt zum Unterstand. Ihm war klar, dass sie wahrscheinlich Tage um ihr Leben gekämpft haben musste, und ihm brach fast das Herz bei dem Gedanken. Armando und die anderen setzten sich zu ihr unter die schattigen Äste des Unterstands.

„Ich habe versucht, so schnell wie möglich zurück zu sein aber ich kam zu spät!" Es war für alle klar, dass er sich schuldig und schlecht fühlte. Sie lächelte ihn müde an.

„Ist McDowry denn nun in Sicherheit?"

Armando lachte. *Typisch Elli Townsend, macht sich lieber Sorgen um andere, als um sich selbst, dachte er.*

„Es geht ihm gut! Ich habe ihn in einen Zug an die Ostküste verfrachtet, zusammen mit einer ganzen Gruppe Armee Jungs an seiner Seite, um ihn zu schützen. Er ist so sicher, wie man eben sein kann in diesem Land."

Elli war sehr froh das zu hören. „Also, wie hast du mich gefunden, Armando?"

Er erzählte ihr, wie er in Jerome davon erfahren hatte, dass sie nach Camp Verde geritten war und wie er dann die Nichols Ranch gefunden hatte. Er flüsterte fast als er das viele Blut erwähnte und das er sicher gewesen war, dass sie tot sein müsste. Sie schaute ihn mit aufgerissenen Augen an und wirkte noch blasser als zuvor.

„Aber Armando, wie konntest du wissen, dass es mein Blut war?"

Armando griff in seine Brusttasche. Vorsichtig zog er den blutverschmierten Sheriffstern heraus und legte ihn zärtlich in ihre schmale Hand. Sie starrte das Abzeichen der Yuma Gesetzeshüter an und als sie wieder in seine Augen blickte rollten ihr die Tränen die Wangen herab und er strich sie zärtlich weg. Kaywaykla musterte Elli und schaute dann in die Runde.

„Lasst uns zum Feuer gehen und die Pfeife zusammen rauchen. Frau mit Apachen Haar muss jetzt ausruhen!", bestimmte der alte Medizinmann streng.

Elli wollte ihm widersprechen, aber sie war zu erschöpft sich zu bewegen oder zu streiten. Ihr spanischer Weggefährte stand auf und versicherte ihr, dass er das Lager nicht ohne sie verlassen würde. Sie dankte ihm mit einem schwachen Lächeln und schloss müde die Augen. Es schmerzte Armando sie so schwach zu sehen.

Als die Männer zum Hauptfeuer des Lagers liefen, wo die anderen Krieger bereits warteten, drehte sich Armando zu Naiche um. „Wie schwer ist sie verletzt?"

„Wir sprechen immer die Wahrheit, auch wenn sie schmerzt. Sie war viele Tage auf der dunklen Seite der Welt. Ohne Kaywayklas Medizin und Weisheit hätten wir sie verloren. Sie ist noch immer zu schwach zu reiten und dennoch will sie die Feiglinge, die sich im Gebüsch versteckt hatten, verfolgen. Diese Männer lagen auf der Lauer, um sie wie ein Stück Wild abzuknallen."

Armando zitterte vor Zorn als er den Worten des Apachen lauschte. Aber der Medizinmann Kaywaykla berührte ihn sanft am Arm.

„Beruhige dich! Nur ein Narr würde seinen Kampf von Liebe oder Hass führen lassen. Wir werden sorgfältig darüber nachdenken, wie wir diese Mörder bekämpfen können und Naiche wird mit euch beiden reiten, sobald sie stark genug ist." Hans hatte dem Gespräch aufmerksam zugehört.

„Du zählst mich besser auch dazu, denn Elli ist auch meine Freundin. Wir werden alle an ihrer Seite reiten und diese Hunde für immer zur Strecke bringen! Als sie versuchten die Frau so feige um die Ecke zu bringen, stand es Drei gegen Eine. Das nächste Mal wird es Vier gegen Drei stehen. Diese Hunde sollten sich besser schon einmal drauf vorbereiten, dass bald das Jüngste Gericht über sie hereinbricht. Dieses ganze Gebiet hat lange genug unter den Überfällen und Morden durch Texas Logan und den Lenny Brüdern gelitten."

Sie sprachen bis weit in die Nacht hinein, während die

Sterne über ihnen glitzerten. Hans und Armando entschlossen sich, am Lagerfeuer bei ihren indianischen Freunden zu schlafen. Der spanische Rancher war noch immer sprachlos, dass Elli Townsend am Leben war.

Santa Maria, wie nah ich doch daran gewesen bin auch sie zu verlieren. Ich werde nicht mehr von ihrer Seite weichen bis wir diese Bandidos gehängt oder erschossen haben, schwor er sich.

Noch einmal würde sie nicht so viel Glück haben sollte sie den Mördern ihres Vaters abermals allein gegenübertreten. Dessen war sich Armando sicher. Er schaute hinüber zu Häuptling Naiche und wusste, dass der Mann sein Freund für den Rest seines Lebens sein würde. Armandos Dankbarkeit war grenzenlos, denn Naiche hatte Elli lediglich auf Grund einer vagen Vision gesucht und er kannte keinen weißen Mann, der dasselbe für eine Frau getan hätte. Ja, Armando würde genauso für den Apachen da sein, wenn dieser ihn je bräuchte.

KAPITEL SECHSUNDZWANZIG

***

Früh am nächsten Morgen entschloss sich Hans dazu, zurück zur Schnebly Farm zu reiten und seiner Familie die neuste Entwicklung zu erzählen. Er wusste, dass sich alle zu Hause Sorgen machten, speziell Anne, die Elli sehr ins Herz geschlossen hatte. Hans versprach den anderen im Lager, dass er in fünf Tagen wiederkommen würde und mit Naiche, Armando und Elli gegen Texas Logan und die Lenny Brüder reiten würde, vorausgesetzt Elli Townsend war bis dahin stark genug dafür.

***

Armando ging auf die Jagd und zum Fischen mit Naiche und ein paar seiner Krieger. Er fühlte sich wohl unter den Apachen und lernte in den paar Tagen viel über sie und ihre Lebensweise. Er fühlte sich zufrieden unter den Tonto Kriegern und er verstand nun, dass die Grausamkeit, die man den Apachen nachsagte, nichts anderes als Selbstverteidigung war. Sie waren zu einem täglichen Kampf gegen die Weißen gezwungen, um ihre traditionelle Lebensart zu retten. Alles was sie wollten, war so zu leben, wie sie und die Vorfahren seit hunderten von Jahren es getan hatten.

Naiche war freundlich und geduldig, während er Armando die Wege der Apachen lehrte. Die beiden waren bald wie Brüder.

* * *

Elli wurde mit jedem Tag kräftiger. Sie verbrachte viel Zeit mit Naiches Frau, Dah Des Te. Sie genoss die Gesellschaft der stillen Indianerin und schaute ihr oft beim Kochen zu. Elli lernte, wie man Fladenbrot aus Mesquite Mehl backen konnte und wie man Kürbis über dem Feuer briet. Kaywaykla überprüfte ihr Wunde von Zeit zu Zeit und nach weiteren drei Tagen konnte er die Kräuterwickel entfernen. Elli schaute den alten Medizinmann dankbar an.

„Wie kann ich dir je danken, dass du mich gerettet hast? Das werde ich dir nie vergessen. Von nun an werde ich nicht nur das Gesetz des weißen Mannes schützen, sondern auch meine Brüder und Schwestern unter den Apachen."

Er nickte und lächelte. „Du hast schon sehr viel für uns getan, als du Naiches Leben in der Stadt der Weißaugen gerettet hast. Er ist unser Häuptling. Der Stamm wäre verloren ohne seine Führung, denn Naiche ist ein kluger Führer."

„Und du bist ein außergewöhnlicher Medizinmann. Du hast mich geheilt und du kannst die Zukunft sehen, Kaywaykla!"

„Die Zukunft sieht dunkel und traurig aus für uns Apachen, genau wie der dunkle Himmel vor einem Sommersturm. Ich bin alt und eines Tages werden sie alle verloren sein. Ich habe es in meinen Visionen viele Male gesehen, Elli. Ich hoffe, dass zumindest Naiche seine Familie und unseren Stamm retten kann."

„Ich werde alles tun was in meiner Macht steht, euch beizustehen, das schwöre ich!" Elli berührte ihr Herz, um ihre Worte zu unterstreichen.

Kaywaykla nickte. „Ich weiß, dass du dein Wort halten wirst. Ich bin froh, dass der Große Geist, den wir Ussen nennen, dafür gesorgt hat, dass sich unsere Pfade kreuzen. Lass uns nun zum Feuer gehen und schauen, ob der Mann vom Land jenseits des großen Wassers Glück beim Fischen hatte."

Elli lachte über Armandos Spitznamen. Sie wusste, dass er beliebt war unter den Kriegern und langsam konnte sie sich selbst eingestehen, wie froh sie gewesen war als er in das Camp geritten kam. Er hatte sein Versprechen zurückzukommen nicht gebrochen. Was sie aber wirklich berührt hatte war seine Freude und wie erleichtert er gewesen war, sie am Leben zu sehen.

***

Mittlerweile war Hans zurück auf der Ranch seiner Familie und bereitete sich auf die Jagd nach Texas Logan und seiner Bande vor. Anne war sehr erleichtert gewesen, als sie hörte, dass Elli Townsend am Leben und in Sicherheit war. Allerdings weinte sie herzzerreißend, als Hans ihr erzählte, dass ihre Freundin fast an einer Schusswunde gestorben war. William und Hans wussten beide, dass Anne Elli ins Herz geschlossen hatte und die beiden Männer hofften, dass die charmante Frau aus Yuma sie ab und zu besuchen kommen würde, sobald dieser ganze Wahnsinn erst mal hinter ihr liegen würde.

William machte sich Sorgen darüber, dass Hans auf dem Rachefeldzug mitreiten wollte, aber er wusste auch, dass er oder seine Familie nie in Frieden leben konnte, solange Verbrecher wie Texas Logan oder die Lenny Brüder am Leben waren. Sie waren eine Gefahr für jede Familie, für das Vieh und für ihr mühsam erarbeitetes Geld in der Bank.

Es war höchste Zeit, dass die Gerechtigkeit und das Gesetz für Ordnung sorgten. William war klar, dass er bei seiner Familie bleiben musste, aber er half Hans dabei sich auf den langen Ritt vorzubereiten. Er reichte ihm ein extra Gewehr und zusätzliche Munition als Hans sein Pferd wieder sattelte. Als es an der Zeit war zurück in Naiches Lager zu reiten, umarmte sein Bruder Hans ihn herzlich.

„Du sorgst besser dafür, dass du sicher wieder zurückkommmst, Bruder! Ich brauch dich hier auf der Ranch und noch viel mehr brauch ich dich als meinen Bruder!"

Hans nickte, er hatte einen Kloß in seinem Hals und umarmte rasch seine Nichte und Neffen und dann Anne. Seine Schwägerin überreichte ihm eine Halskette mit einem kleinen goldenen Kreuz dran.

„Bitte gib das Elli! Sie soll es auf ihrer Mission tragen. Ich habe es von meiner Mutter bekommen und es hat mich immer gut geschützt. Sie kann es mir selbst zurückbringen, wenn sie das Ganze hinter sich gebracht hat und wenn ich sie endlich wieder in die Arme schließen kann, wie eine Schwester, die ich leider nie hatte."

Anne wischte sich die Tränen von den Wangen. Dann legte sie die Halskette vorsichtig in die Hand ihres Schwagers.

Die Geste rührte ihn und William sehr und erst jetzt realisierten sie, wie sehr Anne die Tochter des ermordeten Sheriffs mochte. Dann stieg der jüngere Schnebly in seinen Sattel und ritt mit einem letzten Winken davon. Er liebte seinen Bruder und die ganze Familie sehr und er machte sich Sorgen, sie zurückzulassen. Er hoffte inständig, dass er alle wieder lebend sehen würde. Es war bereits später Nachmittag, als Hans in das Lager der Apachen ritt. Die Späher hatten ihn schon lange zuvor angekündigt. Der Stamm schützte sich selbst sehr gut und der Farmer aus Sedona war glücklich zu sehen, wie gut es Elli mittlerweile ging.

Am Abend saßen sie um das Lagerfeuer und sie sprachen miteinander über den geplanten Rachefeldzug. Armando berichtete über den Überfall auf den Militärtransport und wo dieser ungefähr stattgefunden hatte. Er war nach wie vor davon überzeugt, dass die Logan Bande diesen Raub verübt hatte.

***

„Ich vermute mal, dass die Halunken in den Süden nach Mexiko geritten sind. Sie haben mexikanische Frauen und Tequila erwähnt", äußerte Elli sich. Mittlerweile fühlte sich die Frau stark genug zu reiten und so beschlossen sie alle zusammen, ihre Suche auf der Route südlich zum mexikanischen Territorium zu beginnen. Elli konnte es kaum erwarten die Verfolgung dieser Verbrecher aufzunehmen. Aber nun war ihr Wunsch nach Rache kontrollierter. Er hatte sich von leidenschaftlichem Hass, zu eiskalter Entschlossenheit gewandelt. Sie würde dafür sorgen, dass diese feigen Mörder hängen würden. Der Tod war das Einzige was diese Bande verdiente. Auch Armando verspürte denselben Drang diese Feiglinge zur Strecke zu bringen. Er war zorniger als ein ganzes Nest Hornissen, denn sie hatten versucht Hand an Elli zu legen.

Der nächste Sonnenaufgang bemalte den Himmel in majestätischen Farben. Fast sah es so aus, als ob der Himmel brennen würde. Kaywaykla segnete Naiche, Elli, Armando, und Hans. Er hatte auch kleine Medizinbeutel zu ihrem Schutz für jeden von ihnen vorbereitet. Plötzlich crinnerte sich Hans an das kleine goldene Kreuz, dass Anne ihm für Elli gegeben hatte. Diese nahm es mit einem schüchternen Lächeln entgegen und eine Träne rollte ihre

Wange herab als sie ihre Freunde anschaute.

Nein, Elli war nicht mehr allein; sie hatte Freunde gefunden, die bereit waren mit ihr zu reiten und ihr eigenes Leben um der Gerechtigkeit Willen zu riskieren. Die schöne Tochter des Gesetzeshüters fühlte sich schuldig, dass ihre Freunde so ein Risiko für sie eingingen. Armando spürte ihren Zwiespalt. Er nahm die Halskette in seine Hand und legte sie Elli vorsichtig um den Hals.

„Ich habe momentan nichts Besseres zu tun, erinnerst du dich? Wir alle sind hier, weil wir es so entschieden haben. Es gibt keinen Grund sich schuldig zu fühlen. Gefahr gibt es überall, Miss Townsend. Jeder von uns wusste genau, dass er vielleicht sein Leben verlieren würde als wir in den Westen zogen. Aber ich glaube ich kann für uns alle sprechen, wenn ich sage, dass wir alle gelernt haben wie wichtig loyale Freunde sind. Wenn es dich nicht gäbe, Elli, wäre ich heute gar nicht mehr am Leben! Naiche muss schon sein ganzes Leben für seine Familie kämpfen. Und Hans hier will nicht nur dich beschützen, sondern auch seine eigene Familie, sein Hab und Gut, also seine Zukunft. Dieser Abschaum bedeutet eine konstante Gefahr für uns alle. Vergiss nicht, wir sind alle deine Freunde und diese Lumpen haben nicht nur deinen Vater getötet. Nein, sie haben auch versucht dich umzubringen und das ist unverzeihlich!"

Elli blickte in die ernsten Gesichter der Männer die um sie herumstanden. Tränen der Dankbarkeit füllten ihre Augen. Jeder von ihnen zeigte denselben entschlossenen Gesichtsausdruck.

Mein Vater wäre so stolz gewesen zu sehen, welch gute Männer mit mir reiten, dachte sie. Dann lächelte sie ihre Freunde an und flüsterte „Lasst sie uns jagen! Es ist Zeit es ihnen heimzuzahlen!"

Elli befestigte ihres Vaters Sheriffstern an ihrer blauen, indianischen Bluse. Sie hatte das Blut nicht von dem Abzeichen abgewaschen. Es sollte sie stetig daran erinnern mit wem sie es zu tun hatte. Dieses Mal, würde sie nicht blind in eine Falle tappen und Elli würde nicht eher ruhen, bis dass sie die Männer, die ihren geliebten Vater ermordet hatten, tot sehen würde.

KAPITEL SIEBENUNDZWANZIG

* * *

Nach einigen Stunden Ritt kamen sie an dem Canyon an, wo der Überfall auf die Eskorte der Armee stattgefunden hatte. Sie fanden den zurückgelassenen Wagen aber die toten Soldaten waren verschwunden. Ihre Kameraden hatten sie etwas weiter den Hügel hinauf begraben. Naiche und Elli schauten auf die frischen Gräber. Sechs Soldaten hatten ihr Leben hier verloren. Der Häuptling der Apachen deutete auf einige große Felsen in der Nähe.

„Ich bin sicher, sie haben ihnen hier aufgelauert und aus dem Versteck herausgeschossen. Das ist nicht die Art eines Kriegers, sondern der Kampf eines Feiglings!"

Elli nickte. „Das würde auch erklären warum sie den Kampf gewonnen haben, obwohl sie gegenüber den Soldaten in der Unterzahl gewesen waren. Sie müssen den gleichen Hinterhalt wie schon in Yuma genutzt haben, als sie meinen Vater und seinen Hilfssheriff erwischten. Sie scheinen immer gut informiert zu sein. Aber was ich immer noch nicht verstehe, wie konnten sie wissen, dass ich zur Nichols Ranch komme?"

Armando war zu ihnen gelaufen. „Ich glaube, diese

Frage kann ich dir beantworten. Sie wussten es, weil dieser Halunke, der dir von der Ranch und auch über den geplanten Viehdiebstahl erzählt hatte, dich bewusst dorthin gelockt hat. Die Besitzerin des Restaurants hat mir erzählt, dass genau dieser Mann in der Vergangenheit öfters in der Gesellschaft von Outlaws gesehen worden war. Er muss ihnen geholfen haben dir diese Falle zu stellen."

„Nun, wenn das der Fall ist, dann hat die Texas Logan Gang tatsächlich vier Mitglieder und nicht drei, wie wir immer vermutet haben", sagte Elli. Armando nickte.

Sie beobachteten, wie der Apache sich auf dem Boden kniete und die Spuren untersuchte. Zum Glück hatte es noch nicht geregnet und sie waren alle deutlich sichtbar. Naiche lief eine Weile umher, dann kam er zurück zu ihnen.

„Die Soldaten sind wie eine Herde Büffel über alle Spuren getrampelt, aber ich habe die Hufabdrücke von vier Pferden gesehen, welche von hier Richtung Süden führen. Zwei der Pferde tragen ein schweres Gewicht."

Armando dachte darüber nach und kratzte sich am Kinn. „Das könnten die Kisten mit den gestohlenen Winchester Gewehren sein, von denen mir die Soldaten erzählten. Wie sie sagten, bestand der Transport nicht nur aus Gold, sondern auch aus neuen Gewehren für das Fort. Die werden sicher versuchen die Waffen an die Bandidos im mexikanischen Territorium zu verkaufen. Es wird ihre Flucht verlangsamen, wenn sie etwas von der Beute losschlagen wollen, um das Geld mit leichten Mädchen und Tequila durchzubringen."

„Sollen sie ruhig so viel feiern, wie sie wollen, denn es wird vermutlich das letzte Mal sein, dass sie die süßen Seiten des Lebens genießen können!", sagte Elli, während ihre Hände über ihrem Pistolenhalfter zu Fäusten geballt waren.

Sie stiegen alle wieder in ihre Sättel und folgten der Spur nach Süden. Dank Naiches Können als Spurenleser verloren sie ihre Beute nie aus den Augen. Sie ritten viele Stunden und lagerten in der Wildnis. Sie mieden die Städte, bis sie schließlich in das Grenzgebiet kamen und in die kleine Stadt Rio Gusto ritten. Dort übernachteten sie.

In Rio Gusto waren die Leute Fremde gewohnt, so dass das Aufgebot nicht zu viel Aufmerksamkeit auf sich zog. Nichtsdestotrotz waren sie schon eine nicht alltäglich gemischte Gruppe: Eine schöne weiße Frau in Apachen Kleidung, ein Apache, der mit Weißen ritt, ein Spanier und ein gewöhnlicher Rancher. Aber die Menschen in dieser Siedlung stellten keine Fragen. Die Gegend war gefährlich und es war sicherer, sich nur um seine eigenen Dinge zu kümmern.

Die Weggefährten bezahlten das Futter und die Stallboxen für ihre Pferde und Naiche beschloss, im Stall zu übernachten. Nicht nur war er beruhigter, wenn er ein Auge auf die Pferde haben konnte, sondern er fühlte sich auch unwohl in der Stadt der Weissaugen. Er hatte die Vorkommnisse in Jerome nicht vergessen und wusste, dass er als Apache nicht nur in Arizona, sondern auch in Mexiko in großer Gefahr war. Viele seiner Brüder überfielen die Gegend regelmäßig. Zahllose Verbrechen und Grausamkeiten waren auf beiden Seiten sowohl durch Weiße, sowie auch durch Gruppen anderer Apachen passiert. Naiche wünschte sich oft, er könne zurückkehren zu den glücklichen Zeiten seiner Vorfahren als diese unbehelligt ihr Leben genießen konnten. Das war lange bevor ein Weißer seinen Fuß in dieses Land gesetzt hatte. Aber resignierend hatte sich Naiche längst eingestanden, dass die Dinge für die Apachen nie mehr so sein würden wie früher. Das Leben würde für keinen Stamm auf die gleiche Art, wie es in der Zeit der Vorfahren gewesen war, weiter gehen. Naiche hatte mittlerweile seine kleine Gruppe der Tonto Apachen davon überzeugt, dass die Freundschaft zur Schnebly Familie und Elli Townsend eines Tages für den Stamm sehr wichtig sein könnte.

Der Apache fütterte die Pferde und betrachtete Ellis Hengst Donner. Er war ein prachtvolles Tier. Der Krieger war sehr froh, dass es ihnen gelungen war das Pferd ebenfalls zu retten.

Hans brachte das Essen von der kleinen Cantina für seinen indianischen Freund in den Mietstall, nachdem er selbst das Chili und die Tortillas genossen hatte. Das mexikanische Essen war eine willkommene Abwechslung zu den täglichen Ranch Mahlzeiten und nachdem er eine extra Portion bezahlt hatte, schöpfte er großzügig für seinen Freund auf einen Zinnteller. Die ganze Familie Schnebly schätzte Naiche sehr und nun noch viel mehr, denn er hatte ihre neue Freundin aus Yuma gerettet.

* * *

Elli und Armando waren in der Cantina zurückgeblieben und versuchten zu entscheiden, was sie als Nächstes tun wollten. Elli hatte den Sheriffstern ihres Vaters versteckt als sie in die Stadt geritten waren. Sie wollte keine schlafenden Hunde wecken und vor allen Dingen verhindern, dass Texas Logan ahnen könnte, dass sie seinen Hinterhalt überlebt hatte. Das war eine Tatsache, die er noch früh genug erfahren würde. Spätestens dann, wenn er in den Lauf ihrer geladenen Pistole schauen würde. Sie hatte mittlerweile zwei offene Rechnungen mit diesem Monster und sie würde sie begleichen, koste es was es wolle.

Ihr spanischer Freund berührte sie zart am Arm und riss sie so aus ihren düsteren Gedanken. Sie schaute zu ihm auf und er deutete auf einen mexikanisch aussehenden Mann, der an der Bar der Cantina Tequila trank. Der Mann hinter der Theke sprach auf seinen Gast ein, denn dieser war offensichtlich wütender als ein bissiger Hund. Er warf eine Münze auf die Theke und verließ die Cantina voller Zorn. Elli zuckte mit den Schultern. „Sah so aus, als ob er mächtig sauer über etwas wäre!" Armando nickte.

„Lass uns gehen. Wir sollten uns ein wenig Schlaf gönnen bevor wir Morgen weiterreiten. Es wird wieder ein langer, anstrengender Tag werden. Wie geht es dir mit deiner Wunde? Sind die langen Stunden im Sattel für dich überhaupt zu ertragen?"

Sie lächelte ihn an und musste zugeben, dass es ein schönes Gefühl war, dass sich jemand um ihr Wohlbefinden sorgte. „Ja, ich bin okay. Ein bisschen erschöpft aber die Schmerzen sind auszuhalten. Ich werde Morgen wieder frisch und bereit sein weiterzureiten."

Als sie zu der kleinen, schäbig aussehenden Unterkunft liefen, sahen sie denselben Gast von vorher, der nun in der Straße stand und einen Cowboy anbrüllte.

„Ich habe nicht die Absicht dir etwas zu tun, aber ich muss meine Frau finden. Ich werde nicht aufgeben, bis ich sie wieder sicher nach Hause bringe! Sag diesem dreckigen Bastard der meine Esposa Juanita entführt hat, dass ich ihn umbringe, wenn er sie verletzt und ihr nur das geringste antut! Glaub mir, er würde dann sehr viel leiden bevor er stirbt!"

Der andere Mann schüttelte verärgert den Kopf.

„Ich habedir gesagt, dass ich nicht die geringste Ahnung habe, wohin Logan und seine Bande geritten sind. Ich wusste nichts davon, dass sie hinter deiner Frau her waren und jetzt geh und halt deine Schnauze!"

Der mexikanische Buckaroo drehte sich um und lief

einfach davon. Er ließ den anderen Mann in der Mitte der Straße stehen. Diesem war die Verzweiflung ins Gesicht geschrieben und endlich ging er mit hängenden Schultern auf ein kleines Haus am Ende der Straße zu.

„Denkst du, das hatte etwas mit Texas Logen zu tun?", wunderte sich Elli.

„Ich bin nicht sicher! Lass uns mit diesem Mann am Morgen reden, wenn er wieder nüchtern ist. Ich glaube im Moment wäre es keine gute Idee ihn als Fremde anzusprechen. Der hat sicher ein Schießeisen im Haus."

Sie liefen zu der Pension, in der sie Zimmer für die Nacht gemietet hatten. Hans wartete bereits vor der Türe auf die beiden und sie erzählten ihm was sie gerade beobachtet hatten. Dann gingen sie auf ihre Zimmer und versuchten sich für einige Stunden auszuruhen.

Am nächsten Morgen trafen sie Naiche in der Cantina und verschlangen ein großes Frühstück. Das Essen war nichts Besonderes aber es würde sie zumindest bis in den späten Nachmittag satt machen. Als sie mit dem Essen fertig waren, gingen sie zu den Stallungen rüber und trafen auf denselben Mann, der am Vorabend durch sein zorniges Verhalten auf der Straße aufgefallen war.

"Buen día, Señor!", grüsste Armando den Mann. Elli erwartete eine unfreundliche Antwort, aber sehr zu ihrer eigenen Überraschung drehte sich der Mann um und grüßte die Gruppe freundlich. Er tippte sich dabei zum Gruß an seinen Hut und beugte seinen Kopf leicht, als er Elli grüßte.

„Entschuldigen Sie, dass wir Sie so direkt ansprechen, aber wir haben gestern zufällig mitbekommen, dass Sie in irgendwelchen Schwierigkeiten zu stecken scheinen. Können wir Ihnen vielleicht irgendwie helfen?" *Armando macht das sehr schlau,* dachte Elli. Der Fremde sah aus, als ob er sich erst einen Moment überlegen musste ob er mit dieser seltsamen Gruppe von Fremden sprechen sollte, aber dann entschied er für sich, dass er wohl jede nur erdenkliche Hilfe brauchen konnte.

„Lassen Sie uns rüber zu meinem Haus gehen!" Er deutete auf ein hübsches kleines Haus mit einer einladenden Veranda und einem weißen Zaun darum. Sie folgten ihm und er deutete auf den Schaukelstuhl den er Elli anbot. Sie setzte sich mit einem Lächeln denn sie liebte Schaukelstühle.

„Mein Name ist José Hernandez. Mein Vater besitzt eine große Hazienda in dieser Gegend und meine Mutter ist von der Ostküste. Ich lebe nun seit fünf Jahrzusammen mit meiner wunderschönen Frau Juanita in dieser Stadt. Vor ein paar Tagen kam eine Bande Wegelagerer hier an. Sie haben gesoffen und sich schlecht benommen, wie so viele dieser Art hier im Territorium. Aber diese unterschieden sich doch von den üblichen Halunken. Sie scheinen gefährlicher zu sein als die normalen Viehdiebe, die sich sonst in der Stadt herumtreiben. Rio Gusto zieht viele Bandidos an, die versuchen vor dem Gesetz zu fliehen. Wie auch immer, einer aus dieser Bande hatte ein Auge auf meine Juanita geworfen. Die anderen nannten ihn Darrell."

Elli sprang beinahe aus dem Schaukelstuhl, aber Armando bedeutete ihr sitzen zu bleiben und sich zuerst die ganze Geschichte anzuhören. José Hernandez fuhr fort.

„Am nächsten Tag hat Juanita in der Cantina ausgeholfen. Sie ist eine fantastische Köchin. Jedenfalls hat dieser Halunke Darrell damit geprahlt, dass er seine süße Senhorita für die Nacht gefunden hätte und er fing an meine Frau zu belästigen. Ich war nicht in der Stadt, denn ich half meinem Vater auf der Hazienda. Als ich nach Hause zurück kam, war meine Frau nicht da. Jemand erzählte mir, dass der Abschaum die Stadt verlassen hatte, aber dass einer der Bande noch ein paar Stunden länger in Rio Gusto geblieben war.

Also meine Frau nach Hause lief, ritt dieser Darrell wohl an ihr vorbei, riss sie in den Sattel und ist mit ihr davon galoppiert. Alles muss sehr schnell geschehen sein und niemand konnte ihr helfen. Ich bin sicher, dass der Cowboy, mit dem ich gestern gestritten habe, die Bande kennt und etwas darüber weiß, wo sie hin geritten sind."

* * *

Armando schaute in den verängstigten Gesichtsausdruck des Mannes. Er verstand nur zu gut, was sich in dessen Herzen abspielte. Die Angst seine Frau zu verlieren, dass sie vielleicht vergewaltigt oder sogar brutal ermordet worden war, musste ihn fast um den Verstand bringen. Armando, der die Ermordung seiner eigenen Ehefrau erlebt hatte, schaute zu Elli. Diese nickte, dann wendete sie sich José zu.

„Es ist an der Zeit die Karten offen auf den Tisch zu legen!", sagte sie. „Wir suchen die gleichen Verbrecher."

José starrte sie ungläubig an. Elli erzählte ihm in Kürze über den Hinterhalt, der ihren Vater das Leben gekostet hatte. Sie erklärte ihm auch, wer die Männer an ihrer Seite waren und ihr diese auf der Jagd halfen. Sie erwähnte auch Naiche und dass dieser sie gerettet hatte. Der Indianer verfolgte die Unterhaltung schweigend auf der anderen Seite der Veranda.

„Und das sind nicht die einzigen Verbrechen dieser Halsabschneider!", fügte Armando hinzu. „Sie haben die Bank von Jerome und einen Kavallerie Transport überfallen und dabei jedes Mal kaltblütig Männer erschossen."

Hernandez sprang auf. „Es muss sofort etwas gegen diese Meute unternommen werden! Meine Frau ist den Händen von Mördern! Lasst uns losreiten und sie zur

Strecke bringen! Ich reite mit euch, denn zu fünft haben wir bessere Chancen!"

Armando lächelte ihn an und sagte, „Willkommen im Aufgebot des Sheriffs!" Dann lachte er laut über den verwirrten Gesichtsausdruck von José Hernandez und deutete auf Elli.

„Auch wenn sie sich schlicht nur Elli nennt, möchte ich dir gerne die Tochter des verstorbenen Sheriff Townsend vorstellen, ihrerseits Hilfssheriff von Yuma, Eleonora Townsend."

Elli blickte verwirrt zu Armando und verstand nicht, von was er sprach. Schließlich zog dieser ein Telegramm aus seiner Tasche.

„In der ganzen Verwirrung als ich dich überall suchte, habe ich dieses Telegramm komplett vergessen. Es ist von meinem Freund und ehemaligen U.S. Marshal Larson, den du in Tucson getroffen hast. Er hat die Stadt Yuma dazu gebracht, dich als offiziellen Hilfssheriff zu ernennen. Nun vertrittst du das Gesetz offiziell. Das heißt, dies hier ist ein Aufgebot im Namen der Stadt Yuma und deines Vaters. Das Gesetz ist nun auf deiner Seite, Eleonora Townsend. Das Gesetz, für das dein Vater gestanden und gestorben ist."

Sie wusste nicht was sie sagen sollte. Armando hatte erreicht, dass ihre Rache legalisiert worden war. Nun hatte sie nichts mehr zu befürchten. Er schaute ihr tief in die Augen und beide verstanden, dass nur der Tod sie jetzt noch aufhalten könnte und sie sich gegenseitig den Rücken freihalten würden.

***

José schüttelte ungläubig seinen Kopf. „Ein weiblicher Hilfssheriff?" Hans schaute den Mexikaner an. „Jawohl Sir, und eine wahre Kämpferin noch dazu!"

Hernandez musterte die Frau und sah den eiskalten Blick in Ellis grünen Augen. *Ja, diese Frau wusste genau was sie tat,* dachte José. Er stand langsam auf und ging ins Haus, um seine Pistole und sein Gewehr zu holen und trat schließlich wieder auf die Veranda.

„Lasst uns losreiten und diese feigen Mörder erledigen!"

Niemand stellte in Frage, dass der Mexikaner mit ihnen ritt. Ohne Zögern wurde er in das Aufgebot eingeschlossen.

KAPITEL ACHTUNDZWANZIG

***

Bevor sie die Stadt verließen, statteten Hans und Armando dem Bordell einen Besuch ab um herauszufinden, ob die Bande dort gewesen war und wohin Logan und die Lenny Brüder als nächstes, nachdem sie Rio Gusto verlassen hatten, reiten wollten. Ihr Instinkt hatte sie nicht getäuscht, denn tatsächlich hatten die Outlaws das Bordell besucht. Armando konnte kaum seinen Hass unter Kontrolle halten als er herausfand, dass ein gewisser John Harker sich ebenfalls mit einem der gefallenen mexikanischen Engel vergnügt hatte. John Harker, derselbe Mann, der Elli in eine beinahe tödliche Falle gelockt hatte.

Eines der Mädchen berichtete Armando in Spanisch, dass Harker, obwohl gutaussehend, ein brutaler Liebhaber war. Sie und die anderen Mädchen waren froh gewesen, als er endlich das Haus von fragwürdigem Ruf verlassen hatte. Eine der Prostituierten konnte ihnen schließlich den ersehnten Hinweis geben, dass die Bande auf dem Weg in die Stadt Naco wären, wo sie mit ein paar Waren handeln wollten was immer das auch heißen sollte. Armando war sicher, dass diese sogenannten `Waren´ nur die gestohlenen

Waffen der Armee sein konnten. Zumindest wussten sie nun, in welche Richtung sie die Verfolgung aufnehmen mussten. Armando bezahlte die Frauen großzügig. Diese waren sehr überrascht die Münzen erhalten zu haben, obwohl weder er noch Hans ihre Dienste in Anspruch genommen hatten.

Die beiden Männer gingen zurück zu ihren Freunden, stiegen in die Sättel und ließen Rio Gusto hinter sich. Die Fährte führte nach Naco.

Am Abend lagerte das Aufgebot an einem kleinen Fluss. Naiche und Armando fischten das Abendessen und Elli kümmerte sich mit Hans um die Pferde. José stand Wache, denn die Gegend war nicht ungefährlich. Banditen und abtrünnige Indianer bedeuteten für jeden, der hier draußen übernachtete, eine Gefahr. Bald erfüllte das Aroma von gebratenem Fisch die Luft und allen lief das Wasser im Mund zusammen. Gedämpfte Konversation und das Knistern des Feuers trugen zur friedlichen Atmosphäre bei. Aber keiner von ihnen vergaß auf welch gefährlicher Mission sie sich befanden. Jeder von ihnen wusste, dass er oder sie ums Leben kommen könnte.

Elli berührte vorsichtig die Stelle, an der sie getroffen worden war. Sie schmerzte sehr und ihr war schwindelig. Sie wusste, dass sie dringend ausruhen musste. Armando schaute sie an und zeigte zu seinem Sattel und Decke, die in der Nähe des Feuers lagen.

„Lege dich ein wenig hin und versuche zu schlafen. Hans und ich werden die erste Wache übernehmen." Sie nickte, ging zu seinem Sattel und wickelte sich in seine Decke. Sie genoss seinen maskulinen Geruch in dem Wollgewebe und schlief sofort ein. Ihr langes Haar fiel in dunklen Wellen über den Sitz des Sattels.

„Sie ist eine tapfere Frau!", bemerkte José bewundernd.

Armando nickte nur.

„Ich fürchte, dass ich meine Frau tot oder geschändet finden werde", flüsterte der Mexikaner verzweifelt. „Wie soll ich das nur ertragen?"

Armando schaute ihn an. „Es ist ein fast nicht zu ertragender Schmerz. Aber du musst versuchen deinen Kopf klar zu bekommen. Noch gibt es die Chance, dass wir sie rechtzeitig finden. Gib also nicht zu früh auf. Falls sie noch am Leben ist, sollte dies das Einzige sein, was für dich zählt, selbst wenn er Hand an sie gelegt hat." José schaute zur Seite und Tränen sammelten sich in seinen Augen.

Armando stand auf, klopfte ihm tröstend auf die Schultern und deutete auf einen freien Platz am Feuer.

„Ruh dich jetzt aus! Wir werden dich später wecken und du kannst dann die zweite Wache mit Naiche übernehmen."

Während Armando und Hans über die Sicherheit ihrer Reisegefährten wachten, versuchten Elli, Naiche und José Schlaf und Kraft zu tanken. Schließlich würden sie sich am nächsten Tag wieder der Herausforderung der Jagd stellen müssen.

KAPITEL NEUNUNDZWANZIG

***

Die Gruppe war vor dem ersten Tageslicht auf den Beinen und verließ das Lager ohne Frühstück. Alle waren begierig so rasch wie möglich nach Naco zu kommen. Sie waren eine gute Stunde unterwegs, als der Apache plötzlich die Hand hob und die Gruppe anhielt. Er ritt ein Stück weit nach rechts, weg vom Pfad und durch das dornige Mesquite Gebüsch. Nach einigen Minuten kam er mit einem Fetzen roten Stoffes in der Hand zurück.

„Ich habe die Spur eines einzelnen Pferdes gefunden, dass die Fährte der anderen verlassen hat und zu dem Hügel da drüben geritten ist." Naiches Finger zeigte nach Westen. „Das Pferd trägt das Gewicht von zwei Menschen und ich habe das hier an einem Busch gefunden."

„Oh, mein Gott!", rief Hernandez aus. „Juanita trug einen roten Rock am Tag ihrer Entführung."

Der verzweifelte Ehemann wollte gerade seinem Pferd die Sporen geben aber Armando hielt ihn zurück.

„Langsam Bursche! Wenn wir jetzt zu impulsiv reagieren ist dieser Bandit gewarnt. Was noch schlimmer wäre, er hätte dann genügend Zeit, deine Frau zu töten.

Die gute Nachricht ist, dass sie wahrscheinlich immer noch am Leben war, als sie durch dieses Gebüsch geritten sind. Es würde nämlich für Darrell Lenny keinen Sinn machen einen toten Körper auf seinem Pferd zu transportieren."

Das leuchtete José ein und er beruhigte sich ein wenig. „Gott, ich bete, dass wir sie noch rechtzeitig finden!" Der Mann verzweifelte fast daran, dass seine Frau mittlerweile wohl schon durch die Hölle gegangen sein musste.

Elli schaute von einem zum anderen in der Gruppe.

„Nun, mein Vater ist bereits begraben, aber diese Frau ist vielleicht noch am Leben. Ich denke es wäre das Beste, wenn wir versuchen sie zu befreien und erst dann die Jagd auf Texas Logan fortführen."

Alle waren damit einverstanden und Hernandez nickte ihnen dankbar zu. Er hatte diese Loyalität nicht erwartet. Sie schlugen die Richtung zu dem Hügel ein und Naiche ritt voraus um die Spuren zu lesen. Es dauerte nicht lange und er stoppte sein Pferd abermals und symbolisierte den anderen, dass sie so leise wie möglich absteigen sollten.

Sie schlossen zu ihm auf und er deutete auf eine primitive Hütte in einiger Entfernung. Ein einzelnes Pferd graste davor. Es gab kein Anzeichen von Leuten. Die Verfolger schlichen sich vorsichtig näher an die Hütte heran, während Hans bei den Pferden blieb, um diese fest zu halten falls Gewehrfeuer sie erschrecken würde. Sie suchten hinter ein paar großen Felsen Deckung und waren schon fast bei der Hütte, als plötzlich der Schrei einer Frau die Luft erfüllte.

„Juanita!", schrie José und sprang hinter den Felsen hervor.

„Verdammter Narr!", fluchte Armando und versuchte Hernandez zurück zu rufen. Aber es war bereits zu spät! Also gaben Armando, Naiche und Elli ihre Deckung auf und rannten so schnell sie konnten hinter Hernandez her, um ihn zu schützen. Die Tür zur Hütte flog auf und Darrell Lenny stand im Türrahmen und wunderte sich, wer seinem Versteck so nahegekommen war. Als er mehrere Leute auf ihn zu rennen sah, drehte er sich rasch um und schlug die Türe hinter sich zu.

„Wenn ihr nur ein Schritt näherkommt, dann fängt sich das Täubchen hier eine Kugel ein!", schrie er hinter der verschlossenen Türe.

„Du Vollidiot!", zischte Armando wütend zu José rüber.

„Sie ist meine Frau! Du hättest das Gleiche getan, wenn du deine Frau so schreien gehört hättest!", verteidigte sich Hernandez wütend. Der Spanier musste zugeben, dass er damit Recht hatte. Elli blieb ruhig und deutete zu Naiche, dass dieser hinter die Hütte schleichen solle. Sie würde unterdessen versuchen, das Pferd des Outlaws zu schnappen und vom Eingang wegzuführen.

„Dieser Dreckskerl weiß, dass er unterlegen ist. Er wird sie vermutlich als Geisel nutzen, um von hier weg zu kommen", flüsterte sie.

„Versucht also seine Aufmerksamkeit zu erregen. Naiche wird sich hinter der Hütte verstecken. In dem Moment, wenn Darrell Lenny mich sieht, wird er geschockt sein. Diese Lumpenbande denkt ja, dass ich tot bin. Armando! Das wird der einzige Moment sein, an dem ihr ihm Juanita entreißen könnt, denn sobald er begreift wer da hinter ihm her ist, weiß er, dass alles vorbei ist. Das wird der Punkt sein, an dem er nichts mehr zu verlieren hat und er wird versuchen Juanita und uns zum Totengräber zu befördern!"

Armando schaute sie verblüfft an. Sie hatte Recht. Der Moment der Überraschung, dass Elli noch am Leben war, würde ihnen die einzige Chance bieten, denn Darrell Lenny hatte sie in dem kurzen Moment vor der Hütte nicht erkannt. Armando blickte zu José Hernandez, der sich noch immer bemühte seine Nerven unter Kontrolle zu bekommen. Zumindest wussten sie nun, dass Juanita noch am Leben war.

Naiche schlich langsam zur Rückseite der primitiven Blockhütte. Von innen erklang die wütende Stimme Darrells:

„Ihr zieht mal lieber eure Hörner ein! Wenn ihr mich in Ruhe wegreiten lasst, könnt ihr dieses Weib zurückhaben."

Armando beobachtete Elli, die mittlerweile beinahe bei dem nervösen Wallach des Outlaws angekommen war. Er sah, wie sie rasch das verängstigte Tier beruhigte und es von der Vorderseite wegführte. Armando rief Richtung Hütte:

„Komm heraus und sorge dafür, dass die Frau da drinnen nicht verletzt wird. Wir lassen dich wegreiten, aber wir wollen, dass ihr nichts zustößt. Wenn ihr das Geringste passiert, bist du ein toter Mann, hast du mich verstanden?"

„Macht dass ihr von der Türe wegkommt und werft eure Schießeisen weg!" Die Türe öffnete sich mit einem leisen Quietschen der rostigen Scharniere. Juanita erschien im Türrahmen, den Lauf eines Colts an die Schläfe gedrückt.

Juanitas Mann schrie fast auf, aber Armando flüsterte ihm rasch zu, „bleib jetzt ja ruhig, zum Teufel! Wir werden ihr helfen, aber du musst uns vertrauen und um jeden Preis gefasst bleiben!"

José nickte und schluckte mühsam aber es gelang ihm seine Emotionen unter Kontrolle zu halten. Juanita riss überrascht ihre Augen auf, als sie ihren Ehemann erkannte. Aber die Angst hielt ihr Herz in eisigem Griff. Armando und José hielten beide ihre Pistolen über den Köpfen.

* * *

„Wegwerfen habe ich gesagt!", schrie Darrell aufbrausend. Sie folgten seiner Anweisung und warfen die Pistolen in den Staub, allerdings nicht zu weit weg. Darrell schaute sich verwirrt um.

„Wo zum Henker ist mein Gaul?", schrie er. Der Bandit wurde nervöser von Minute zu Minute und versuchte die beiden Burschen vor ihm im Auge zu behalten. *Waren es nicht mehr wie nur diese Beiden gewesen,* wunderte er sich. Er hatte die Türe so schnell wieder schließen müssen und war sich nicht mehr sicher. Er klammerte sich an die verängstigte Frau, die sein Pfand in die Freiheit war.

„Das gefällt mir alles nicht, irgendwas stimmt hier nicht!", murmelte er und wünschte sich, dass Logan hier wäre. Der Boss fand immer einen Ausweg. Darrell Lenny verfluchte sich dafür, dass er so dumm gewesen war, sich für das bisschen Spaß mit dieser Mexikanerin von der Bande getrennt zu haben. Diesmal schien ihm seine Vorliebe für die südländischen Senhoritas in ernsthafte Schwierigkeiten zu bringen.

Plötzlich hörte er das Schnauben seines Pferdes. Ein sehr schlanker Mann, den Hut tief in die Stirn gezogen, führte den Wallach um die Ecke der Hütte. Der Schurke wollte Juanita zum Pferd ziehen, als der Fremde mit den Zügeln in der Hand seinen Hut zurückschob. Zu seiner Überraschung war es eine Frau. Darrell konnte es nicht glauben. Sie war es, die Frau, die sie aus dem Hinterhalt angeschossen hatten, und zum Sterben auf der Nichols Ranch zurückgelassen hatten. Aber wie war das möglich? Die Tochter dieses Gesetzeshüters war doch tödlich getroffen gewesen. Er hatte es mit eigenen Augen gesehen.

„Was zur Hölle! Du bist tot, ... Logan hat dich erschossen!" Er starrte sie verwirrt an und zum ersten Mal zeigte sich Angst in seinen Augen. In diesem Moment sprangen José Hernandez und sein neuer Freund Armando nach vorne. Darrell riss Juanita herum und diese schrie vor Schmerz auf.

„Lass sie sofort los!" Die gebieterische Stimme kam von Elli Townsend und er zog die Pistole von Juanitas Schläfe weg und zielte auf Elli. Plötzlich jedoch schrie Darrell Lenny überrascht auf, als das lautlose Messer von Naiche ihn im Schulterblatt traf und tief stecken blieb. Sein Colt fiel ihm aus der Hand. Armando schlug ihn mit einem Kinnhaken zu Boden und José fing gerade noch rechtzeitig seine stolpernde Juanita auf, bevor sie zu Boden stürzen konnte. Ihre Bluse war zerrissen und ihr Gesicht von den Schlägen ihres Peinigers geschwollen. Ein Auge war blau unterlaufen und an ihren Lippen klebte getrocknetes Blut. Sie fing an zu weinen und versuchte sich von ihrem Mann los zu machen. Er blickte ihr in die Augen, aber sie wagte es nicht den Blick zu erwidern. José Hernandez spürte sofort, dass sie sich schämte. Es gab nur einen Grund, warum sie sich schämen würde und kochende Wut floss durch seine Adern wie Lava. Aber Armando hielt ihn zurück.

„Lass das Gesetz das Ganze regeln!"

Elli lief auf Darrell Lenny zu.

„Nun Darrell, man sagt, dass man sich immer zweimal im Leben trifft. Wenn das mal nicht die Wahrheit ist, oder?"

„Ich habe nicht versucht, dich zu erschießen. Das war alles Logans Idee. Er war auch derjenige, der deinen Vater erschoss."

Elli widerte dieser Feigling an.

„Tja, schlecht gelaufen für dich, denn du wirst der Gerechtigkeit dennoch nicht entgehen. Du warst dabei, als die Bank in Jerome überfallen wurde und du warst auch beteiligt, als die Soldaten des Transports ins Fort hinterhältig von euch erschossen worden sind. Du bist derjenige, der diese Frau hier entführt und so wie ich es sehe auch vergewaltigt hat. Du hast keinerlei Recht auch nur einen Funken Gnade zu erwarten. Ich habe genügend

Zeugen hier und auch wenn ich kein Richter bin, habe ich dennoch die Autorität dich zu verhaften!"

„Bitte, ich brauche einen Doktor! Diese verdammte Rothaut hat versucht mich mit seinem Messer umzubringen! Herrgott, ich verblute ja!"

„Ich würde sagen, dass du das bekommen hast, was du verdienst!", antwortete Elli kühl. Armando griff nach Darrells Handgelenken und fesselte sie, ungeachtet des Gejammers, auf dessen Rücken fest. Dann zog er Naiches Messer mit einem Ruck aus der Schulter des Schurken. Der Schrei des Verletzten ließ den Spanier kalt. Er säuberte die Klinge im Gras. Als er seinem indianischen Freund das Messer reichte sah er, dass das Bandenmitglied tatsächlich sehr stark blutete. Aber Armando hatte kein Mitleid mit ihm.

„Wir werden ihn in Naco hinter Gittern abliefern. Da kann er dann auf seine Gerichtsverhandlung warten!", verkündete Elli. Sie sahen wie Hans mit ihren Pferden den Hügel hinab kam. Juanita schaute die anderen in der Gruppe kaum an. Zu groß war ihre Scham. Aber ihr Mann hielt sie in seinen Armen fest.

„Ich bin so dankbar, dass Gott mir diese Freunde geschickt hat und wir dich retten konnten. Alles andere spielt keine Rolle. Nichts und Niemand wird jemals die Liebe, die ich für dich empfinde, zerstören. Was auch immer die letzten Tage passiert ist, liegt in der Vergangenheit. Nichts davon war deine Schuld. Es gibt keinen Grund sich zu schämen."

Darrell Lenny fing an dreckig zu kichern und wollte gerade etwas Hässliches sagen, als Elli blitzschnell ihre Pistole aus dem Halfter zog und ihm damit quer über das Gesicht schlug.

„Ein Wort, du verdammtes Monster und ich werde dich

gleich hier erschießen. Ich werde einfach sagen, dass du
versucht hast vor dem Gesetz zu fliehen!"

Ihre Stimme klang gefährlich ruhig und dem Mann
war klar, dass sie jedes Wort genau so meinte, wie sie es
gesagt hatte. Er schwieg, während das Blut von seiner auf-
geplatzten Lippe auf sein Hemd tropfte. Dann hob Darrell
Lenny den Blick.

„Verdammtes Luder! Logan hätte dich doch lieber
gleich erledigen sollen!", fluchte er.

„Ja, das hätte er tun sollen, denn nun wird es umgekehrt
sein!", zischte sie zurück.

KAPITEL DREIßIG

***

Sie stiegen auf ihre Pferde. Juanita ritt auf Josés Pferd mit. Dieser hielt seine Frau fest umschlungen und sicher im Sattel. Darell ritt auf seinem Pferd zwischen Naiche und Hans, die beide ihre Pistolen bereithielten, für den Fall, dass der Bandit versuchen würde zu flüchten. Als es dunkel wurde schlugen sie ihr Lager in der Nähe von Naco auf. Dort hofften sie Texas Logan, Pete Lenny und John Harker zu finden. Sie benutzen ein Lasso und fesselten Darrell damit an einem Baum.

Sie waren alle hungrig und froh als Naiche zwei Hasen erlegen konnte. Die Nacht war kühl und jeder war von den Ereignissen des Tages erschöpft. Als sie am nächsten Morgen aus ihren Decken krochen und sich bereit machten nach Naco zu reiten, rief Hans die anderen zu ihrem Gefangenen. Sie wunderten sich was er meinte, als er auf den immer noch schlafenden Banditen deutete.

„Er ist tot! Muss wohl verblutet sein." Niemand zeigte die geringste Emotion. Hernandez drehte sich als erster weg. „Er hat nur bekommen was er verdiente. Niemand entkommt Gottes Gerechtigkeit!", bemerkte er ernst. Dann legte er den Arm um Juanita und lief zu seinem Pferd.

Armando und Naiche beobachteten Elli. „Das ist Nummer eins", flüsterte sie.

Sie begruben das rücksichtslose Bandenmitglied unter jenem Baum, unter dem er die vorhergehende Nacht gestorben war. Hans bastelte ein primitives Holzkreuz ohne Namen. Sie sattelten ihre Pferde und ritten zu ihrem nächsten Ziel, Naco. Darrells Pferd wurde Josés Frau übergegeben, die sich mittlerweile ein wenig beruhigt hatte. Sie fühlte sich sicher unter diesen Menschen, die ihrem Mann geholfen hatten, sie zu befreien. Die Schwierigkeit bestand darin, dass Texas Logan Juanita nicht sehen durfte, denn er würde sie und Darrells Pferd sicherlich erkennen und sich wundern wo sein drittes Bandenmitglied abgeblieben war. Damit wäre er sofort gewarnt, dass etwas nicht stimmte. Elli schlug vor, dass Armando und Hans zuerst in die Stadt reiten sollten. Sie waren beide Logan und seinen Leuten unbekannt und sollten herausfinden, ob Logan und der Rest der Bande immer noch in Naco waren. In der Zwischenzeit würden sich Juanita, José, und Elli in einem Gebäude nahe dem Stadtrand verstecken.

Hans und Armando entschlossen sich dazu, in den Saloon der Stadt zu gehen, um dort etwas über die Mörder herauszufinden. Sie gönnten sich ein Glas `abgefüllte Courage´, wie der Whisky im Westen oft genannt wurde und schauten sich um. Um sie herum befanden sich Vagabunden, Cowboys, Spieler und gefallene Engel an den Tischen. Es ging laut und geschäftig zu und der Zigarrenrauch stand zum Schneiden dick in der Luft. Es war offensichtlich, dass diese kleine Stadt ein beliebter Ort war für die Art Männer, die es mit dem Gesetz nicht so ernst nahmen.

„Wir sollten sehr vorsichtig sein und genau überlegen, wie wir hier Fragen stellen", flüsterte Armando. Sein Freund nickte zustimmend. „Verdammt richtig, gefährlich aussehende Meute hier!"

Doch dann lief Hans auf zwei zwielichtig aussehende Cowboys zu, die allein an einem kleinen Tisch saßen. „Grüß euch, Freunde! Kann ich vielleicht bei eurem Poker Spiel mitmachen?"

Armando beobachtete ihn und wunderte sich was Schnebly vorhatte. Einer der Männer am Tisch zuckte mit den Schultern.

„Wenn du Geld hast, warum nicht? Wir spielen aber nicht um große Summen. Wenn du viel verlieren willst, musst du rüber zum Faro Tisch gehen. Der Schurke dort ist ein richtiger Spieler!"

Der andere Mann lachte hämisch und auch Hans lachte mit.

„Kein Interesse! Ich brauch mein Geld noch. Ich bin hierhergekommen, weil ich gehört habe, dass ich hier ein paar neue Winchester Gewehre zu einem vernünftigen Preis kaufen könnte. Also behalte ich meine Dineros lieber im Auge!"

Die beiden Sattelvagabunden wechselten einen vielsagenden Blick.

„Um ehrlich zu sein, wir kennen zufällig jemanden, der im Moment brandneue Winchester Schießprügel verkauft. Erste Qualität sozusagen. Wenn wir dich diesem Händler vorstellen würden, wieviel bezahlst du uns dann?"

Hans kratzte sich am Kinn. „Nun ja, ich müsste zuerst mit meinem Partner dort drüben sprechen. Aber ich denke, wir könnten euch einen fairen Preis zahlen. Würde uns ja schließlich viel Zeit sparen, wenn wir nicht selbst nach Kontakten suchen müssten."

„In Ordnung! Wir werden mit unserem Freund sprechen und schauen, was wir für euch tun können. Übernachtet ihr in der Stadt?" Hans nickte.

„Dann treffen wir uns Morgenabend nach Sonnenuntergang wieder hier im Saloon!" Hans dankte den beiden und spendierte ihnen großzügig noch eine Runde des beliebten `Cowboy Elixiers´. Schnebly lief zurück zur Bar und informierte seinen Partner.

„Das war ein schlauer Schachzug, mein Freund!", gab der Spanier beeindruckt zu. „Lass uns zurück zur Pension gehen und die anderen informieren!"

Auf dem Weg zu ihrer schlichten Unterkunft kamen sie an dem lokalen Bordell vorbei. Armando stoppte Hans und deutete vorsichtig auf den an Eingang des zwielichtigen Etablissements.

„Der Typ, der gerade das Bordell verlässt, sieht genauso aus, wie Elli diesen schmierigen John Harker beschrieben hat!"

„Du meinst der Schurke, der Elli in die Falle auf der Nichols Ranch gelockt hat?", fragte der überraschte Farmer.

„Ich bin mir fast sicher. Elli würde ihn sofort erkennen. Mir scheint, wir sind auf der richtigen Spur."

„Auf alle Fälle müssen wir aufpassen, dass diese Ratte ihr nicht zufällig hier irgendwo begegnet. Das würde unseren gesamten Plan die Dreckskerle zu überraschen, kaputt machen. Aber vielleicht gelingt es uns irgendwie, dass Elli ihn heimlich identifizieren könnte, einfach nur um sicher zu sein", schlug Hans vor.

Die beiden Freunde gingen rasch zurück zu dem Gebäude, indem die anderen bereits auf sie warteten und sie besprachen mit ihnen was sie herausgefunden hatten. Sie erwähnten auch das geplante Treffen mit den beiden fragwürdigen Cowboys am nächsten Tag. Armando führte Elli zum Fenster ihrer Pension. Er deutete über die Straße Richtung Bordell.

„Kannst du den Eingang des Bordells da drüben sehen?"

„Ja, aber wozu?" Sie wusste zuerst nicht, was er ihr zeigen wollte. Aber dann bemerkte Elli einen Mann, der ein Streichholz an der Holzwand des Freudenhauses entzündete. Er hielt die Flamme an eine Zigarre und drehte dabei sein Gesicht zur Petroleumlampe, die am Eingang hing. Elli atmete erschrocken ein, als sie das Gesicht des Fremden sah. Der Mann hatte seinen Hut ausgezogen und strich sich die Haare aus der Stirn, während die Zigarre locker im Mundwinkel steckte. Sie erkannte John Harker sofort. Elli Townsend wäre am liebsten raus gestürmt, um den Mann zu stellen, aber Armando hielt sie zurück.

„Wenn er dich jetzt sieht und uns entwischt kann er Logan und den anderen Lenny Bruder warnen. Wir müssen auf Nummer sicher gehen, dass er keinesfalls entkommen kann, verstehst du mich?" Sie schaute ihn nur an.

„Hör mir zu! Wenn wir ihn jetzt verhaften, hat er vielleicht eine Möglichkeit die Bande davon in Kenntnis zu setzen. Selbst wenner im Gefängnis sitzen würde. Du weißt nicht, wie viele Leute Logan und Harker hier kennen. Es gibt nur zwei Möglichkeiten: entweder du lässt ihn jetzt für den Moment entwischen, oder wir müssen auf Nummer sicher gehen, dass er mit niemandem mehr sprechen kann!"

Ihre Augen wurden riesig. „Du meinst, wir sollten ihn ermorden?"

„Logan hat versucht dich zu ermorden und dieser John Harker war ein Teil der Verschwörung, erinnerst du dich?"

Sie blickte aus dem Fenster und kämpfte gegen ihre eigenen Gefühle an. Auf der einen Seite stand ihr sehnlichster Wunsch Rache zu nehmen für ihren Vater und für das, was sie ihr angetan hatten. Auf der anderen Seite hatte sie immer das Gesetz respektiert und eingehalten. Das Gesetz für das ihr Vater ein Leben lang eingestanden war.

Jemanden festzunehmen und ihn an den Galgen zu liefern war eine Sache aber kaltblütiger Mord.

„Elli, du bist fast gestorben, weil dieser Kerl da draußen dich in eine Falle gelockt hat!"

„Ja ich weiß, aber ich bin kein Mörder, Armando! Ich bin ein Hilfssheriff und ich muss was mein Vater mich all die Jahre lehrte mit Respekt behandeln."

Sie beobachteten wie Harker über die Straße lief und in einem Haus in der Nähe ihrer Pension verschwand.

„Warum folgen wir ihm nicht heimlich und schauen einmal wer in diesem Haus wohnt?", schlug Naiche vor. „Vielleicht ist es sogar Texas Logans Versteck."

So verließen Naiche und Armando das Gebäude und bewegten sich vorsichtig auf das Haus zu, immer auf der dunklen Seite der Straße bleibend. Sie kamen bei dem kleinen viktorianischen Haus an und sahen Licht im Wohn-zimmer brennen. Durch das Fenster beobachteten sie, wie eine junge Frau offensichtlich in einen hitzigen Streit mit John Harker verwickelt war. Sie weinte und die Diskussion entwickelte sich schnell zu lautem Geschrei.

„Warum bist du schon wieder zu diesen Frauen, ohne jegliche Moral ins Bordell gegangen? Du hast gesagt, du hättest Gefühle für mich und wir wollten bald heiraten. Hast du das alles vergessen?"

Ihr hübsches Gesicht war gerötet vor Zorn. Er lachte sie lediglich aus und drehte sich zu der Karaffe mit Whisky um. Der Apache schüttelte den Kopf.

„Ein Mann der schlechte Frauen und das Feuerwasser liebt. Ich habe das Gefühl, dass diese Lady in Gefahr ist, mein weißer Bruder."

Armando wusste, dass Naiche vermutlich recht hatte. Die Szene geriet schnell außer Kontrolle, als die Frau auf Harker zustürmte und ihm mit ihren kleinen Fäusten auf den Rücken schlug. Zornig schmiss er das Glas gegen die Wand, packte die erschrockene Frau und warf sie quer durch den Raum.

„Ich werde dir eine Lektion erteilen mich anzugreifen, Weib!", schrie er und sein Gesicht war eine Maske purer Brutalität. Er zog seinen Gürtel aus und schlug erbarmungslos auf die Frau, die verzweifelt um Hilfe schrie, ein. Das war genug für Armando. Er stürmte zur Haustüre und brach sie mit einem einzigen Tritt auf. Naiche war direkt hinter ihm. Harker stand baff überrascht im Wohnzimmer. Aber nur für ein paar Sekunden, dann ging er ohne Zögern auf den großen Spanier los und zog dabei sein Bowie Messer. Naiche rannte rasch zu der verwirrten Frau und half ihr auf die Füße. Sie blutete im Gesicht und auf ihren Wangen zeigten sich bereits rote Striemen. Sie zitterte vor Angst.

Harker überrannte Armando in seiner Rage. Beide Männer fielen zu Boden und überschlugen sich. In diesem Moment hatte Armando das Bild von Elli vor sich, wie sie um ihr Leben hatte kämpfen müssen und er fing an gnadenlos auf John Harker einzuschlagen. „Ich werde dich mit meinen bloßen Händen umbringen, du Bastard!"

Der Halunke versuchte verzweifelt unter dem Angreifer wegzukommen und es gelang ihm tatsächlich, auf die Füße zu kommen. Aber Armando packte ihn an der Jacke und riss ihn mit aller Kraft zurück. Harker verlor seine Balance und fiel mit einem lauten Poltern auf den Boden. Ein erstickter Schrei war zu hören und dann lag er plötzlich da, absolut still und regungslos.

Armando schnaufte und versuchte wieder zu Atem zu kommen. Es kostete ihn viel Überwindung seinen blinden Zorn unter Kontrolle zu bekommen, denn vor ihm lag die Person die Elli in einen fast tödlichen Hinterhalt gelockt hatte. Naiche drehte Harkers Körper um. Blut hatte angefangen das Hemd des Halunken zu tränken. Er war in sein eigenes Messer gefallen. Das Messer, mit dem er Armando töten wollte, war ihm selbst zum Verhängnis geworden. „Die Gerechtigkeit siegt immer", flüsterte der Häuptling der Tonto Apachen.

„Lass uns rasch von hier verschwinden bevor uns jemand sieht. Wir nehmen die Frau besser mit. Elli kann ihr sicher alles erklären!", schlug Naiche vor.

Armando, der immer noch schwer atmete, war einverstanden und hob seinen Hut vom Boden auf. Der Apache führte die schockierte Frau aus dem Haus. Armando stand im Türrahmen und drehte sich noch einmal um. Er starrte auf den toten Körper, der am Boden in seinem eigenen Blut lag.

„Nummer Zwei!", flüsterte er. Dann schloss er die Tür hinter sich.

Elli war sehr überrascht als die beiden Männer mit einer fremden Frau in das Zimmer kamen. Man sah sofort, dass sie geschlagen worden war und unter Schock stand. Naiche erklärte rasch, was passiert war, während sich Juanita um die unbekannte Frau und ihre blutenden Wunden kümmerte.

„Ich hatte keine Wahl, Elli!", sagt Armando. „Er hat versucht, mich mit seinem Bowie Messer zu erstechen."

„Hast du ihn umgebracht, Armando?", fragte sie.

„Nein er fiel in sein eigenes Messer als er das Gleichgewicht verloren hat. Aber ich gebe zu, ich bin nicht traurig darüber. Er hat genau das bekommen, was er verdient hat. Du kannst Naiche fragen. Er hat den Kampf gesehen."

Sie berührte ihn sanft an der Wange.

„Ich habe keinen Grund an deinen Worten zu zweifeln, mein lieber Freund." Ihre Berührung überraschte ihn, aber es fühlte sich gut und warm auf seiner Haut an. Elli drehte sich zu der blassen Frau um. Diese war in Tränen aufgelöst und Elli nahm ihre Hand, während sie alle außer Juanita darum bat, den Raum zu verlassen. Als die Drei allein waren, stellte sich die weinende Unbekannte schließlich als Isabell Carson vor. Hilfssheriff Elli Townsend erzählte ihr daraufhin geduldig die gesamte Geschichte und wie John Harker seit Jerome in die Ereignisse verwickelt gewesen war. Juanita erzählte ihr im Anschluss, wie das Mitglied der Texas Logan Bande sie entführt und vergewaltigt hatte und das Elli und ihre Freunde sie schließlich gerettet hatten, bevor sie umgebracht oder als Sklavin an ein mexikanisches Bordell verkauft worden wäre. Isabell war zwar geschockt, aber nicht wirklich überrascht.

„Ich habe gespürt, dass irgendetwas nicht stimmt und das schon eine ganze Weile. Seine Abwesenheit und diese dubiosen Reisen für irgendwelche Geschäfte haben mich immer mehr in Zweifel gestürzt. Manchmal war er vier Wochen verschwunden. Ich habe eigentlich immer gedacht, dass es mit anderen Frauen zu tun hatte aber jetzt sehe ich, dass er nichts weiter als ein Taugenichts und Schurke war. Ich bin froh, dass er tot ist. John war kein guter Mann, eher brutal und gemein und ich bin sicher es wäre noch schlimmer geworden, wenn ich ihn erst einmal geheiratet hätte."

Elli nickte zustimmend, denn es macht keinen Sinn die Dinge zu beschönigen. Sie bot Isabell an die Nacht in ihrem Zimmer zu schlafen.

„Isabell, es ist sehr wichtig, dass seine Leiche so spät wie möglich gefunden wird. Lebt noch jemand bei dir in diesem Haus?"

Sie schüttelte ihren Kopf. „Nein, ich bin allein. Meine Eltern sind beide tot. Es ist mein Haus. Niemand geht dorthin. Solange ich mich ab und zu in der Stadt blicken lasse würde niemand vermuten, dass etwas nicht stimmt."

Elli umarmte sie. „Jetzt versuch dich etwas auszuruhen! Hans Schnebly und mein Freund Armando werden Morgen ein paar zwielichtige Cowboys treffen und wir hoffen, dass diese uns zu Texas Logan und dem anderen Lenny Bruder führen werden. Wie auch immer, der Rest unserer Gruppe muss sich hier den ganzen Tag über verstecken, um sicher zu gehen, dass wir die Banditen überraschen können. Wir wollen nicht, dass sie uns zu früh erkennen. Bald wird der Tag der Gerechtigkeit über sie hereinbrechen!"

Isabell verstand sofort, wie wichtig das war. Sie versuchte sich auszuruhen und fühlte sich sicher im Zimmer des weiblichen Hilfssheriffs. Dennoch hinterließen die Ereignisse des Abends und die Tatsache, dass ihr Verlobter tot war einen emotionalen Tumult in ihr. Isabell war sich nicht sicher was sie mehr belastete: ihn für immer verloren zu haben, oder die Tatsache, dass er ein gefährlicher Verbrecher und Betrüger gewesen war. Elli beobachtete, wie die junge Frau sich drehte und wälzte im Schlaf und sie tat ihr leid. Aber dann fiel sie selbst in einen oberflächlichen Schlummer. Auch Armando und Hans versuchten Schlaf nachzuholen. Ihre geladenen Waffen lagen neben ihren Kopfkissen. Naiche war bei den Pferden im Mietstall. Er schlief lieber dort, als dass er als Apache Ärger in der Pension riskiert hätte.José Hernandez bewachte die beiden Zimmer, damit die Frauen beruhigt schlafen konnten.

KAPITEL EINUNDDREIßIG

***

Am nächsten Tag ging Hans in Isabells Haus. Er wollte die Leiche von John Harker so gut es ging verstecken und ein paar Kleidungsstücke für sie holen. Die arme Frau hatte viel durchgemacht. Hans dachte an die zerbrechlich aussehende, blonde Isabell und wunderte sich, wie ein Mann überhaupt seine Hand gegen eine Frau erheben konnte.

Er war dazu erzogen worden Frauen zu respektieren. Als Hans das Haus betrat, sah er den toten Verbrecher in einer Lache getrockneten Blutes liegen. Er packte ihn an den Stiefeln und zog ihn in den Raum an der Rückseite des Hauses. Dann öffnete er den Kleiderschrank, nahm ein Kleid und ein paar Reithosen heraus.

„Ich hoffe sie kann reiten falls sie mit uns kommen muss", murmelte er. Einem Impuls folgend griff er auch nach einer gravierten, silbernen Haarbürste, die auf einer Kommode lag. Es war ein ungewohntes Gefühl für ihn diese weiblichen Gegenstände in seinen rauen Farmershänden zu halten. Alles strömte einen dezenten Geruch von Veilchen aus und er lächelte. Das gefiel ihm, denn es erinnerte ihn an das Blumenbeet seiner verstorbenen Mutter.

Armando und José besorgten etwas zum Frühstück und erklärten dem Besitzer der Pension, dass sich die beiden Frauen in ihrer Begleitung nicht wohlfühlen würden. Sie wollten damit dafür sorgen, dass keine neugierigen Fragen gestellt wurden. Der Mann blinzelte ihnen zu.

„Frauen und ihre Krankheiten! Ich werde ihnen meine Frau mit ein paar gebratenen Eiern, Speck und frisch gebackenen Brötchen schicken. Das wird allerdings extra kosten!", fügte er mit gierigem Grinsen hinzu.

Armando zahlte im Voraus und wenig später genossen Elli, Juanita und Isabell ein herzhaftes Frühstück in ihrem Zimmer, während José und der Spanier in der schlichten Cantina aßen. Sie bestellten auch eine Portion für Naiche und Hans, der noch immer nicht aus Isabells Haus zurück war.

Als Schnebly schließlich zurückkehrte, ging er direkt zum Zimmer der Frauen. Isabell war noch immer blass, aber sie hatte ihre Emotionen unter Kontrolle. Als Hans ihr die Kleidung und die Haarbürste gab, errötete er leicht und sie lächelte ihn freundlich an.

„Das war sehr freundlich von Ihnen, mir diese Dinge aus dem Haus zu holen. Ist er..." Sie ließ die Frage unbeendet im Raum stehen.

„Ich habe ihn gut versteckt und ja, er ist tot. Sie müssen nichts mehr befürchten. John Harker wird Sie nie mehr verletzen."

„Vielen Dank, Mister Schnebly!"

„Nennen Sie mich Hans, bitte!"

„Nun gut, Hans. Ich bin Isabell." Er nickte. Armando und Elli beobachten die beiden von der gegenüberliegenden Seite des Zimmers. Hans wurde wieder rot.

„Lass uns ein bisschen durch die Stadt laufen, Hans! Vielleicht haben wir Glück und hören Neuigkeiten über

Texas Logan bevor wir diese beiden Männer treffen, mit denen wir uns gestern im Saloon verabredet haben."

In der Zwischenzeit entschloss sich Isabell dazu eine Freundin von ihr zu besuchen und sich selbst ein bisschen in Naco zu zeigen. Sie wollte verhindern, dass die Menschen dachten, es wäre etwas nicht in Ordnung mit ihr. Sie ging auch zum einzigen Handelsposten des Orts und kaufte dort eine schlichte mexikanische Bluse für Juanita, deren Kleidung von ihrem Angreifer zerrissen worden war.

Naiche überreichte Elli einen kleinen Lederbeutel mit Kräutern. „Die Frau des Wirts soll dir daraus einen Tee aufbrühen. Er wird dir Kraft geben für das, was auf dich zukommt. Vergiss nicht, du erholst dich immer noch von einer fast tödlichen Wunde!"

Sie schaute den Apachen an, nickte und dankte ihm. Die Loyalität ihrer Freunde berührte sie sehr und sie wusste, dass sie diese Freunde brauchte. Ihr Instinkt sagte ihr, dass der Moment, an dem sie Texas Logan gegenübertreten musste, sehr nahe war.

Armando und Hans liefen hinüber zum Hufschmied, dann zum Händler und am Schluss zum Bordell, wo sie John Harker die Nacht zuvor gesehen hatten. Eines der Mädchen fing sofort an mit ihnen zu sprechen und versuchte alles, sie in das Haus von fraglicher Moral zu locken. Sie bezahlten ihr eine Silbermünze und hofften, dass sie ihnen Informationen über John Harker, Texas Logan und Pete Lenny geben konnte. Sie wirkte sofort nervös und wollte nicht antworten. Es war offensichtlich, dass sie sehr große Angst hatte. Hans erklärte ihr, dass sie definitiv keine Freunde dieser drei Schurken waren.

Sie zeigte schüchtern auf ein anderes Mädchen, welches in der Nähe stand. Eine hässliche rote Narbe verunstaltete ihr hübsches Gesicht. Sie zog sich vom rechten Auge, bis hin zu ihrem Kieferknochen.

„Das war Texas Logan. Er ist brutal und sehr gefährlich. Keine von uns wagt es, ihm zu widersprechen oder ihm irgendetwas zu verweigern. Er ist unbercchenbar. Was John Harker betrifft: Ja, er reitet mit der Bande von Zeit zu Zeit. Warum auch nicht? Schließlich ist Texas Logan sein Neffe!"

Armando starrte sie verblüfft an. „Ist das wahr? Sein Neffe?" Sie nickte. „Ich muss jetzt gehen. Wir dürfen nicht nur plaudern mit den Männern." Die beiden bedankten sich.

„Sieht so aus, als ob dieser Taugenichts bekommen hat was er verdient, nicht wahr?"

Der spanische Rancher nickte. „Ich wünschte nur ich hätte ihn selbst umgebracht!"

Hans klopfte seinem Freund auf die Schulter.

„Ich weiß mein Bruder, ich weiß. Aber Gott hat ihn gerecht bestraft und du musst nicht mit der Schuld leben, ihn auf dem Gewissen zu haben."

„Lass uns rüber in den Saloon gehen und nachsehen, ob diese Sattelvagabunden schon dort sind!", schlug Armando vor. Sie gingen über die Straße und direkt auf die Theke des Saloons zu, wo sie sich ein kaltes Bier bestellten. Da sie im Kopf klar bleiben wollten schlugen sie den gebrannten Kornschnaps, den die beiden Cowboys ihnen nach ihrer Ankunft anboten, aus.

„Also, wir haben mit unserem Freund gesprochen. Zufällig hat er gerade zwanzig brandneue Winchester Schießeisen in Armee Qualität zu verkaufen", prahlte der ältere der Beiden. „Ich hoffe ihr habt genug Zaster dabei."

Armando lächelte ihn an. „Wir sind nicht ganz so blauäugig euch einfach so zu trauen. Führt uns heute Nachmittag zu eurem Freund. Ich möchte die Waffen erst einmal sehen und sie testen. Schließlich funktionieren nicht immer alle Gewehre zuverlässig."

„Nennen Sie mich einen Lügner, Sir?" Der ältere der beiden zwielichtigen Gestalten fühlte sich offensichtlich von Armandos Skepsis beleidigt.

„Überhaupt nicht, aber wir wollen sichergehen, dass wir auch bekommen wofür wir bezahlen."

„Sie würden doch dasselbe tun, wenn Sie in unseren Stiefeln stecken würden!", mischte sich Hans ein. Der andere Cowboy zupfte seinen Kumpel am Ärmel.

„Er hat doch recht. Wir würden dasselbe machen und Logan hat uns sowieso gesagt, dass wir die Beiden raus zur Höhle bringen sollen."

„Na dann, wir werden uns hier ein oder zwei Drinks genehmigen bis ihr mit euren Gäulen zurückkommt und dann zeigen wir euch den Weg."

Sie schüttelten sich gegenseitig die Hand darauf. Dann verließen Hans und Armando den Saloon.

„Wie denkst du darüber?", fragte Hans seinen Freund.

„Ich vertraue ihnen nicht! Ich glaube schon, dass sie uns zu Logan bringen, aber dann wahrscheinlich versuchen werden uns direkt auf den Friedhof zu befördern, damit sie das Geld und die Waffen behalten können."

Hans Schnebly wusste, dass sein Weggefährte recht hatte.

„Sie gehen natürlich davon aus, dass sie gegen uns in der Überzahl sind. Sie sind zu viert und wir nur zu zweit. Was sie natürlich nicht wissen ist, dass wir auch zu viert sind, wenn man Naiche und Elli dazu zählt. Die beiden müssen uns in sicherer Distanz folgen, damit sie schnell zu uns stoßen können, wenn die Schießerei erstmal anfängt."

Als die beiden Freunde wieder in der Pension ankamen, beratschlagten sie sich mit den anderen. Sie wandten sich an Hernandez.

„Wir wollen dich da nicht mit hineinziehen, José,

also bleibst du besser hier und sorgst dafür, dass Juanita und Isabell sicher sind. Deine Frau darf sich auf keinen Fall in der Stadt zeigen bis wir das Ganze hinter uns gebracht haben. Texas Logan und Pete Lenny würden sie sofort erkennen und misstrauisch werden. Sie vermissen Darrell sicher schon."

Armando gefiel es nicht, dass Elli mit ihnen reiten würde, aber schließlich war es ihr persönlicher Rachefeldzug. Er wusste nur zu gut, dass Nichts und Niemand sie davon abbringen könnte ihren Vater zu rächen. Die Pferde waren gesattelt und warteten im Stall. Die Männer und auch Elli hatten ihre Waffen geladen und ihr grimmiger Gesichtsausdruck zeigte, dass sie alle dazu bereit waren ihren Feinden gegenüberzutreten.

Isabell Carson kam zurück zur Pension als die Freunde sich gerade im Aufbruch befanden. Sie sah besorgt aus und hatte Angst um jene Leute, die so hilfsbereit zu ihr gewesen waren. Hans lächelte.

„Wir kommen bald wieder gesund zurück. Machen Sie sich keine Sorgen um uns!"

Sie schaute ihn an und sagte: „Sie halten besser dieses Versprechen ein, Sir!"

Einem plötzlichen Impuls folgend umarmte Hans die zierliche, hübsche Frau unbeholfen. Dann drehte er sich rasch um bevor sie seine roten Wangen sehen konnte.

KAPITEL ZWEIUNDDREIßIG

* * *

Elli stieg in den Sattel. Der Pistolengurt ihres Vaters lag um ihre schmalen Hüften und der Sheriffstern war an ihrer Bluse befestigt. In ihrer Hand hielt sie ein zusätzliches Gewehr. Häuptling Naiche ritt neben ihr. Ein starkes Band der Freundschaft war zwischen ihnen entstanden und keiner der beiden würde zögern für den anderen zu sterben. Sie versteckten sich hinter den Stallungen, bis sie sahen wie Armando, Hans und die beiden Cowboys aus der Stadt ritten. Dann folgten sie ihnen in sicherem Abstand.

Logans Männer führten Armando und Hans in einen zerklüfteten, kleinen Canyon, wo sie Rauch sahen, der sich hinter ein paar Felsen zum Himmel kräuselte. Das Lager musste sich weiter oben auf der rechten Seite der Felsklippe befinden.

„Ihr müsst hier von den Pferden absteigen und sie zurücklassen!", ordnete einer der beiden Cowboys an. Armando zeigte auf die beiden und deutete an, dass sie voraus gehen sollten.

„Da ihr den genauen Weg kennt müsst ihr uns schon führen!" So kletterten sie zu einer kleinen Höhle, die sich unter einem Felsvorsprung befand. Pete Lenny und Texas Logan sprangen auf die Füße, die Pistolen im Anschlag und blickten den Eindringlingen entgegen. Die beiden Cowboys hielten schnell die Hände nach oben und versicherten ihnen, dass sie die erwarteten Männer waren.

„Wir bringen euch die beiden Gentlemen die eure Gewehre kaufen wollen, Logan." Der Bandenführer schaute zuerst Hans an und dann mit einigem Zögern Armando. *Der spanisch aussehende Kerl scheint gefährlicher als der Andere*, dachte der Bandit.

Texas Logan fragte ohne Umschweife wofür sie die Waffen bräuchten. Armando erzählte ihm eine Geschichte ohne auch nur einen Augenblick zu zögern. Er war ein intelligenter Mann und hatte genau diese Frage erwartet.

„Ich besitze eine große Ranch und muss ein paar abtrünnige Indianer loswerden und zwar ein für alle Mal."

„Warum?" fragte Texas Logan brüsk.

„Die Mistkerle haben meine Frau entführt. Ach, zur Hölle, ich kann mir jederzeit eine mexikanische Frau kaufen, aber sie haben auch noch zwei meiner besten Hengste und drei meiner Zuchtstuten gestohlen und das ist unverzeihlich." Texas Logan und Pete Lenny lachten. Es war ein kaltes Lachen und erreichte ihre Augen nicht. Hans hatte nicht den geringsten Zweifel daran, dass dies kaltblütige Mörder waren die offensichtlich nicht einmal zögerten, einen Sheriff und dessen Tochter in ihren Hinterhalt zu locken.

„Da hast du recht, ein gutes Pferd ist immer mehr wert als eine Frau!", sagte Logan während abermals ein grausames Lachen seine Schultern schüttelte. Armando ballte seine Hände zu Fäusten und versuchte seine Gefühle unter Kontrolle zu halten. Am liebsten würde erdiesen Teufel mit seinen bloßen Händen erschlagen.

„Kommt rüber und schaut euch die Gewehre an!" Pete bückte sich und öffnete die erste der beiden schweren Holzkisten. Darin lagen zehn perfekte, brandneue und gut geölte Winchester Gewehre. Daneben befanden sich einige Schachteln der passenden Munition. Hans pfiff anerkennend durch seine Zähne. „Wo habt ihr die denn her?", fragte er, während er eines der Gewehre aus der Kiste nahm um die Qualität zu prüfen.

„Sagen wir mal so, es war ein Geschenk der Armee", lachte Pete.

„Halte dein vorlautes Maul, Pete!", schrie Logan ihn an. Dieser wich sofort wie ein unterwürfiger Hund einen Schritt zurück. Armando versuchte alles den Handel zu verzögern. Er wollte sichergehen, dass Elli und Naiche nah genug waren, wenn das Ganze eskalieren würde. Er hatte nicht den geringsten Zweifel daran, dass Texas Logan sie über den Haufen schießen würde sobald er das Geld für die Schießeisen in der Hand hätte.

„Wenn einer Ihrer beiden Gehilfen hier runter zu den Pferden klettern würde, könnte er eine Flasche des besten Whiskeys, den es in dieser gottverlassenen Gegend gibt, aus meiner Satteltasche holen. Dann könnten wir den Handel gebührend abschließen!", schlug Armando mit einem listigen Lächeln vor.

Logan schauten den älteren der beiden Viehdiebe an und nickte. Sofort drehte sich der Mann um und machte sich auf den Weg zu den Pferden, die ein ganzes Stück unterhalb der Höhle angebunden waren. Eine gute Flasche Whiskey konnte schließlich kein Outlaw ausschlagen. Als der Vieh Dieb bei den Pferden ankam und gerade die Satteltaschen durchsuchen wollte, schickte ihn Naiche der sich hinter einem Felsen versteckt hatte, mit einem Schlag gegen die Schläfe in das Land der Träume. Elli fesselte den Mann schnell und steckte ihm einen Knebel in den Mund. Dann kletterten die beiden Freunde langsam zur Höhle, dabei immer die größeren Felsen als Deckung nutzend. Sie wussten beide, dass sie nur wenige Minuten Zeit hätten bis Texas Logan und die beiden anderen Wegelagerer realisieren würden, dass ihr Kumpel zu lange brauchte um die begehrte `Sargpolitur´, wie das Destillat oft in den Saloons genannt wurde, zu ihnen zu bringen.

„Lassen Sie uns zwischenzeitlich über den Preis sprechen, Sir!“, schlug der spanische Gentleman vor, um das Gespräch in Gang zu halten. Der Bandenanführer schaute ihn an und kratzte sich am Kinn.

„Nun, wie wäre es mit fünfzehn Dollar das Stück?“

„Viel zu teuer!“, rief Armando. Er betete, dass die Verstärkung bereits den vierten Mann unten bei den Pferden ausgeschaltet hatte.

„Ich gebe Ihnen zehn Dollar pro Gewehr zusammen mit der Munition.“

Texas Logan dachte kurz darüber nach. Er wusste, es war ein guter Preis und schlug schlussendlich in den Handel ein. Armando widerte es an die Hand des skrupellosen Mörders ergreifen zu müssen aber er musste die Rolle noch ein wenig weiterspielen. Pete und Logan standen neben den beiden Handelspartnern. Der dritte Outlaw jedoch hatte sich langsam unbemerkt ein Stück in den Hintergrund zurückgeschlichen. Aus diesem Winkel konnte weder Armando noch Hans sehen, wie er langsam seine Pistole aus seinem Halfter zog.

„Zur Hölle, wo bleibt denn dieser Narr mit dem Getreideschnaps? Wahrscheinlich säuft er da unten die halbe Flasche allein leer!“, beschwerte sich Pete lautstark.

Armando streckte Texas Logan die Hand voller Dollar entgegen. In dem Moment, als Texas Logan nach den

Scheinen griff, drückte der Halunke hinter ihnen den Abzug durch. Zwei Schüsse peitschten gleichzeitig durch den Canyon. Der feige Schütze fiel mit einem Einschussloch mitten in der Stirn zu Boden. Blut ran in einer dünnen Bahn über die Nase des Mannes. Er starrte mit leeren Augen in den Himmel. Die Kugel des Wegelagerers hatte Hans nur um wenige Zentimeter verfehlt. Dann ging alles sehr schnell.

„Ich werde dich kalt machen, du verdammter hispanischer Hund!", schrie Pete und zielte mit seinem Colt auf Armando. Texas Logan rannte zurück in die Höhle um in Deckung zu gehen. Hans und Naiche feuerten gleichzeitig und Pete fing sich gleich beide Kugeln ein. Er stolperte zurück. Ihm fiel seine Pistole aus der Hand bevor er überhaupt abdrücken konnte. Dann fiel er wie ein gefällter Baum.

Armando zeigte still auf den Eingang der Höhle und Elli, die hinter einem Felsen aufgetaucht war, folgte ihm in die dunkle Öffnung in der Felswand. Ihre Hand hielt die Pistole ihres Vaters mit eisernem Griff. Sie war zwar blass aber auch bereit, dem Mörder ihres Vaters gegenüber zu treten.

Hans schaute nach oben zur Kante der Felsklippe. Er wunderte sich woher der zweite Schuss, der ihm das Leben gerettet hatte, gekommen war. Dort oben am Rand der Felswand sah er José Hernandez mit seinem Gewehr in der Hand stehen. Der Rancher tippte an seinen Hut und beobachtete dann wie der Mexikaner langsam zu ihm herunterkletterte.

„Du hast mein Leben gerettet! Was tust du hier draußen?", wollte Hans wissen.

„Ich konnte einfach nicht untätig in der Pension sitzen bleiben; ich schulde euch Männern das Leben meiner geliebten Frau und außerdem musste ich doch dafür sorgen, dass du gesund zu dieser hübschen Blondine zurückkommst, wie du es versprochen hast. Den Frauen geht es gut und sie sind dort in Sicherheit."

Sie drehten sich zu Pete Lenny um aber da gab es nichts, was man hätte für ihn tun können. Die Schusswunden hatten sein Hemd bereits mit Blut getränkt. Er musste bereits beim Umfallen tot gewesen sein.

„Nummer Drei der die gerechte Strafe bekommen hat!", bemerkte Hans und schloss die Augen des Toten. Dann nahmen beide Männer Position am Eingang der Höhle ein für den Fall, das Texas Logan Elli und Armando entwischen sollte. Sie würden ihn dann mit ihren geladenen Feuerwaffen gebührend in Empfang nehmen.

Armando deutete Elli an, dass sie sich still verhalten sollte.

„Logan, du wolltest mich betrügen. Hast du wirklich gedacht, ich wäre so dumm und würde ohne Verstärkung in deine Falle laufen?"

Armando versuchte die Aufmerksamkeit des Mörders auf sich zu ziehen, damit Elli sich entlang der Höhlenwand und vorbei an Felsnischen anschleichen konnte. Er hörte ein schlurfendes Geräusch neben ihm und wurde plötzlich von Texas Logan attackiert. Der Outlaw musste sich in einer Felsöffnung neben Armando versteckt haben. Die beiden Männer fielen zu Boden und rollten durch den Staub. Beide versuchten den jeweils anderen bewusstlos zu schlagen. Mit der Übung des erfahrenen Schlägers zog Logan rasch sein Messer aus dem Stiefel.

„Ich werde trotzdem dafür sorgen, dass du verscharrt wirst, du elender Scheißkerl!" Er rang nach Atem, während er sich mit dem Gewicht seines Oberkörpers gegen seinen Kontrahenten stemmte und versuchte Armando die Kehle aufzuschlitzen. Die Klinge kam näher und näher und es sah so aus, als ob Ellis Freund den Kampf verlieren würde. Doch plötzlich hallte eine eisige Stimme durch die Höhle.

„Weg mit dem Messer, jetzt sofort, oder ich schieße dir deinen dreckigen Kopf von den Schultern!"

Überrascht von der weiblichen und unerwarteten Stimme drehte sich Logan um und nahm damit etwas Druck von Armandos Brustkorb. *Diese Stimme! Woher kenne ich diese Stimme,* versuchte er sich zu erinnern.

Langsam trat Elli Townsend in den Kreis des schwachen Tageslichts, das durch den Höhleneingang drang. Als Texas Logan sie erkannte weiteten sich seine Augen ungläubig.

„Du? Aber das ist nicht möglich! du solltest doch tot sein! Ich habe auf dich geschossen. Diese Wunde kann niemand überlebt haben und die Apachen erledigen sowieso jeden Weißen. Wie um alles in der Welt kommst du hierher? Warum bist du am Leben, du verfluchte Hexe?"

Er schrie ihr die Worte entgegen, aber sie schwieg. Er wurde blass und ihm wurde klar, dass er diese Höhle nicht lebendig verlassen würde. Er war geliefert.

Wie ist das möglich? Sie kann nicht mehr am Leben sein! Ist sie ein Geist? Er wusste nicht, was er denken sollte und weigerte sich zu glauben, dass es wirklich Elli Townsend war, die vor ihm stand. Dennoch zeigte die Mündung eines Colts in ihrer Hand auf ihn. Sie lachte ihm ins Gesicht.

„Eine Überraschung für dich, nicht wahr? Texas Logan, als Hilfssheriff der Stadt Yuma nehme ich dich hiermit für den Mord an meinem Vater, Sheriff Oscar Townsend, seinem Hilfssheriff und den beiden Kutschern von Castle Dome fest. Du wirst für deine Verbrechen inklusive dem Überfall auf die Bank von Jerome, für den Mord an dem Bankangestellten und den Hinterhalt auf den Armee Transport verurteilt werden. Oh, und vergessen wir nicht den versuchten Mord an einem weiteren U.S. Hilfssheriff, nämlich mir selbst. Du wirst hängen, Logan!"

Er lachte hysterisch auf dann starrte er wie ein in die

Enge getriebenes Tier zum Eingang der Höhle. Das konnte nicht sein. Er, der große und gefürchtete Texas Logan bezwungen von einem Weiberrock?

„Dein Vater war ein verdammter Feigling! Er heulte wie ein Baby als ich ihn auf den Knochenhügel schickte. Hat um sein Leben gewinselt wie eine alte Frau!" Er spuckte Elli jedes Wort entgegen.

Elli fühlte, wie unendlicher Hass durch ihre Adern tobte und sie spannte den Hammer der Pistole. Sie würde ihn hier erschießen wie einen räudigen Köter, denn mehr war er nicht. Er lachte sein dreckiges, gemeines Lachen.

„Du hast nicht das Rückgrat abzudrücken, kleine Miss!"

„Elli, halt ein!", holte sie die sanfte Stimme von Armando in die Realität zurück. „Nicht auf diese Art, nicht hier! Das wäre zu einfach und ein zu schneller Tod für ihn. Das ist was er will ja. Das ist der Grund warum er dich provoziert. Erinnerst du dich, was du mir gesagt hast? Dein Vater wurde aus dem Sattel geschossen und von seinem Pferd mitgerissen. Sheriff Townsend kann gar nicht um sein Leben gebettelt haben, Elli! Du möchtest diesen Feigling hängen und um sein Leben winseln sehen. Alle sollen Zeugen sein, dass es die Tochter eines Sheriffs war, die ihn zu Fall gebracht hat. Das Gesetz, Elli, deines Vaters Gesetz, erinnerst du dich?"

Die blasse Frau schaute auf Texas Logan herab. „Wir werden eine nette, kleine Galgenfeier für dich organisieren, du Bastard. Du wirst in der Stadt hängen in der du meinen Vater umgebracht hast!"

Er starrte sie an und wusste, dass sie jedes Wort so meinte. „Ich hätte dich gleich auf der Nichols Ranch erledigen sollen!", zischte er wütend.

„Ja, das hättest du tun sollen! Zu dumm, dass ich immer noch über der Erde bin und du jetzt in deinem eigenen Saft kochen wirst. Nun sind die Karten neu gemischt und ich werde zuschauen, wie du zur Hölle fährst. Übrigens: die beiden Lenny Brüder und dein Onkel Harker sind bereits tot wie rostige Türnägel und warten in der Hölle bereits auf dich. Wir haben sie zum Teufel geschickt wo sie hingehören!"

Er starrte sie fassungslos an. Aber er hatte keine Zeit darüber nachzudenken, denn Elli schlug ihm mit einer raschen Bewegung den Pistolengriff an die Schläfe und er sank bewusstlos wie ein Sack Mehl zu Boden. Hilfssheriff Elli Townsend stand einfach da. Sie zitterte vor Zorn und Erschöpfung. Armando nahm sie vorsichtig in die Arme.

„Du hast ihn erwischt; wir werden dafür sorgen, dass er bekommt was er verdient."

Sie fühlte sich müde und leer und lehnte sich dankbar an seine breiten Schultern. Dann zogen sie Texas Logan an den Stiefeln aus der Höhle. Draußen warteten Naiche, Hans, und José und halfen ihnen den bewusstlosen Verbrecher auf eines der Pferde zu binden. Sie sparten sich die Arbeit die anderen beiden Banditen zu begraben. Die Pumas und Coyoten würden sich um ihre Leichen kümmern.

Der dritte Cowboy, der gefesselt unten bei den Pferden saß, war wach und bettelte darum laufen gelassen zu werden, aber sie nahmen ihn mit um ihn beim Sheriff von Naco abzuliefern. Als sie in Naco ankamen holten sie Juanita und Isabell aus ihren Zimmern. Beide Frauen waren sehr erleichtert, dass alle gesund zurückgekommen waren. Es war endlich an der Zeit das mexikanische Territorium hinter sich zu lassen.

José Hernandez dankte ihnen nochmals und die Freunde erwiderten den Dank dafür, dass er draußen gewesen war beim Canyon als sie jeden Mann brauchten. Hans umarmte ihn wie einen Bruder denn er verdankte José sein Leben.

„Du und Juanita seid immer willkommen auf unserer Farm in Sedona!" Hernandez wusste, dass Hans Schnebly ein Mann war, der sein Wort hielt. Dann half er seiner Frau auf ihr Pferd und sie winkten zum Abschied.

Isabell schaute die Freunde an und bereitete sich vor, sich ebenfalls zu verabschieden. Eine plötzliche Einsamkeit erfüllte ihr Herz mit Trauer. Hans beobachtete sie. Er hatte sie von der ersten Minute gemocht obwohl sie sich unter solch tragischen Umständen kennengelernt hatten. Hans Schnebly räusperte sich, um die unverblümteste Rede seines bisherigen Lebens zu halten:

„Isabell, ich kann nicht beurteilen wie verbunden du mit diesem Ort oder den Leuten hier bist. Mir ist klar, dass du hier du eigenes Haus besitzt, aber wenn du möchtest kannst du gerne mit mir kommen. Ich bin nicht reich, aber wir haben eine hübsche kleine Farm. Mein Bruder ist ein liebenswerter Kerl und meine Familie würde dich sicher sehr willkommen heißen. Lass das alles hier hinter dir! Komm mit mir und fang neu an, bitte! Ich werde dir niemals weh tun oder dich schlecht behandeln. Das schwöre ich bei meinem Leben!"

Isabell schaute auf ihr Haus. Sie wusste, dass wenn die Leiche von John Harker dort drin gefunden wurde sie sicher als Verdächtige gelten würde. Ihre Eltern waren tot. Isabell Carson hatte keine weitere Familie. Sie blickte in Hans Schneblys Augen, der den Blick mit einem kleinen Funken Hoffnung in ihnen offen erwiderte. Sie sah eine Wärme in seinem Blick, die sie bei John nie gesehen hatte. Hans erinnerte sie an einen großen süßen Welpen. Isabell lächelte zurück und nickte langsam.

„Ja, ich werde mit dir kommen, Hans Schnebly. Ich habe nichts zu verlieren und viel zu gewinnen, richtig?"

Er umarmte sie vorsichtig. Dann ließ er sie los und

schaute die anderen an.

„Armando, du musst mir noch einmal den Rücken freihalten! Da gibt es etwas was ich tun muss!" Er zog sein
Halstuch über Mund und Nase, ging rasch über die Straße
und betrat Isabells Haus. Der Gestank des verwesenden
Körpers ließ ihn würgen. Er schloss rasch die Eingangstüre
hinter sich und entzündete die Petroleumlampe auf dem
Tisch. Er warf sie mit voller Wucht auf den Boden und die
Vorhänge und Möbel fingen sofort Feuer. Hungrig bewegten sich die Flammen auf den Körper von John Harker
zu. Auf seinem Weg nach draußen griff Hans schnell nach
dem Bild eines Paares in einem hübschen Silberrahmen.

Schnebly vermutete, dass es Isabells Eltern zeigte und
rettete das Portrait vor den Flammen. Er rannte aus dem
Haus, zog die Türe hinter sich zu und winkte zu Armando auf der anderen Straßenseite rüber. Sofort rief dieser:
„Feuer, da ist ein Feuer!"

Die Leute der Stadt rannten auf das Haus zu aber es
brannte bereits lichterloh und niemand versuchte es zu
löschen. Keiner der Einwohner von Naco beachtete die
Gruppe der vier Männer mit den beiden Frauen, die unbehelligt zusammen mit einem gefesselten Banditen über dem
Rücken eines Packpferdes aus der Stadt ritten. Ein anderer
Halunke wartete derweil einsam im Gefängnis auf seine
Verhandlung, während er verzweifelt über die Platzwunde
an seiner Schläfe strich.

KAPITEL DREIUNDDREIßIG

***

Es war an der Zeit sich von Hans, Naiche, und Isabell zu verabschieden. Aber sie würden sich alle in ein paar Monaten wiedersehen. Ellis Dankbarkeit ihnen gegenüber war unermesslich. Speziell Naiche und sein Stamm erhielten einen ganz besonderen Platz in ihrem Herzen. Naiche war für Elli zu einem Familienmitglied geworden. Sie hatte ihn gerettet und er hatte ihr Leben gerettet und das würde sie für den Rest ihres Lebens verbinden.

Als Elli Hans und Isabell betrachtete wusste sie, dass die beiden sehr glücklich miteinander werden würden. Isabell hielt das Bild ihrer Eltern im Arm. Elli versprach den beiden sie bald zu besuchen.

„Bitte richtet Anne meine herzlichen Grüße aus und William und den Kindern natürlich auch! Dankt Anne für das Kreuz. Sagt ihr es hat mich gut beschützt. Wir sehen uns bald wieder. Möge Gott mit euch sein!"

Armando und Elli schauten den anderen, die Richtung Norden davonritten, hinterher. Dann wendeten sie ihre eigenen Pferde und folgten mit ihrem Gefangenen der Route nach Yuma.

Texas Logan bekam eine faire Verhandlung aber dennoch wurde er zum Tod verurteilt. Zu viele Verbrechen gingen auf sein Konto. Er verfluchte den verstorbenen Sheriff Townsend ebenso wie dessen schöne Tochter, die unter dem Galgen stand. Armando hatte einen Arm um ihre Schultern gelegt. Wie alle Bewohner der Stadt Yuma waren auch die Beiden Zeugen, als der neu gewählte Sheriff die Schlinge um den Hals des Mörders legte.

„Bist du bereit, Elli?", fragte Armando sie leise. Sie schaute zu ihm auf und dann zurück zum Galgen.

„Ja, Sir! Möge Gott seiner Seele gnädig sein und der meinen auch!", fügte sie flüsternd hinzu. Armando hielt sie eng an sich gedrückt während sie dem Richter,der allen Anwesenden das Todesurteil nochmals vorlas, lauschten.

„Texas Logan, die ganze Stadt von Yuma bezeugt, dass du unseren Sheriff und seinen Hilfssheriff zusammen mit den beiden anderen Männern die den Goldtransport beschützt haben, ermordet hast. Du bist ebenfalls schuldig den Bankangestellten von Jerome, sowie mehrere Kavallerie Soldaten, erschossen zu haben. Wir erkennen dich schuldig des versuchten Mordes an Sheriff Townsends Tochter. Du wirst hängen, bis dass der Tod eintrifft. Hast du noch irgendetwas zu sagen?"

Texas Logan starrte vom Podest herab auf Elli und lächelte sie kalt an.

„Ich sehe dich in der Hölle, kleines Mädchen!"

Als der Priester ihm einen letzten Segen geben wollte drehte sich Logan um und zischte den Mann der Bibel boshaft an: „Nimm deine Bibel und dein dreckiges Gebet und geh mir aus dem Gesicht, du Sünden Prediger!"

Elli nickte leicht und der neue Sheriff bediente den Hebel zur Falltür, die mit einem lauten Quietschen unter Texas Logans Stiefel nachgab. Der Mann zappelte und zuckte. Sein Genick brach nicht und es brauchte endlose Minuten bis er qualvoll erstickte. Endlich hörten seine Beine auf zu zucken und er schaukelte sanft in der leichten Nachmittagsbrise am Seil des Henkers. Es war vorbei!

„Wie fühlst du dich, Elli?", fragte Armando und schaute ihr tief in die Augen.

„Befriedigt und frei, Armando. Ich habe meinen Schwur an meinen Vater gehalten und ich hoffe er kann nun in Frieden ruhen."

Sie schaute zum Friedhof hinüber. Plötzlich, genau dort bei der großen alten Eiche mit ihren ausladenden Ästen, sah Elli ihren Vater stehen. Er lächelte sie an und sein Sheriff-stern blitzte im Sonnenlicht auf. Sie zupfte Armando rasch am Ärmel und zeigte aufgeregt zu dem Baum. Ihr Freund schaute auf die Stelle und wunderte sich, was sie ihm hatte zeigen wollen. Aber ihr Vater war bereits verschwunden, weggetragen von der sanften Brise, die noch immer einen Mörder am Seil der Gerechtigkeit nur wenige Meter vom Friedhof entfernt hin und her schwingen ließ.

DANKSAGUNGEN

* * *

Die Figuren:

Mit großem Respekt für ihre Geschichte und Kultur möchte ich hiermit die folgenden Apachen, deren Namen ich in diesem Buch verwendet habe, erwähnen. Die Geschichten ihres Lebens haben mich inspiriert und beeindruckt.

Kaywaykla: Er wurde 1876 als James Kaywaykla geboren. Seine Tante war die berühmte weibliche Kriegerin Lozen, die auch mit Geronimo ritt. James Kaywaykla war als letzter überlebender Krieger von Cochises Stamm bekannt. Er half dabei viele historische Fotografien, die wertvolle Zeitzeugnisse sind, zu identifizieren und starb im Alter von 83 Jahren.

Dah Des Te: Sie wurde um ca. 1830 geboren und fungierte als Bote und Spion für Häuptling Geronimo. Sie heiratete ein zweites Mal, nachdem sie sich von ihrem ersten Mann trennte. Es war nicht ungewöhnlich unter den Indianern, dass sich Paare trennten. Dah Des Te wurde nachgesagt, dass sie so gut reiten und schießen konnte wie jeder männliche Krieger im Stamm. Sie hat maßgeblich an der Kapitulation von Geronimo mitgewirkt.

Dah Des Te wurde dann zusammen mit ihm und den anderen, die kapituliert hatten, nach Florida deportiert. Sie war eine enge Freundin von Lozen, der berühmtesten Kriegerin der Apachen.

Naiche: Er war der zweite Sohn von Häuptling Cochise und ein enger Freund von Häuptling Geronimo. Naiche war ein Mitglied der Chiricahua Apachen (nicht Tonto, wie hier im Buch beschrieben). Naiche überlebte die Gefangenschaft in Florida und in Fort Sill in Oklahoma. Er war einer der wenigen Apachen denen es erlaubt wurde, in den Südwesten der USA in ihre alte Heimat zurückzukehren. Er starb mit nur 55 Jahren im Mescalero Reservat in New Mexico.

Ussen: Dies ist der Name des Schöpfers der Apachen. Er ist ihr Gott und laut dem Glauben der Apachen lebt er auf dem Gipfel eines Berges im heutigen Arizona. Er wird als Schöpfer der Erde, Pflanzen, Tiere und Menschen verehrt.

Oscar Frank Townsend war tatsächlich Sheriff in Yuma, Arizona. Er wurde 1871 in sein Amt gewählt aber leider ist nur wenig über seine Karriere als Gesetzeshüter bekannt.

Der Name Werdinger, den ich für den korrupten Richter von Orange Grove verwendete, ist tatsächlich der Name eines Gesetzeshüters, welcher ebenfalls in Yuma, Arizona gelebt hat. Er wurde am 26. September 1864 in das Amt gewählt und ersetzte den vorhergehenden Sheriff, der das Amt niedergelegt hatte. Im April 1875 wurde er zum Direktor des bekannten Yuma Territorium Gefängnisses ernannt. Im Jahr 1877 wurde er für eine zweite Amtsperiode zum

Sheriff von Yuma gewählt. Im Gegensatz zu der Geschichte hier im Buch, war er als korrekter anständiger Mann des Gesetzes bekannt.

Historische Tatsachen in diesem Buch:

Ein archäologischer Angestellter der Universität Arizona übersetzte alte spanische Dokumente. In diesen fand er erstaunliche Fakten über einen irischen Einwanderer, der vom spanischen König adoptiert worden war, und mit einem großen Stück Land im heutigen südlichen Arizona beschenkt wurde. Es wird in diesen Dokumenten beschrieben, dass der Ire als weißer Häuptling von den ansässigen Indianern respektiert worden war und er eine kleine Missionskapelle mit einer importierten Glocke aus Europe aufbaute. Laut den historischen Berichten soll die Hazienda von feindlichen Apachen im Jahr 1780 niedergebrannt worden sein. Die vier Evangelisten aus purem Gold werden tatsächlich in den Dokumenten erwähnt aber weder Überreste der Hazienda noch die Gold Statuen wurden jemals gefunden.

Sedona: Die Siedlung von Sedona wurde 1899 wirklich von der Schnebly Familie aus der Schweiz gegründet. Da alle vorgeschlagenen Dorfnamen zu lange waren, um eine Postniederlassung zu erhalten, schlug Herr Schnebly schließlich den Vornamen seiner Ehefrau `Sedona´ vor. Die Stadt trägt den Namen bis heute und wurde durch ihre Lage in der außergewöhnlichen Landschaft voller roter Felscanyons weltberühmt. Mit Sicherheit ist dieser Ort, der als Künstler und Esoterik Hochburg gilt, einer der schönsten im gesamten Südwesten der USA.

Castle Dome: Die Stadt Castle Dome ist heute eine Geisterstadt und Open Air Museum. Sie liegt ca. 35 Meilen von

Yuma entfernt. Castle Dome war hauptsächlich für seine Bleiminen bekannt, aber auch Gold und Silber wurden erfolgreich abgebaut.

Yuma: Die Stadt Yuma liegt nahe der mexikanischen Grenze in Arizona. Die bekannteste Touristenattraktion der Stadt ist das Territorial Prison Gefängnis und das dazugehörige Museum. Die beiden Zellenreihen waren für viele berühmte Outlaws eine `Teilzeitunterkunft´. Frauen wie Männer wurden dort eingekerkert. Selbst Berühmtheiten wie z.B. Buckskin Frank Lesley saßen dort ihre Strafen ab.

Es war das erste Gefängnis, welches den Gefangenen eine kleine Bibliothek bot, die von der Ehegattin eines Gefängnisdirektors aufgebaut worden war.

ÜBER DEN AUTOR

***

Es mag einige Leser überraschen, dass Manuela Schneider, obwohl in Deutschland geboren und aufgewachsen,
eine große Passion für die Geschichte der amerikanischen
Ureinwohner und des `Wilden Westens´ entwickelt hat.
Aber die Faszination für das Leben der Pioniere, Cowboy
Helden und heimtückische Outlaws hat sie so lange, wie
sie sich erinnern kann durch ihr Leben begleitet.

Schneider erinnert sich oft daran, wie gefesselt sie von
amerikanischen TV-Serien wie Rauchende Colts, Unsere
kleine Farm oder Bonanza war.

Als Erwachsene vertiefte Schneider ihr Interesse für
den amerikanischen Westen mit zahlreichen Reisen in
die U.S.A., wo sie historische Monumente und Städte
wie Tombstone, Monument Valley und Kanab, Utah be-
suchte. Nachdem sie die landschaftlich wilde Schönheit
des Südwestens selbst erlebt hatte, wuchs der Wunsch noch
mehr in ihr Bücher über Kampf, Liebe und Überleben im
wilden Westen zu schreiben.

Nachdem sie eine erfolgreiche Karriere als Motorrad-
bekleidungsdesigner für den europäischen Markt beendet

hatte, schrieb Schneider ihren ersten Western Roman im Jahr 2017. Bis zum heutigen Tag hat Schneider drei Bücher geschrieben, die allesamt starke weibliche Figuren im Kampf gegen Not, mysteriöse Vorkommnisse und Täuschung beinhalten, während diese nach wahrer Liebe und einem besseren Leben suchen. Diese dynamische Autorin bezieht ihre Energie und Inspiration von den starken Pionierfrauen der Vergangenheit und kreiert daraus fesselnde Sagen, die den Leser neugierig machen, ob und wie die Geschichte weiter geht. Ja, die Geschichten gehen weiter, zwei weitere Bücher entstehen bereits.

Wenn nicht am Recherchieren oder fesselnde Geschichten über die Boomtowns des Westens und deren Helden oder das Leben der indianischen Ureinwohner schreibend, kann man Schneider beim Bereisen der ganzen Welt beobachten. Sie liebt es Silberschmuck und Sporen herzustellen, Archäologie zu studieren und Artikel für ihren eigenen Western Reise Blog unter manuelaschneider.com zu schreiben.

Made in the USA
Las Vegas, NV
08 February 2021